Oetinger
AUSLESE

Ingeborg Engelhardt, Ein Schiff nach Grönland
Deutscher Jugendliteraturpreis
Jugendbuch / Sonderpreis

Oetinger AUSLESE

Herausgegeben von Sybil Gräfin Schönfeldt

Erstmals erschienen bei Sigbert Mohn, Gütersloh 1960
Einbandgestaltung: Manfred Limmroth
Titelbild: Pieter Kunstreich
Gesamtherstellung: Clausen & Bosse, Leck
Printed in Germany 1994

ISBN 3-7891-1587-8

Ingeborg Engelhardt

Ein Schiff nach Grönland

Verlag Friedrich Oetinger · Hamburg

Ingeborg Engelhardt wurde 1904 in Posen geboren. Schon während ihrer Schulzeit begann sie zu schreiben. Kindheit und Jugend verbrachte die Autorin in Pommern und Oberschlesien. Nach dem Zweiten Weltkrieg arbeitete sie als Gartenbauarchitektin im Ruhrgebiet, heute lebt sie in ihrer Wahlheimat Schleswig-Holstein. In ihren Jugendromanen behandelt Ingeborg Engelhardt vorwiegend historische Stoffe. *Ein Schiff nach Grönland* wurde 1962 mit dem Sonderpreis des Deutschen Jugendliteraturpreises »Geschichte im Jugendbuch« ausgezeichnet.

Aus der Begründung der Jury des Deutschen Jugendliteraturpreises: »Das in seiner sprachlichen und gestalterischen Kraft zuweilen an die nordländischen Sagas gemahnende Buch verbindet die Vorzüge eines guten Romans mit der sachlichen Darstellung einer uns fremden Epoche abendländischer Geschichte.«

Inhalt

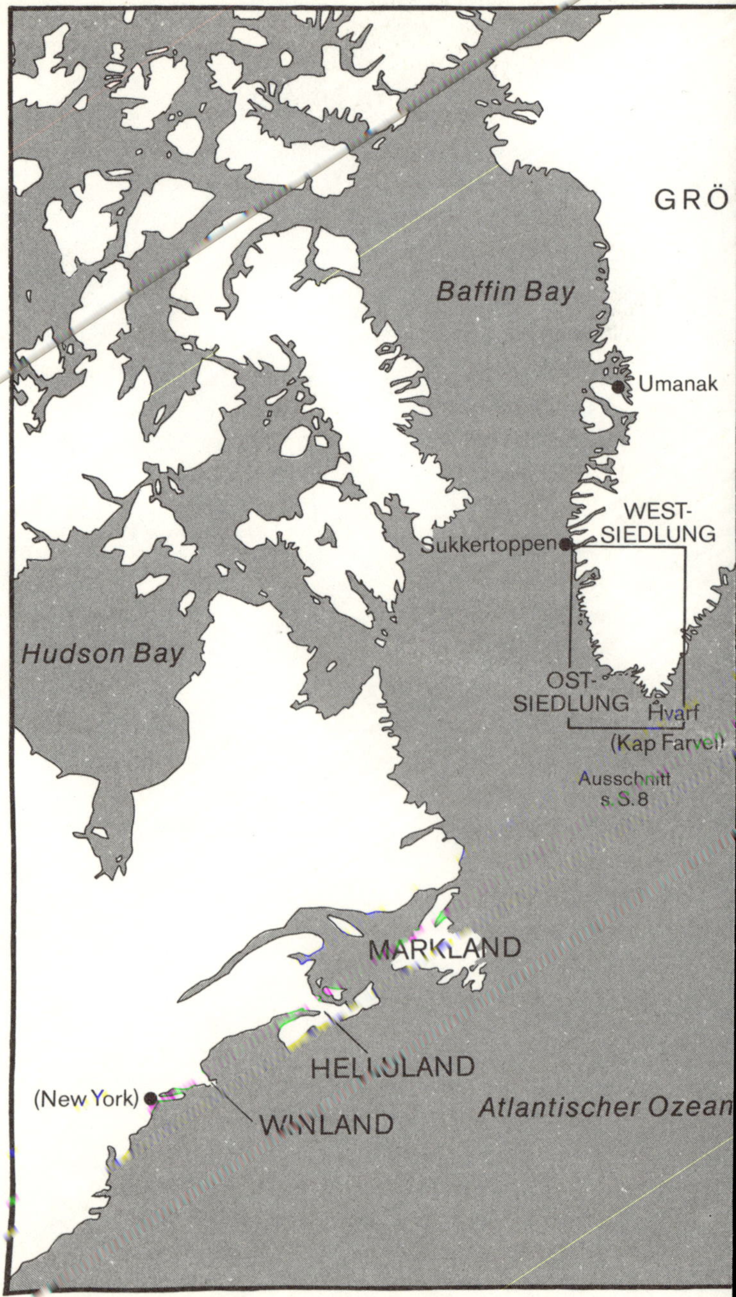

GRÖ
Baffin Bay
Umanak
WEST-
SIEDLUNG
Sukkertoppen
Hudson Bay
OST-
SIEDLUNG
Hvarf
(Kap Farvel)
Ausschnitt
s. S. 8
MARKLAND
HELLULAND
(New York)
WINLAND
Atlantischer Ozean

AND
Grönlandmeer
Spitzbergen
NORWEGEN
SCHWEDEN
ISLAND
Faröer Inseln
Shetland Inseln
Bergen
Kopenhagen
Hamburg
London

Zur Einführung

Er nannte das Land GRÖNLAND (Grünland), weil er meinte, daß »viele Männer dorthin reisen würden, wenn das Land einen guten Namen hätte«. So Eirik der Rote, der Entdecker und erste Besiedler Grönlands. Aus dem von Norwegern besiedelten Island im Jahre 982 eines Totschlags wegen auf drei Jahre verbannt, nutzte er die Zeit, um die Küsten eines nicht allzu fern gelegenen, unbekannten Landes zu erforschen – fast wissenschaftlich genau – auf ihre Brauchbarkeit hin. Er fand nur die Fjorde der Westküste zur Besiedelung geeignet, und sein schlichter Werbeslogan hatte ungeahnten Erfolg. Schon wenige Jahre später konnte er eine große Schar von Siedlern mit Vieh und Hausrat in das neuentdeckte Land hinüberführen. An der Westküste Grönlands entstanden zwei große Siedlungsgebiete, die West- und die Ostsiedlung, Vestribyggd und Eystribyggd, wohlhabende Bauerngemeinden, die in ihrer guten Zeit wohl mit denen auf Island vergleichbar waren.

Die Schiffs- und Handelsverbindungen mit Island und den anderen europäischen Ländern waren gut. Felle, Walroßhäute, Walroßzähne, Tran waren begehrte Handelsgüter. Die Grönländer dagegen brauchten viele Waren des täglichen Bedarfs, vor allem Holz und Korn. Der Mangel an beiden hat schließlich entscheidend zu ihrem Untergang beigetragen.

Aber es gab noch eine stärkere Bindung an Europa. Schon um das Jahr 1000 kam das Christentum nach Grönland und wurde anscheinend ohne große Widerstände angenommen. 1126 bekam Grönland einen eigenen Bischof, der auf Gardar in Eystribyggd seinen Sitz hatte. In beiden Siedlungen zusammen gab es 16 Kirchen und Kirchspiele und rund 280 Höfe. Bis zum Ende des 15. Jahrhunderts hat die Kirche immer noch Bischöfe von Grönland ernannt und geweiht. Aber schon ab 1400 betrat keiner von ihnen mehr sein Bistum. Die Reise war zu schwierig geworden.

Um das Jahr 1000 entdeckte Leif, Sohn Eiriks des Roten, Teile der Küste Nordamerikas. Er und seine Nachfolger nannten die Orte, wo sie landeten: Helluland (Steinland), Markland (Waldland) und Winland (Weinland). Etwa Neuschottland, Neufundland und die Gegend um Cap Cod sind gemeint, doch ist die Lokalisierung nicht ganz sicher und immer noch umstritten. Für Grönland war diese Entdeckung lebenswichtig. Wahrscheinlich sind im Mittelalter mehr »Winlandfahrten« unternommen worden, als schriftlich bezeugt sind. Sie hörten schließlich auf, aus Mangel an Schiffen.

Inzwischen wurde Grönland von Europa allmählich vergessen. Die Entdeckung von Amerika und anderen reichen Ländern, die Suche nach den kürzesten Seewegen nach Indien und Cathay (China) interessierte mehr als das entlegene Eisland. Im 16. Jahrhundert war Eystribyggd schon so völlig vergessen, daß niemand mehr den Weg dahin wußte. Der Irrtum, es müßte an der Ostküste Grönlands zu suchen sein, die durch einen Eisstrom ständig blockiert ist, verursachte das Mißlingen verschiedener Expeditionen von Dänen und Norwegern. Vestribyggd war schon 1342 von seinen Bewohnern verlassen worden aus bis heute noch nicht ganz aufgeklärten Gründen, vielleicht nach einem Angriff der Skrälinger, wie die Grönländer die Eskimos nannten.

Unsere Geschichte beginnt um 1520, als der Erzbischof von Drontheim, Erik Walkendorf, alle erreichbaren Nachrichten über Eystribyggd sammelte, um die alte Kronkolonie wieder aufzufinden und zu nutzen. Sein Unternehmen würde vielleicht die letzten Überlebenden noch gerettet haben. Es kam nicht zustande. Die Handlung beginnt zu nächtlicher Stunde im Hause eines reichen Kaufmanns in Kopenhagen.

Ingeborg Engelhardt

Kühne Projekte

Es war spät im Jahr. Über die nördlichen Meere hatten die Stürme die Herrschaft ergriffen. Von Norwegens Fjorden bis weit über Island hinaus, wo kein Schiffer mehr Ziel und Wege kennt, von den nebelverhangenen Häfen der Hanse bis zum Rande des ewigen Eises rannten die Wellen gegen alle Küsten an, eisengrau und weiß von kochendem Gischt. Wehe dem Schiff, das nun in ihre Gewalt geriet! Aber sie hatten die hohe See längst verlassen, die Koggen, Hulks und Kraweele, und in den Häfen Schutz gesucht. Da lagen sie, ließen ihre Wunden heilen und sich für das Frühjahr rüsten. Denn nach dem Gesetz vorsichtiger Kaufherren ruhte die große Schiffahrt auf den nördlichen Meeren während der dunkelsten Zeit des Jahres.

Doch die Ruhe war nicht tief. Die See verfolgte ihre Geschöpfe bis in den Winterschlaf hinein mit Träumen der Unrast, mit den alten Verlockungen von der unendlichen Straße ohne Spur, von wunderreichen Küsten, von verborgenen Schätzen, vom Glück der Ferne. Überall in den winterlichen Häfen waren diese Träume gegenwärtig. Sie beherrschten die Gespräche der Seeleute in den Schenken, die Gedanken der Jungen, die noch nicht zur See durften, und die Erinnerungen der Alten, die nie mehr hinauskommen würden. Sie stiegen mit der Flut in die brackigen Fleete und Kanäle bis an die Speicher der Kaufmannshäuser heran, sie schlichen sich in die nüchternen Zahlenreihen, die in den Kontoren von blassen Schreibern aneinandergereiht wurden, und mischten sich sogar in die Gespräche kluger und weitplanender Männer in den Stuben der großen Handelsherren.

Verstohlen erglühten eines späten Novemberabends in einem hochgiebligen Kaufmannshaus zu Kopenhagen die Kerzen hinter den vielen Fenstern der Staatsstube. Neugierige hätten beobachten können, daß die Toreinfahrt ungewohnt erleuchtet war, daß fremde Dienerschaft, mit Pferden und Gepäck beschäftigt, Hof und Treppen füllte. Aber der Kaufherr hatte dafür gesorgt, daß keine neugierigen Augen mehr in der Nähe waren, daß die Kontore geschlossen und auch der letzte Botenjunge nach Hause gegangen war, ehe er seinen Gast empfing – einen hochgewachsenen Fremden, dessen Namen niemand nannte.

Sie saßen in der Staatsstube, die mit blankgewachstem Täfelwerk, mit schimmerndem Messing- und Zinngerät prahlte, am Kaminfeuer einander gegenüber und taten den Willkommenstrunk mit goldenem Portugieserwein aus geschliffenen Kelchen. Der Fremde, im kostbaren schwarzen Kleid, ein kühnes, blondbärtiges Haupt auf breiten Schultern, fragte, kaum daß diese höfliche Geste beendet war: »Nun, was habt Ihr für mich in Erfahrung gebracht?«

»Ach, Euer Gnaden!« seufzte der Kaufherr. »Lassen Euer Gnaden sich doch raten und geben es auf, Gedanken und Geld an dergleichen kühne, aber äußerst ungewisse Projekte zu verschwenden! Sind Euer Gnaden durchaus zu überseeischen Unternehmungen geneigt, so wüßte ich Vorschläge zu machen, die besseren Gewinn versprächen.« Und er redete vom spanischen und portugiesischen Handel, von Gewürzen aus Indien, Zukker und edlen Hölzern aus der Neuen Welt.

Der Fremde lächelte zu dieser Rede und erwiderte mit leise spürbarem Hochmut: »Ich für mein Teil liebe nicht die vielbefahrenen Wege und die leichten Gewinne. Was ich suche, ist von anderer Art: ein Land, abseits von der Straße der Eroberer und Glücksjäger, gefährlich anzusteuern für jeden, der seine Küste nicht kennt, unangreifbar wie eine Felsenburg, ein Land, mir untertan mit allen seinen Schätzen, über die nur ich verfüge und keine fremden Händler.« Diese Worte hätten wie Schwärmerei geklungen, wäre das blondbärtige, weiße Gesicht nicht so unnahbar hochmütig, der Blick seiner sehr hellen Augen nicht so eiskalt gewesen.

Der Kaufherr sah seinen Gast verwundert an und bemerkte trocken, wenn diese Worte dem Lande Grönland gelten sollten, so seien sie wohl in manchem zutreffend. Nur mit den vermuteten Schätzen des Landes dürfte es nicht weit her sein.
Wieder umspielte das besserwissende Lächeln den stolzen Mund, als der Fremde erwiderte: »Und doch hat die Krone Norwegens einst ihre größten Reichtümer aus diesem Land gewonnen. Und doch war den alten Königen der Handel mit ihm so wichtig, daß sie ein Monopol daraus machten und es eifersüchtig hüteten.«
»Der Himmel mag wissen, warum das so war«, brummte der Kaufherr. »Soviel ich auch herumhörte, bemerkenswerten Nutzen kann der Grönlandhandel schon lange nicht mehr gebracht haben. Wahrscheinlich mit gutem Grunde wurde die Verbindung aufgegeben.«
»Ich weiß«, erwiderte der Fremde mit düster verneinender Bewegung, »daß noch in den letzten hundert Jahren oft genug fremde Schiffe das Monopol brachen und Gewinne davontrugen, die ihnen nicht zukamen. Nein, nein, wenn Grönland bei uns vergessen wurde, so geschah das aus anderen Gründen. Die Könige von Norwegen sind nicht mehr das, was sie einst waren, schon lange nicht mehr. Sie haben andere Sorgen. Wer wüßte das besser als ich! Aber noch leben zum Glück für den Norden Männer, die den alten Wikingergeist in sich tragen und ihn in anderen zu wecken vermögen.« Es war, als schmelze bei diesen Worten etwas von der Kälte des vornehmen Gesichtes hinweg, als erglühten die hellen Augen im Widerschein einer fernen Leidenschaft. Der Kaufherr blickte unwillkürlich von diesen Augen auf die Hand des Gastes, die den geschnitzten Knauf der Sessellehne umfaßt hielt, eine schöne, kraftvolle Hand, die unter vielen kostbaren Ringen einen besonders großen von altertümlicher Form trug – einen Ring, den Gläubige in Demut zu küssen pflegten.
»Grönland dem Reiche wieder einzufügen«, fuhr der Gast fort, »das wäre ein Ziel, hoch genug für den König selbst. Ich bin

nahe daran, ihn dafür zu gewinnen. Sobald er meinen Wunsch erfüllt, mir das Land auf zehn Jahre frei von Abgaben zu überlassen, und sobald ein neuer Bischof von Grönland ernannt ist, ist der Weg frei. Wie schwer es war, ihn aufzuspüren, das könnt Ihr vielleicht ermessen, wenn ich Euch sage, daß ich mehr staubige Urkunden danach befragen mußte als lebende Menschen. Nach Jahren des Forschens liegt in meinem Archiv nun wohl alles zusammengetragen, was über das alte Schatzland der Krone Norwegens an schriftlichen Zeugnissen noch erhalten ist. Doch fand ich nicht einen norwegischen Schiffer, der sich zutrauen würde, ein Schiff nach den Grönlandhäfen zu führen, und keiner konnte mir auch nur ihre Lage beschreiben.«
»Sagt Euch das nicht genug?« bemerkte der Kaufherr.
»Nein, es sagt mir nichts!« erwiderte der Fremde. »Es ist mir unbegreiflich. Vor fast zweihundert Jahren ging die ›Grönlandknarre‹ unter, das Schiff, das alljährlich zwischen Bergen und den Schatzlanden hin- und herfuhr. Seitdem hat die regelmäßige Verbindung zwischen Norwegen und Grönland aufgehört; niemand weiß, warum. Denn wir hörten von isländischen Schiffen, die noch vor hundert Jahren hinüber- und herübergingen. Wir wissen, daß England und die Hanse in dieser Zeit sehr rege den verbotenen Handel mit der Kronkolonie betrieben. Dann aber, während des letzten halben Jahrhunderts, hören die Nachrichten über Grönland auf – einfach auf, mein Freund! – so, als wäre das Land mit seinen Höfen, Kirchen, Klöstern, seinem Bischofssitz, seinen Häfen und Speichern und an die zweitausend lebenden Seelen hinter den Nebeln und Eisbergen im Meer versunken!«
»Die Stadt Hamburg hat es immerhin für lohnend befunden, während der letzten Jahre einige Male Schiffe dorthin zu entsenden, anscheinend jedoch mit geringem Erfolg. Das letzte war die Kraweel ›Der Große Bär‹ unter dem Schiffer Gerd Mestermaker, die ausdrücklich mit dem Ziel ausfuhr, die Grönlandhäfen aufzusuchen.«

«So!« Die Brauen des Fremden hoben sich drohend. »Und was erreichte sie?«
»Anscheinend nicht viel. Die Kraweel war noch im gleichen Sommer zurück, und der Schiffer berichtete, er habe nicht zu Menschen gelangen können und sei deshalb umgekehrt.«
»Nicht zu Menschen gelangen können!« murmelte der Fremde. »Noch vor einem Menschenalter sah Bischof Oegmund, der auf der Fahrt nach Island bis vor die Grönlandküste verschlagen wurde, auf einer Insel Menschen, Schafställe, Schafe und Lämmer. Er konnte sie deutlich erkennen, obwohl es schon Abend wurde. Auch sie sahen ihn, winkten ihm und streckten die Arme nach ihm aus. Aber er fuhr vorüber; denn was gingen ihn unbekannte Inseln an! Er war ein Bischof, auf den sein Amt wartete. Sonst wüßten wir vielleicht mehr. Damals jedenfalls lebten noch Menschen an der Grönlandküste.« Der Fremde fuhr sich über die Stirn, als müsse er Traumbilder verscheuchen, und fragte: »Habt Ihr mir sonst nichts zu melden?«
»Nur wenig!« erwiderte der Kaufherr. »So wenig, daß es kaum zu berichten lohnt.«
»So laßt mich das wenige hören!«
»Euer Gnaden sollen sowohl hören als auch sehen«, antwortete der Kaufherr. »Die drei einzigen Menschen in dieser Stadt, die aus eigenem Augenschein über Grönland berichten können oder vorgeben, es zu können, habe ich ausfindig gemacht und sie zu dieser Stunde hierher geladen, getrennt, damit sie uns unbeeinflußt berichten. Der erste ist ein Schiffer, Isländer von Geburt. Er hat die grönländischen Gewässer so oft befahren, daß er allgemein ›Jon der Grönländer‹ genannt wird. Er ist schon alt und hat ein bewegtes Leben auf allen Meeren hinter sich, und manches verträgt wohl nicht eine allzu helle Beleuchtung. Doch gilt er als tüchtiger Seemann und hat die Fahrten an die Grönlandküste zumeist in fremden Diensten als Lotse auf englischen Schiffen gemacht.«
»Auf englischen?« Der Fremde horchte mißtrauisch auf.

»Ja, englische Schiffe befahren in den letzten Jahren mehr und mehr jene Meere«, berichtete der Kaufherr, »doch scheinen sie den Küsten Grönlands weniger Aufmerksamkeit zu schenken als anderen, unbekannten Zielen.«

Der Fremde sah seinen Gastgeber an: »Diesen Jon den Grönländer will ich jedenfalls sprechen! Und Euer zweiter Zeuge?«

»Fast schäme ich mich, von ihm zu reden«, erwiderte der Kaufherr. »Es ist ein ewig betrunkener früherer Seemann von unbekannter Herkunft, der nur ein Bein hat und in den Schenken gern erzählt, er stamme aus der grönländischen Ostsiedlung, und zwar von einem Hofe namens Brattahlid oder so ähnlich.«

»Was?« Der Fremde beugte sich jäh in seinem Sessel vor. »Sagte er wirklich Brattahlid?«

»Ja, er soll den Namen oft und gern nennen und scheint es für eine besondere Auszeichnung zu halten, von dorther zu stammen.«

»Das ist mehr als seltsam!« sagte der Fremde betroffen. »Denn diesen Hof Brattahlid – den gibt es wirklich. In den alten Sagen und Urkunden kommt er oft genug vor.«

Der Kaufherr hielt es für unter seiner Würde, sich darüber zu wundern, und hatte schon eine Antwort bereit. »Wie leicht kann der Mann ein solches Wort irgendwo aufgeschnappt und danach zum besseren Ausputz seiner Lügengeschichten verwendet haben. Denn ich darf Euch leider nicht verschweigen, daß dieser Mensch allgemein der ›Lügenbaard‹ heißt – um seiner toll erfundenen Geschichten willen.«

»Auch ihn will ich anhören«, bestimmte der Fremde. »Und Euer dritter Zeuge?«

»Der ist am wenigsten wert«, sagte der Kaufherr, »so wenig, daß ich Euer Gnaden um Nachsicht bitten muß, ihn überhaupt vorgeladen zu haben: irgendein Bettelmädchen, das auf den Stufen der Petrikirche den Kindern der Marktleute Märchen zu erzählen pflegt. Es sind allerdings Märchen von besonderer

Art: Sie spielen alle in Grönland und handeln von Dingen, die ein Kopenhagener Bettelmädchen schwerlich selbst erfinden kann. Auch sie soll vorgeben, in Grönland geboren zu sein.«
»Und diese drei«, fragte der Fremde nach einem kurzen Schweigen, »sind die einzigen Menschen weit und breit, die etwas über Grönland zu berichten haben? Andere habt Ihr nicht gefunden?« Tadel und Enttäuschung sprachen deutlich aus seinem Ton.
»Ich tat, was ich konnte«, verteidigte sich der Kaufherr, »und habe nicht geringe Mittel für diese Nachforschungen aufgewendet, die Ihr mir aufgetragen habt. Ihr wolltet das mündliche Zeugnis von Seefahrern hören, die während der letzten Jahre die Grönlandküste mit eigenen Augen gesehen, mit eigenen Füßen betreten hätten. Nur diese armseligen drei behaupten das von sich. Alle andern, alle Schiffer, die je die nördlichen Gewässer zum Walfang bereist haben, bezeugen einstimmig, die Grönlandküste sei nicht nur unbewohnt, sondern auch unbewohnbar für Christenmenschen, dazu undurchdringlich verschlossen durch Eisberge, Klippen und Nebel. Seit Menschengedenken habe sie niemand mehr betreten.«
Der Fremde starrte vor sich hin. »Nun gut!« sagte er dann. »Ich will Eure drei Zeugen anhören und scharf prüfen. Aber glaubt nicht, daß ich meine Pläne aufgeben werde, wenn ich nur ein Korn Wahrheit in dieser Spreu finde!«
Ein Diener kam herein und meldete seinem Herrn, unten warte ein Mann, der vorgebe, hierher bestellt worden zu sein, ein Seemann, jedoch von der gröbsten Sorte, der den Hut auf dem Kopf behalte und mit seinen Stiefeln voller Straßenkot die Fliesen beschmutze. Ob man den nicht wegschicken dürfe?
»Hat er zwei Beine?« fragte der Kaufherr. Ja, die habe er. »Dann ist es also Jon der Grönländer, mein erster Zeuge. Herein mit ihm!« befahl der Kaufherr.
Als Jon der Grönländer an dem hochmütig dreinblickenden Diener vorbei breitbeinig über die Schwelle trat, zog er nun doch mit nachlässiger Bewegung den hohen Filz vom Kopfe.

Der Hausherr winkte den Schiffer näher heran und hieß ihn, sich zu setzen. Der hochmütige Diener mußte einen großen blauen Steinkrug holen und einen zinnernen Becher mit dem besten Branntwein füllen, den Jon je gekostet hatte und den er mit einem Zug auf das Wohl der beiden Herren leerte. Dann blickte er, die Hände auf den Knien, erwartungsvoll von einem zum anderen, bereit, zu hören und zu antworten.

Schon räusperte sich der Kaufherr, da hob plötzlich der Fremde befehlend die ringgeschmückte Hand: »Nein, laßt mich fragen!« Er beugte sich im Sessel vor, und nun bemerkte auch Jon die eiskalte Klugheit der hellen Augen, die alles zu durchdringen schien. Düwel, dachte der Schiffer, mindestens ein Admiral! Und das wurde ihm fast gewiß, als der Fremde nun seine Fragen stellte, Fragen eines Mannes, der See und Seefahrt von Grund auf kennen mußte. Sie kamen knapp und herrisch, duldeten kein Ausweichen, keine halbe Antwort. Jon der Grönländer mußte von seinem Seemannsleben Rechenschaft geben, wie sie noch niemand von ihm verlangt hatte: von seinen Reisen, von den Schiffen, auf denen er gefahren, den Häfen, in denen er an Land gegangen war, von seinem Wissen über Winde und Meeresströmungen.

Schließlich fragte der Fremde: »Und Grönland kennst du auch?«

»Meint Ihr die Ost- oder die Westküste?« fragte Jon zurück. »An der Westküste, müßt Ihr wissen, bin ich ziemlich weit nach Norden hinaufgekommen, fünf Jahre mag das her sein, bis dahin, wo mittsommers die Sonne nicht mehr untergeht.«

»Und was kannst du von diesem Lande berichten?«

»Hm.« Der Schiffer dachte nach, es schien nicht einfach zu sein, etwas darüber zu sagen. »Die Küste ist im Sommer wohl eisfrei, aber unzugänglich wegen der steilen Felsen und Eisberge, die vom Innern des Landes an vielen Orten bis an das Meer herunterreichen. Auch wimmelt ein häßliches, zwerghaftes Seeräubervolk in schmalen Fellbooten windschnell aus den Buchten hervor, sobald man der Küste nahe kommt. Wir konnten nur wenige Male an Land gehen.«

»Und – die Ostküste?« fragte der Fremde.

»Die Ostküste, Herr? Die Ostküste von Grönland kennt niemand«, erwiderte Jon.

»Warum nicht?«

»Dort kann man nicht landen. Ein reißender Eisstrom zieht das ganze Jahr über an ihr vorbei. Kein Boot könnte ihn durchqueren, ohne zerdrückt zu werden. Warum auch sollte das einer versuchen? So weit man sehen kann, besteht die Küste aus Eis und Felsen, öde und unbewohnt. Nein, an der Ostküste lebt niemand.«

»So!« erwiderte der Fremde trocken und fragte dann hinterhältig langsam: »Hast du vielleicht jemals etwas von der Ostsiedlung gehört?«

»Nein«, sagte Jon, »nie gehört! Was ist das? Wo liegt die?«

»Die Ostsiedlung«, belehrte ihn der Fremde, »ist die norwegische Kronkolonie auf Grönland mit einem Bischofssitz, zwei Klöstern, elf Kirchen, hundertachtzig Höfen, einer königlichen Faktorei und drei schiffbaren Häfen – nie davon gehört? Du warst in Grönland und hast nichts davon gesehen? Denke gut nach, mein Freund! Du könntest sonst den Verdacht erwecken, als hättest du das Land doch nicht ganz so gut kennengelernt, wie du vorgibst.«

»Düwel, Düwel!« Jon der Grönländer bekam einen roten Kopf vor Ärger und fing zu seiner Verwunderung wirklich an nachzudenken. Dann fiel ihm etwas ein. »Westlich von Hvarf, der Südspitze Grönlands, da gingen wir mal in einer Bucht vor Anker. Sie wäre ein guter Hafen gewesen. Aber niemand wohnte dort. Nur Mauerreste und ein paar überwachsene Trümmerhaufen sahen so aus, als hätten da vielleicht einmal Häuser gestanden. Wir dachten nicht weiter darüber nach. Es hätten ja auch Schiffbrüchige sein können oder Seefahrer, die sich gegen einen Sturm oder zum Überwintern da ein paar Hütten aufgerichtet hatten. Eins aber hätte uns wohl zu denken geben sollen: Ein Stück abseits stand ein größeres Gemäuer, ohne Dach, ohne Türen und Fenster, aber noch wohlerhalten, fest gebaut und so gewaltig in allen seinen Maßen, daß es keine flüchtig errichtete Schutzhütte sein konnte. Eigentlich sah es wie eine Kirche aus, und ringsherum war auch so etwas wie ein Friedhof, mit einer Steinmauer umgeben und voller Grabsteine und Kreuze aus Stein oder Holz, alles verlassen und ohne Pflege, aber noch wohlerhalten. Wir haben uns das nur flüchtig angesehen und unser Lager so weit als möglich von der Stelle aufgeschlagen. Denn so ein Friedhof an einer verlassenen Küste, das ist kein guter Ort für Christenmenschen. Wenn wir später von diesem seltsamen Friedhof sprachen – gern taten wir es nicht! –, so meinten wir wohl, es müßte eine ganze Schiffsmannschaft gewesen sein, die durch Schiffbruch, Hunger oder Seuche an dieser Küste ums Leben gekommen und bestattet worden war. Nun aber, Herr, wo Ihr mich fragt, kommt mir der Gedanke, diese Kirche und dieser Friedhof könnten vielleicht etwas mit dem zu tun haben, was Ihr sucht.«

Der Fremde hatte aufmerksam zugehört. »Westlich von Hvarf, sagtest du? Also an der Westküste? Ja, das könnte stimmen. Dann hast du einen Teil der Westsiedlung gesehen, jenen Teil der Kronkolonie, der schon vor mehr als zweihundert Jahren von seinen Bewohnern verlassen und seitdem dem Verfall preisgegeben ist. Hast du sonst noch irgend etwas gefunden oder beobachtet? Denke gut nach!«

»O ja!« Jon nickte mit dem schweren Kopf, in dem nun langsam die Erinnerungen aufstiegen. »Weiter im Norden, auf einer Insel in einem Fjord fanden wir Schafställe und Schafe und einen Toten, der war gekleidet und sah aus wie ein Bauer oder Fischer auf Island.«

»Wo lag diese Insel?« fragte der Fremde gespannt und beugte sich vor.

»Wo? An der Westküste Grönlands, den genauen Ort weiß ich nicht mehr«, entgegnete Jon.

»Westküste!« Der Fremde schien enttäuscht. »Dann war es immer nur die Westsiedlung, die längst verlassene. Ich aber suche die Ostsiedlung, die noch bewohnt, reich und voller Leben ist, und die muß, wie schon der Name sagt, an der grönländischen Ostküste zu finden sein. Aber davon scheinst du ja nichts zu wissen!«

Eigensinnig wiederholte Jon der Grönländer: »An der Ostküste ist nichts als Eis und Fels und der Tod. Wer vor der Ostküste Schiffbruch erleidet, der ist verloren. Wie sollten da Menschen leben, seit vielen hundert Jahren noch dazu!«

»Woher willst du das so genau wissen«, fragte der Fremde spöttisch, »wenn du doch niemals bis an die Küste herangekommen bist, wie du selbst sagst? Die Ostsiedlung ist kein Märchen, sondern lebendige Wirklichkeit, durch Urkunden der Archive zu Bergen hundertfach bezeugt. Wenn du auf deinen Fahrten nichts davon wahrgenommen hast, so beweist das nur, daß du den Mund zu voll genommen hast, wenn du mir weismachen willst, du kennst Grönland.«

Der vierschrötige Kerl fuhr vom Sitz hoch: »Herr, so was dürft Ihr Jon dem Grönländer nicht sagen! Wenn Ihr, wie ich, vom Topkastell aus die Küste hättet sehen können, Tag und Nacht, viele Wochen lang – denn wir saßen im Treibeis gefangen und retteten nur durch Gottes Gnade Schiff und Leben –, und sähet über dem meilenbreiten Eisstrom die Berge von Fels und Eis, mitten im Sommer, und dahinter, so weit das Auge reicht, das ewige, endlose Eis, das den Kern des Landes Grönland bildet, Herr, Ihr würdet mir glauben! Aber freilich, die Küste ist hinter dem Eisstrom ebenso zerrissen wie die Westküste, voller Fjorde und versteckter Buchten. Wer den Eisstrom durchqueren könnte, würde vielleicht manches entdecken, was man vom Schiff aus nicht sehen kann.«

»Du gibst also zu«, beharrte er mit hochmütiger Stimme, die er nicht im geringsten erhob, »daß es auch an dieser unzugänglichen Küste manches zu erforschen gäbe, was deiner unvollkommenen Kenntnis des Landes verborgen geblieben ist?«

»Herr«, knurrte Jon der Grönländer, »wenn es diese verdammte Ostsiedlung, oder wie Ihr sie nennt, wirklich gibt, und Euch muß ich das ja glauben, dann ist unter allen christlichen Schiffern der Welt bestimmt nur einer, der sie ausfindig machen kann, und das ist Jon der Grönländer.« Er reckte sich im Bewußtsein, endlich auf den Kern der Sache gekommen zu sein und ein entscheidendes Wort gesprochen zu haben. Was würde der Fremde darauf sagen?

»Du versprichst viel, Freund Jon«, sagte dieser nach langem Schweigen. »Soll das bedeuten, daß du bereit sein würdest, ein Schiff oder auch zwei und drei nach Grönland zu führen, um die verschollene Ostsiedlung aufzusuchen?«

»In wessen Diensten?« fragte Jon der Grönländer, der bei aller Abenteuerlust in gewissen Dingen vorsichtig genug war. »In wessen Diensten, Herr? Des Königs?«

»Ja – ja, in wessen Diensten sonst?« Die Antwort kam nach ganz kurzem Zögern. Der Schiffer hatte nicht darauf geachtet, aber der Kaufherr horchte auf.

Der Gast sprach indessen gleichmütig weiter: »Du wirst bald mehr hören. Nur, wenn dir daran gelegen ist, daß aus dem Unternehmen etwas wird, dann schweige von dem, was heute hier gesprochen wurde, hörst du, Schiffer?«

»Versteht sich, Herr!« sagte Jon und fing mit einer Hand den kleinen, aber schweren Beutel auf, den ihm der Fremde zuwarf. Im stillen aber wunderte und ärgerte er sich. Wer war denn dieser hochmütige Fremde mit den weißen Händen voller Ringe, daß er einen zwang, eine solche Behandlung von ihm hinzunehmen? Jon der Grönländer, als Schiffer auf den meisten der bekannten Meere in vielen Wettern und Abenteuern erprobt, ließ sich sonst nicht leicht etwas gefallen, was ihm nicht paßte. Aber dieser Fremde? Jon hätte etwas darum gegeben zu wissen, wer das war. Sicher einer von den ganz großen Herren, am Ende der König selbst. Aber dafür hatte er mit der Seefahrt ein bißchen zu gut Bescheid gewußt. Er war wohl doch ein Admiral, so einer, der als Schiffsjunge angefangen hatte.

Noch etwas anderes ließ ihm keine Ruhe, und als der Kaufherr ihm noch einmal den Becher mit Branntwein gefüllt hatte, faßte Jon sich ein Herz und fragte mit listigem Augenzwinkern: »Dann wird mir der Herr wohl noch sagen, warum diese Ostsiedlung durchaus aufgefunden werden soll?«

Der Fremde erwiderte, so, als sei diese Frage kaum einer Antwort wert, das Land gehöre von alters her zum Königreich, genauso gut wie der Hafen von Bergen oder diese Stadt Kopenhagen. »Was also wundert dich?«

»Daß man sich erst jetzt darauf besinnt!« platzte Jon der Grönländer heraus. »Was ist denn das für ein Land, das zum Königreich gehört und so völlig vergessen wurde, daß heute keiner mehr weiß, wo es eigentlich liegt? Warum ist es denn mit einem Male so wichtig geworden, warum bietet man Schiffe auf und heuert fremde Seeleute an, es zu suchen, Herr?«

»Ich weiß wirklich nicht, wovon du redest!« erwiderte der Fremde abweisend.

Aber der Seemann ließ sich nicht täuschen. »Gesteht nur, es steckt etwas dahinter! Vielleicht ist in diesem Lande ein Schatz verborgen aus den Wikingerzeiten oder ein Geheimnis – ein Wissen vielleicht.«

»Was sollte das wohl sein?« meinte der Fremde spöttisch.

»Ja, Herr, das frag ich Euch!« Jon der Grönländer war jetzt seiner Sache so sicher, daß er ganz vertraulich redete: »Seht, Herr, von eurer Ostsiedlung habe ich gar nichts gewußt. Aber daß auf Grönland vor vielen hundert Jahren ein Schutzhafen der Wikinger gewesen ist, davon habe ich in meiner Kinderzeit auf Island oft genug erzählen hören. Und die alten Wikinger, die waren zwar Räuber, aber auch ganz große Seefahrer und kannten Wege über das Meer, die heute mancher gern wieder wüßte. War es nicht Grönland, von wo sie schon in grauer Vorzeit ausfuhren, das reiche Land im Westen zu entdecken, das bis heute noch keiner wiedergefunden hat? Wie hieß es doch? Winland?«

Nicht nur der neugierige Jon, auch der Kaufherr sah, wie der

Fremde bei diesem Wort stutzte. »Winland! Was weißt du von Winland?« murmelte er verächtlich und dann, schnell gefaßt, in seinem kältesten Ton: »Erstaunliche Neuigkeiten! Wirklich erstaunlich! Aber sage mir, du kluger Mann, was suchtest du denn an der Grönlandküste, als du sie vor fünf Jahren in englischen Diensten bereistest?«

Jetzt war es an Jon dem Grönländer, verdutzt zu sein. Mißtrauisch blickte er den Fremden an. Dann fing er an zu begreifen: Sein Pfeil, ins Blaue abgeschossen, hatte getroffen. Er blinzelte, er schmunzelte, er grinste breit. »Keine Wale, Herr«, sagte er, »auch nicht die vergessene Ostsiedlung oder gar Winland! Etwas Besseres: Die Nordwestpassage – den Weg nach Indien durch das Nordmeer.«

Der Fremde schwieg. Seine Augen, groß, sehr hell und jetzt ganz ohne Spott, waren auf den Schiffer gerichtet und sagten, daß sie einander verstanden hätten. Nun doch unbegreiflich verwirrt, stand Jon auf, suchte seinen Hut und verbeugte sich. »Dann also, Herr...«

Der Fremde nickte gnädig: »Du wirst von mir hören, Jon der Grönländer. Aber!« Mit eindrucksvoller Gebärde bewegte sich die weiße Hand an die Lippen. Der Schiffer verbeugte sich nochmals vor dem Kaufherrn und stampfte zur Tür. Abscheulich glatt kamen ihm die gebohnerten Fliesen vor...

Die Insel im Fjord

Schon streckte er die Hand nach der rettenden Klinke aus, da erdröhnte die Tür von einem erbitterten Handgemenge, und eine noch jugendliche Stimme brüllte: »Nein! Ich will nicht! Hol der Teufel euren gnädigen Herrn!« Die Tür krachte an die Wand, und zwei stämmige Kerle schoben und hoben einen Menschen herein, der sich wütend wehrte. Als die beiden ihn glücklich über die Schwelle gezogen hatten, sah man, daß der Ärmste nur ein Bein besaß. Die Krücke, die ihm zusammen mit einem Stelzfuß das andere ersetzen mußte, trug der eine seiner Überwältiger in der Hand. Jetzt gab er sie ihm zurück und half ihm zu einem festen Stand auf dem Boden. Der Einbeinige hatte sein Widerstreben aufgegeben, fuhr sich mit den Fingern durch den zerzausten Schopf und blickte verdutzt um sich. Er mochte anderes erwartet haben als dies prächtige Zimmer.

Jon der Grönländer aber machte runde Augen und rief: »Sieh mal an, das ist ja Lügenbaard!«

Diese Anrede gab dem Burschen ein wenig Sicherheit zurück. Ein Grinsen, scheu und frech zugleich, riß Furchen in seine hageren Wangen. Er gab zurück: »Und du, Jon Pottwal, bist hier ja in vornehme Gesellschaft geraten!«

»Na ja, wie es sich so trifft!« brummte Jon der Grönländer. »Dich haben sie ja sogar auch eingeladen, wie ich sehe. Nur scheinst du nicht gern gekommen zu sein.«

»Eine merkwürdige Einladung«, beschwerte sich Baard. »Da holen sie mich aus einer Schenke heraus, erzählen mir, daß ich in einer anderen einen Freitrunk für meine Geschichten kriegen soll, und dann führen sie mich hierher. Was soll ich mir in so einem Haus Gutes erwarten! Und als ich nicht weiter mitwollte, haben sie mir die Krücke weggenommen. Nennst du das eine Einladung?« Dann fragte er fast nur mit Gebärde und

Blick: Was soll das hier eigentlich? Wer ist das da am Kamin? Jon antwortete in gleicher Weise, er könne zwar, möge aber im Augenblick Näheres nicht sagen, jedenfalls sei die Sache von großer Bedeutsamkeit. Das kurze Gespräch der beiden wurde nicht unterbrochen, denn auch die Herren am Kamin wechselten ein paar Worte und ließen sich Zeit, ehe sie diesen sonderbaren Vogel näher betrachteten.
»Da habt Ihr den ganzen Kerl!« murmelte der Kaufherr. »Versoffen und ohne ein Spur von Sitte! Wollen Euer Gnaden sich wirklich näher mit ihm befassen?«
Der Fremde nickte.
Der Kaufherr winkte Lügenbaard, näher heranzutreten, und Jon, den jetzt nichts auf der Welt aus diesem Zimmer hätte fortlocken können, führte den Krüppel sorglich über die glatten Fliesen zum Kamin, rückte ihm einen Schemel hin und setzte sich selbst auf seinen früheren Platz, begierig zu hören, was Lügenbaard und dieser vornehme Fremde einander zu sagen haben würden.
Nachdem auch Baard einen Becher voll Branntwein bekommen hatte, den er gierig, mit einem mißtrauischen Blick auf seine Gastgeber, hinunterstürzte, fragte der Fremde, ob es zutreffe, daß er aus Grönland gebürtig sei. »Das kommt ganz darauf an, Herr«, erwiderte Lügenbaard dreist, »was die Antwort Euch wert ist!«
Jon der Grönländer schlug sich aufs Knie. Der Kerl war doch frecher, als irgend jemand sich vorstellen konnte! Der Kaufherr mahnte, Baard solle doch nicht so geheimnisvoll tun mit einer Sache, die er tagaus, tagein in allen Schenken zum besten gebe.
»Ja, Herr, das ist aber ein großer Unterschied!« belehrte ihn der Stelzfuß. »Da erzähle ich das Leuten, die mir doch kein Wort davon glauben, und auch die bezahlen mir gewöhnlich mehr als einen Becher Branntwein dafür. Wenn ich aber meine Geschichte hier vor jemand erzählen soll, der sie für Wahrheit nehmen will, so ist das ganz was anderes. Da muß ich zuerst

wissen, was damit geschehen soll, und auch, was sie wert ist. Ihr müßt bedenken, Herr, ich besitze nichts auf der Welt als meine Geschichte. Umsonst kann ich sie nicht hergeben.«

Der Kaufherr wurde rot vor Ärger. Dies überstieg seine schlimmsten Erwartungen, und seine Hand zuckte schon nach der Silberglocke, um den frechen Kerl hinauswerfen zu lassen. Lüge oder Wahrheit, dergleichen konnte er seinem Gast nicht bieten lassen!

Der selbst aber war sonderbarerweise anderer Meinung. Ein Wink der weißen Hand hielt den Kaufherrn zurück. Gelassen fragte der Fremde: »Du willst also einen Preis genannt haben für eine Ware, die ich noch nicht kenne? Ist das Handelsbrauch unter ehrlichen Leuten?«

»Nur unter ehrlichen Leuten!« sagte Lügenbaard mit treuherzigem Blick. »Unter Gaunern kann man so ein Geschäft niemals machen!«

Die Antwort schien dem Fremden nicht einmal zu mißfallen. Mit einem kaum sichtbaren Lächeln betrachtete er den dreisten Gesellen und dachte darüber nach, was der ganze Kerl mit allen seinen Geheimnissen wohl in Wahrheit wert sein mochte. Vielleicht war er wirklich nur ein Windmacher, der ein paar Groschen herausschlagen wollte. Aber irgend etwas an dieser Lumpengestalt sprach den menschenerfahrenen Herrn an, verriet gute Herkunft, Klugheit und sogar eine Art von Ehrenhaftigkeit. Der Fremde beschloß, einen Versuch zu machen, und wollte gerade das Schweigen brechen, als ein Geräusch im Raum sie alle herumfahren ließ.

Sie hatten nicht gehört, wie es geklopft hatte, auch nicht, daß die Tür leise geöffnet und wieder geschlossen worden war. Nun erschraken sie fast, als sie im Halbdunkel des großen Raumes einen kleinen Schatten stehen sahen, ein Kind, so schien es, ein Mädchen. Die weiße Leinenhaube schimmerte hell. Darunter erkannten sie ein schmales Gesicht, das fast ebenso weiß war. Die Gestalt im dunklen Kleid verschwand im Dämmerlicht, nur zwei Hände waren noch sichtbar, die seltsam hilflos umhertasteten. Die Bewegung dieser Hände war es, die dem scharfen Auge des alten Schiffers etwas verriet, was die anderen erst einen Augenblick später erkannten, als er schon aufgestanden war, die umherirrenden Hände ergriffen und das Mädchen an den Kamin geführt hatte. Nun sahen sie es alle: Unter der Haube hervor fielen feine, lichte Haarsträhnen in ein Augenpaar vom klarsten Blau, aber ohne Blick. Das Mädchen war blind.

Ein Kind war sie nicht mehr, das sah man nun auch, aber so klein und schmächtig, wie es oft Menschen ihr Leben lang bleiben, wenn sie eine Kindheit voller Entbehrungen überstehen mußten. Ihr Kleid von grober Leinwand war ärmlich und geflickt, die Füße bewegten sich in Holzschuhen ungeschickt über den glatten Boden.

In das bestürzte Schweigen der vier hinein sprach das Mädchen laut und ängstlich: »Wer ist hier? Wo bin ich? Ich bitte euch, sprecht zu mir! Ich weiß nicht, was ich hier soll. Die Männer, die mich holten, versprachen, mir solle nichts geschehen. Aber nun haben sie mich hier allein gelassen. Sprecht mit mir, ich bitte Euch!«

Jon der Grönländer klopfte ihr mit freundlichem Brummen den Rücken, während der Kaufherr und sein Gast Blicke tauschten. Eine Blinde? Seltsame Augenzeugin! sagte die Miene des Fremden. Der Kaufherr zuckte die Achseln. Er hatte wirklich nicht gewußt, daß sie blind war. Wahrhaftig, mit diesen Leuten legte er Ehre ein!

Niemand hatte auf Lügenbaard geachtet. Der starrte vorgeneigt, mit offenem Munde das Mädchen an. Es zuckte in seinem Gesicht. Ein wunderlich trauriges Lächeln verzerrte es. »Birgit, mein armes Schwesterchen!« sagte er heiser. »Bist du es wirklich, oder ist es dein Geist?« Seine Stimme klang so anders als vorher, daß alle sich nach ihm umwandten.

Das Mädchen aber begann zu zittern. »Wer hat da gesprochen?« flüsterte es. »Ich bitte Euch, macht keinen schlechten Scherz mit mir! Wer ist der, der das eben gesagt hat?« Sie

streckte die Hände ins Leere, langsam, als fürchte sie sich, das zu berühren, was sie erwartete.
Da kam der Krüppel von seinem Sitz hoch, schneller als irgend jemand es sich versah. Die Krücke polterte zu Boden. Mit beiden Armen umfing er die kleine Gestalt. Das Mädchen schrie auf, und dann hörte man lange nichts als das Schluchzen und Lachen, mit dem die beiden einander umklammert hielten.
Inzwischen fragte der Fremde seinen Gastgeber: »Wußtet Ihr denn nicht, daß die beiden miteinander verwandt sind?«
»Niemand hat es mir berichtet«, erwiderte der Kaufherr mürrisch. »Sie tun ja selbst so, als hätten sie bis heute nichts voneinander gewußt. Sicher ist das Schwindel. Denkt bitte daran, Herr, daß ich Euch zuvor gewarnt habe!«
Jon der Grönländer aber knurrte böse: »Wenn Ihr das für Schwindel und Verstellung haltet, so habt Ihr keine Augen im Kopf!«
Der Fremde blickte scharf auf das Geschwisterpaar und bemerkte gleichmütig: »Die Frage ist, wann er dies Mädchen, das er seine Schwester nennt, zum letztenmal vorher gesehen hat. Danach vor allem sollte man sie fragen!«
Es dauerte aber eine ganze Weile, ehe irgend jemand wieder eine Frage an Lügenbaard richten konnte. Er war ganz verwandelt, nichts von seiner frechen Sicherheit war ihm geblieben. Das blinde Mädchen mit dem stillen weißen Gesicht gewann eher die Fassung zurück als der große Bursche, der nicht aufhören konnte, zu schluchzen und immer wieder die schmalen Wangen, die blicklosen Augen zu berühren, als könnte er es nicht fassen, daß sie wirklich war. Jon der Grönländer war es, der ihn endlich beruhigte. Er hatte die beiden nebeneinander auf eine niedrige, ledergepolsterte Bank gedrückt, und, da der Kaufherr nicht daran zu denken schien, einen Becher mit dem guten Branntwein aus dem blauen Krug gefüllt und erst den Burschen, dann auch das Mädchen trinken lassen. Lügenbaard wischte mit Hand und Ärmel über sein nasses Gesicht, schneuzte sich und gewann schrittweise etwas von seiner Hal-

tung zurück. Und es war gut, daß es nicht die hochmütige Stimme des Fremden war, sondern des alten Schiffers rauher Baß, der in diesem Augenblick fragte: »Na, Junge, das hattest du wohl nicht erwartet, was? Wie lange habt ihr euch nicht mehr gesehen?«

»Lange, lange!« Der Bursche bewegte die Hand ins Leere. »Ich wußte nichts mehr von ihr, seit ich von Grönland fortging. Da waren wir noch Kinder.«

In diesem Augenblick legten sich kleine, kalte Finger auf seinen Mund, und an seiner Schulter flüsterte es: »Still, still, Baard! Sprich nicht von Grönland! Das bringt uns ins Unglück!« Die Worte hatte man kaum verstanden, aber die Gebärde war deutlich genug gewesen.

»Du, Mädchen«, sagte der Fremde nicht unfreundlich, »warum willst du nicht, daß dein Bruder von Grönland spricht?«

Sie wurde rot und wand sich ein wenig. Dann aber antwortete sie mutig: »Weil Ihr uns doch nicht glauben werdet, Herr!«

»Meinst du das?«

»Noch niemand hat mir in dieser Stadt ein Wort geglaubt, wenn ich von Grönland sprach!« fuhr das Mädchen fast heftig fort. »Sie haben mich ausgelacht und gesagt, das alles könne gar nicht sein, und wenn auch nur die Hälfte von meiner Geschichte wahr wäre, so sei es fast gewiß, daß ich von Heiden oder gar von Schlimmeren abstamme. Herr«, rief sie und hob ihre gefalteten Hände, »so viele Jahre habe ich versucht, alles zu vergessen, und nun rührt Ihr alles wieder auf!«

»Na, na!« warf der Kaufherr ein. »So ganz hattest du doch wohl nicht alles vergessen. Denn wenn du nicht den Kindern an der Petrikirche immer wieder deine Geschichten erzählt hättest, dann wüßte ich gar nichts von dir, und du säßest nicht hier!«

»Das ist wahr«, sagte das Mädchen. »Aber ich träumte immer wieder von dem, was ich vergessen wollte, und Kindern

Märchen zu erzählen, das ist doch nicht verboten. Und sie fragten mich doch, und sie glaubten mir.«
»Wer sagt dir denn«, sprach der Fremde, »daß ich dir nicht glauben will?« Das Mädchen horchte dem Klang seiner Stimme nach, als könnte der ihr verraten, wie ernst die Frage gemeint sei. Dann lächelte sie mit einem Male. »Versprecht Ihr es, Herr?« fragte sie.
Der Fremde lachte kurz. »Was? Dir zu glauben? Kind, wie kann ich das versprechen, ohne zu wissen, was du sagen wirst! Nein, nein, ihr beiden, ich habe nicht im Sinn, mir Märchen anzuhören oder euch zu verspotten. Ich will hören, was ihr wirklich über Grönland wißt und über die Ostsiedlung, Norwegens Kronkolonie. Noch weiß ich nicht, welchen Wert eure Geschichte für mich haben wird. Eins aber verspreche ich euch schon im voraus: Wenn das, was ihr zu sagen habt, mir bei meinem Vorhaben im geringsten dienlich ist, so könnt ihr schon im nächsten oder übernächsten Sommer in eure Heimat zurückkehren – wenn es wirklich Grönland ist!«
Die Geschwister unterdrücken einen Ausruf und packten einander bei den Händen. Baard holte tief Atem und sagte: »Wenn Ihr so etwas versprechen könnt, so müßt Ihr sehr mächtig sein oder einem Mächtigen dienen, am Ende dem König selbst. Ist es an dem, daß er endlich wieder ein Schiff ausschicken will nach seiner Ostsiedlung auf Grönland? Dann wird es höchste Zeit!«
»Was willst du damit sagen?« fragte der Fremde. »Welche Gefahr bedroht die Ostsiedlung? Kann sie sich der Skrälinger nicht mehr erwehren, die schon vor zweihundert Jahren die Westsiedlung eingenommen haben?«
»So, davon wißt Ihr, Herr?« Baard wunderte sich. Er übersah, daß seine Schwester etwas zu sagen versuchte, und fuhr fort: »O ja, Skrälinger sind da und wilde Tiere und Seuchen und was Ihr Euch sonst noch vorstellen mögt. Der schlimmste Feind aber, der ganz und gar unbezwingliche, dem die Ostsiedlung eines Tages erliegen wird, ist der Hunger.«

Hunger? Sie alle kannten ihn, vor dem kein Land, keine noch so reiche Stadt ganz sicher war. Eine Mißernte, Krieg und Seuchen konnten ihn jederzeit herbeirufen. Aber auf ein oder zwei Notjahre folgten doch immer wieder bessere Zeiten.

»Grönland ist doch ein reiches Land!« meinte der Fremde. »Tran und Butter führt es aus und andere Erzeugnisse von Viehzucht, Jagd und Fischerei. Schlechte Zeiten gibt es überall einmal, aber...«

Ein rauhes Lachen unterbrach ihn. »Woher habt Ihr diese Weisheit, Herr?« rief der Stelzfuß grob. »Viehzucht, Jagd und Fischerei! Das ist lange her. Was die schlechten Zeiten angeht, so haben wir von klein auf niemals andere kennengelernt, und die waren wohl doppelt so schlimm wie die schlechtesten, die Ihr je gesehen habt. Das ist die Wahrheit über den Reichtum von Grönland, Herr!«

Der Fremde schwieg. Sein Gesicht lag im Dunkeln. Nur seine Hände, die geballt auf den Armlehnen lagen, verrieten seinen Widerwillen. Er wollte nicht weiter hören! Dies konnte nicht die Wahrheit sein. Die Ostsiedlung, die verschollene Kronkolonie, das Ziel aller seiner Pläne, sollte nicht reich sein, sondern ein armes, des Schutzes und der Hilfe bedürftiges Land? O nein, er hatte zuviel heimliche Träume an die geheimnisvolle Küste vorausgeschickt, als daß er diese Wirklichkeit hätte hinnehmen können! Und wer war es denn schon, der ihn hier eines Besseren belehren wollte! Ein Herumtreiber, für Lügengeschichten bekannt, und ein blindes Bettelmädchen!

Die Blinde spürte in seinem Schweigen das erwachende Mißtrauen. Sie sprach mit ihrer sanften Stimme. »Herr, ich bitte Euch, hört uns an! Wir wollten nichts sagen, weil wir schon wußten, daß Ihr uns nicht glauben könnt. Nun aber, da Ihr uns zum Reden gebracht habt, hört uns wenigstens an! Es könnte sonst sein, daß niemals wieder eine lebende Stimme aus der Ostsiedlung an Euer Ohr dringt! Mein Bruder hat Euch noch nicht gesagt – und ich fürchte, er hat es vergessen –, daß wir beide, Kinder noch, als Boten ausgeschickt worden sind aus unserer Heimat, als die Leute in der Ostsiedlung sich keinen Rat mehr wußten. Wir sollten Hilfe holen, wo wir sie fänden, ob beim König, beim Papst oder beim Teufel.«

»Und wie ist euch dies Vorhaben geglückt?« fragte der Fremde.

»Herr, gar nicht!« erwiderte das Mädchen einfach. »Denn niemand wollte uns glauben oder uns auch nur anhören, bis auf den heutigen Tag. Ihr seid der erste Mensch, der unsere Botschaft überhaupt zu hören verlangt hat, und auch Ihr wollt sie nicht glauben!«

»Warum hat man Kinder mit einer solchen Sendung beauftragt?« fragte der Fremde. »Das wäre doch Sache der mutigsten und würdigsten Männer im Lande gewesen!«

»Warum es so kam«, erwiderte das Mädchen, »daß nur wir Kinder das tun konnten und tun mußten, das, Herr, ist eben unsere Geschichte und die der Ostsiedlung. Wollt Ihr sie hören?«

War es die feierliche Würde, mit der sie sprach, war es Mitleid mit ihrer Blindheit oder vielleicht irgendeine halbvergessene Erinnerung an ein anderes, ebenso blondes, zartes Kindergesicht? Der Fremde sah das Mädchen fast gütig an und fragte in anderem Ton als je zuvor: »Sage mir, Kind, warst du denn damals schon... bist du von Geburt an blind?«

»O nein«, erwiderte sie mit einem Lächeln, das wie der Widerschein schöner Erinnerungen über ihr blasses Gesicht ging. »Blind wurde ich erst an dem Tag, als ich Grönland verließ. Ich hatte zu lange im Lande Mitternacht gelebt. Da ertrug ich die Sonne nicht mehr.«

»Im Lande Mitternacht?« fragte der Bruder erschrocken.

Sie legte ihm wieder die Hand auf den Mund und flüsterte: »Still, Baard, du wirst alles hören!«

Der Fremde fragte verwundert: »Land Mitternacht? Ein seltsamer Name für Grönland!«

»Nicht unsere Heimat ist damit gemeint, Herr!« erwiderte das Mädchen.

Da schüttelte der Fremde den Kopf und seufzte: »Die Geschichte wird immer verworrener. Nun ist schon nicht mehr von Grönland die Rede. Ich bitte euch, berichtet mir in guter Ordnung und der Wahrheit gemäß alles, was ihr wißt!« Er lehnte sich in seinen Sessel zurück, daß er ganz im Dunkeln verschwand und der Ausdruck seines Gesichtes nicht zu erraten war.

Jon der Grönländer beugte sich gespannt vor. Das Land Mitternacht? Er allein hatte eine ungefähre Vorstellung von dem, was gemeint sein konnte.

Der Kaufherr legte ein paar Scheite ins Kaminfeuer und füllte Gläser und Becher nach. Sein Gesicht verriet nicht, was er von diesem Gespräch hielt, denn er war ein Mann von guter Lebensart und wußte, was er seinem Gast schuldete.

Baard begann. Die Geschichte der Geschwister war nüchtern und ärmlich – nur daß das Land, das sie ihre Heimat nannten, den anderen unirdisch erschien, fremdartig wie ein Geisterland, nur daß die Namen der Orte und der Menschen darin einen seltsam tiefen Klang hatten, vom Ruhm der Sage erfüllt.

Ja, sie waren beide in Grönland geboren, auf Brattahlid, dem Hofe Eiriks des Roten, der vor einem halben Jahrtausend Grönland als erster durchforscht und besiedelt hatte. Er war ihr Ahn. Ihr Vater, Einar Baardsson, war, als beide noch klein waren, mit den besten Männern des Landes nach Westen über das Meer gefahren, um Hilfe zu suchen für das hungernde Land. Die Mutter war ihnen noch früher gestorben. So waren die Kinder unter der Obhut der Großmutter Gudveig aufgewachsen, einer kraftvollen und klugen, noch nicht alten Frau, die großes Ansehen unter den Leuten genoß. Im vierten Jahr nach Einars Ausfahrt, als immer noch jede Nachricht von ihm fehlte und die Not immer größer wurde, rüstete Gudveig ein Boot zur Fahrt nach den Fangplätzen weit im Norden der Küste und brach mit den wenigen Männern auf, die sich dazu noch bereit fanden. Seit Menschengedenken hatte diese Fahrt niemand mehr gewagt. In früheren Zeiten hatten die Grönlandleute dort im Norden reiche Beute an Walen, Robben, Walrossen und Bären erlegt, deren Felle, Häute, Tran und Zähne den Reichtum des Landes ausgemacht hatten. Jetzt fehlte dem verarmten, hungernden Volke nicht nur der Mut, sondern auch die körperliche Kraft zu solchen Unternehmungen. Vor allem fürchteten sie die Skrälinger, die sich, aus dem Norden vordringend, auf den besten Fangplätzen festgesetzt hatten. Nun aber hatten äußerste Not und das Beispiel der mutigen Frau sie noch einmal dazu gebracht, sich aufzuraffen. Von ihrem Zuge brachten sie auch glücklich einige Beute heim. Aber sie hatten einen allzu hohen Preis dafür gezahlt. Sie, der sie diesen Erfolg verdankten, kehrte nicht mit zurück. Sie war umgekommen – auf welche Weise, das vermochte niemand so recht zu sagen. Nur daß sie ehrlich bestattet unter einem Runenstein nahe der Küste schlief, wußten die Heimkehrenden zu berichten.

Nun waren die Kinder ganz verwaist. Sie lebten um diese Zeit schon lange mit Ole, dem treuen Knecht, auf einer Insel weit draußen an der Mündung des Eiriksfjords und kamen nur selten heim nach Brattahlid. Die Großmutter selbst hatte das noch so angeordnet, um der bösartigen Hustenseuche willen, die seit Jahren auf den Höfen umging und vor allem Kinder und junge Menschen dahinraffte. So lebten die drei da draußen am Rande des Nordmeeres friedlich eintönige Tage mit Fischen und Jagen und dem Versorgen der kleinen Schafherde, die auf dem mageren Grün der Insel weidete. Selbst der Tod der Großmutter, so tief er die Kinder traf, unterbrach das Gleichmaß ihres Lebens kaum.

»Aber da kam ein Abend im Herbst«, unterbrach Birgit den Bruder, »da wurde mit einem Male alles anders. Weißt du noch? Der Winter stand vor der Tür, die dunklen Tage, in denen der Tod und die Finsternis alle Macht über die Menschen hatten. Es waren in jedem Frühjahr so viele, die den Winter nicht überdauert hatten, so schrecklich viele, denen wir gemeinsam die Gräber in den aufgetauten Boden bei der Kirche schaufeln mußten. Das kannten wir gar nicht anders. Aber es im voraus zu wissen, machte es so schwer, sich in den Winter zu finden.«

Der Bruder half ihr: »Ja, das weiß ich noch. Aber dann kam Ole und rief uns. Wir sollten ihm bei den Schafen helfen.«

»Ja, und dann«, unterbrach ihn die Schwester wieder, »als wir nachher alle zusammen in der Hütte am Feuer saßen... Von unserer Hütte muß ich erzählen! Sie lag am Fuße der hohen Klippe und sah selbst aus wie ein Stück Fels, aus Steinblöcken erbaut, mit Grassoden auf dem Dach. Fenster wie hierzulande hatte sie nicht. Der Eingang war schmal und zwischen den rauhen, dicken Steinwänden gewinkelt, um Wind und Schnee abzuhalten. Wenn man aber drinnen den Fellteppich zur Seite schlug, dann war es sehr gemütlich bei uns, nicht wahr, Baard? Hast du je wieder so ein schönes Heim gehabt wie wir auf unserer Insel? Wir hatten bunte Wollteppiche und Felle an den Wänden und auf den Borden Schalen und Geräte aus Speckstein und Horn, aber auch aus Zinn und Messing. Das waren die ältesten Sachen, aus Urväterzeiten. Nur sehr warm war es nicht, und ziemlich dunkel. Das offene Feuerchen verbreitete mehr Rauch als Wärme. Aber uns war es warm und hell genug. Es war eben unser Heim. Nie wieder habe ich eins gehabt.«

»Ich rieche noch den Qualm von trockenem Schafsmist!« rief Baard mit einer Grimasse. Er wollte keine Wehmut aufkommen lassen. »Und ich schmecke den Dörrfisch und die gesäuerte Schafsmilch, die fast unser einziges Essen waren. Satt wurden wir niemals. Aber wir kannten es nicht anders, als daß von keiner Nahrung jemals genug da war und daß auch das wenige niemals ganz verbraucht werden durfte aus Furcht vor noch schlechteren Zeiten. Ja, Ihr Herren, auf Grönland konnten wir uns sogar noch schlechtere Zeiten denken!«

»Hattet ihr denn kein Brot?« fragte der Fremde.

Baard lachte kurz. »Brot? Wir kannten es kaum. Drei oder vier Male, seit wir uns erinnern konnten, war es der Großmutter gelungen, welches zu backen, aus Strandhafer, aus zusammengefegten Resten von irgendwoher. Sie war aus ihrer Heimat daran gewöhnt und entbehrte es wohl mehr als irgend jemand von uns. Denn sie stammte aus einem anderen Lande. Schiffbrüchig war sie an unsere Küste verschlagen worden. Nur durch sie wußten wir Kinder, was Brot ist. Für alle anderen in Grönland ist es nicht mehr als ein Wort im Vaterunser, das eben Nahrung bedeutet, aber durchaus nichts Wirkliches.«

»Im Vaterunser, sagtest du?« fragte der Fremde.

»Ja. Wundert Euch das? Wir beten es dort genau wie Ihr hier. Wir sind doch Christen in Grönland.«

»Christen?« wiederholte der Fremde mit einem wunderlichen Beben der Stimme. »Christen, die die Christenheit vergessen hat!«

»Nicht unsere Schuld, Herr!« antwortete Baard feindselig. »Wo blieben denn die geweihten Bischöfe von Grönland, von denen sich seit mehr als hundert Jahren keiner je im Lande sehen ließ?«

Der Fremde erwiderte darauf nichts, sondern fragte, was weiter an jenem denkwürdigen Abend geschehen sei.

»Es war seltsam«, erzählte das blinde Mädchen, »daß wir gerade an diesem Abend soviel vom Vater sprachen, ja, über seine Wiederkehr aus Winland unterhielten wir uns an diesem Herbstabend in unserer Hütte.«

Winland! Zum zweiten Male in dieser Nacht wurde das Wort in der Stube des Kaufherrn ausgesprochen, und wieder zuckte es im Gesicht des Fremden. »Was wißt ihr von Winland?« fragte er.

Diesmal aber kam eine Antwort. Baard war es, der erwiderte: »Was jedes Kind in Grönland weiß. Auf Winland hatten wir all unsere Hoffnung gesetzt. Es liegt uns näher als die Länder der Christenheit, die uns vergessen haben. Winland, das Gute, über dem Meer, besitzt alles, was unser armes Land entbehren muß: Korn und Wein und Holz und Erz, bereit für jeden, der es nehmen kann und will. Es braucht nicht viel dazu, nur ein paar seetüchtige Schiffe, nur eine Handvoll mutiger Männer, um aller Not ein Ende zu bereiten. So wenig nur – und doch zuviel für uns – viel, viel mehr, als Grönland aufbringen kann!«

»Aber euer Vater?« fragte der Fremde. »Er war hinübergefahren? Wie lange war er denn schon weg?«

»In jenem Herbst waren es sechseinviertel Jahre, Herr.«

»Und ihr hofftet noch auf seine Rückkehr?« fragte der Fremde. »So weit liegt doch Winland nicht, daß man nicht in einem Sommer hätte hin- und wieder zurückkommen können.«

Bei diesen Worten zeigte der Kaufherr zum ersten Male Aufmerksamkeit für dieses seltsame Gespräch. Er wandte den großen bärtigen Kopf und blickte seinen Gast scharf an, aus Augen, deren Wachsamkeit die behäbige Ruhe des schweren Leibes Lügen strafte. Von Jon dem Grönländer kam ein Schnaufen und unruhiges Knarren des ledernen Sitzes.

Atemlos fragte Baard: »Das wißt Ihr, Herr?«

Der Anflug eines Lächelns erhellte kurz das hochmütige Gesicht. »Immer ist nur von Tagen die Rede, niemals von Wochen oder Monaten, in den alten Urkunden, die sie auf Island aufbewahren. Du siehst, diese Dinge sind kein solches Geheimnis, wie du glaubst. Freilich sind sie auch nicht vielen bekannt. Ich aber kenne immerhin genug davon, um zu wissen, daß Winland kein Märchen ist. Wurden solche Fahrten nach Winland von Grönland aus oft unternommen?«

»Herr, zu unserer Zeit nicht mehr«, erwiderte Baard, »aber in Grönlands guten Tagen, lange ehe unsere Eltern und Großeltern lebten, da sollen sie so häufig vorgekommen sein, daß niemand sie mehr zählte. Die meisten Schiffe fuhren nach Markland, das näher liegt als Winland, um dort Holz aus den großen Wäldern zu holen. Damals sollen auch Männer für Jahre drüben geblieben sein, um Bäume zu fällen, Schiffe zu bauen und das Land nach neuen Schätzen zu durchforschen. Immer aber kehrten sie eines Tages wieder heim nach Grönland, denn das neue Land war zwar reich, aber von feindlichen Menschen bewohnt, die keinen Frieden hielten. Dies alles, Herr, wissen wir aber nur aus Geschichten der Vorväterzeit. Denn in Grönland lebte schon lange niemand mehr von denen, die diese Fahrten unternommen hatten.«

»Warum wurden sie denn aufgegeben?« fragte der Fremde.

»Warum?« erwiderte Baard mit Bitterkeit. »Weil wir keine Schiffe mehr hatten, schon seit mehr als hundert Jahren nicht. Grönland ist ohne Holz, ohne Korn und Erz, das wenigstens solltet Ihr wissen, und auch, wie es mit fremden Schiffen bestellt ist, die uns etwa hätten helfen können.«

»Aber euer Vater? Wie kam er zu einem Schiff?«

»Das war ein fremdes, das erste nach vielen Jahren, das zu uns kam. Schiffbrüchig, von der Mannschaft verlassen, trieb es in einem Frühjahr mit dem Eis die Ostküste entlang. In jenem Sommer glaubten wir, das Ende unserer Not sei gekommen; denn der Vater wollte viel mehr, als nur Vorräte und Holz von drüben holen. Er wollte mit seinen Männern Land gewinnen, Befestigungen errichten gegen das feindliche Volk, Schiffe bauen und dann wiederkommen und uns alle hinüberholen in das glückliche Winland. Denn in Grönland, das wußte er ebenso gut wie die Großmutter und alle klugen Leute im Land, wurde das Leben von Jahr zu Jahr schlechter und die Menschen weniger. Winland war unsere große Hoffnung, und sechs Jahre des Wartens dünkten uns nicht zu lang, um immer noch daran festzuhalten.«

»Gerade in jenem Herbst«, erinnerte sich das blinde Mädchen, »war überall die Rede davon, nun müßten sie wohl bald kommen, und es wurde mehr von ihrer Rückkehr gesprochen als je. – An diesem Abend war ein Sturm aufgekommen, wir hörten ihn um die Hütte pfeifen und hörten die Brandung an der Klippe. Dazwischen aber hörte ich Stimmen draußen auf der See, viele, laut rufende Stimmen, und wollte, daß wir hinausgingen, um zu sehen, ob da vielleicht ein Schiff in Not sei. Ole wollte nichts davon wissen. Er fürchtete sich vor Stim-

men, die bei aufkommendem Sturm in der Brandung zu hören waren, und wurde böse, als ich immer wieder davon anfing. ›Es ist kein Schiff! Wie sollte das wohl hierher kommen?‹ sagte er.
Es waren aber wirkliche Stimmen, und es war ein Schiff, aber nicht der Vater.«

Die Gäste

Du hörtest es zuerst«, erinnerte sich Baard, »und schriest: ›Der Vater, der Vater!‹ Dann hörten auch wir Stimmen und Schritte ganz nahe bei der Hütte. Aber ehe einer von uns sich rühren konnte, wurde der Fellvorhang heruntergerissen, eine Schar von Männern drängte sich herein, und jemand befahl: ›Keiner rührt sich! Tretet zur Wand und hebt die Hände! Dann geschieht euch nichts.‹

Wir gehorchten nicht. Wir konnten es nicht, obgleich wir den Befehl verstanden hatten. Wie betäubt saßen wir da, Ole mit den Händen voll Reisig über das Feuer gebeugt, mit offenem Munde und weit aufgerissenen Augen zur Tür starrend.

Es war so dunkel im Raum, daß wir nichts weiter erkennen konnten als ein Gewimmel von Beinen in riesigen Stiefeln und ledernen Strumpfhosen, ein Blinken von Eisen und drohenden Augen. Die Stimme, die wir zuerst vernommen hatten, hörte man nun wieder, sehr langsam, jedes Wort wie einen Hieb hervorstoßend. ›Versteht ihr mich? Du Alter da! Komm her und steh uns Rede! Du verstehst mich doch?‹

Ole nickte, wir beiden auch, und erst jetzt fiel uns auf, daß der fremde Seefahrer etwas anders redete als wir.

›Wieviel Mann seid ihr auf dieser Insel?‹ fuhr der Mann fort.

Ole bewegte die Lippen, ohne ein Wort herauszubringen. Er zeigte auf uns und auf sich selbst, hob drei Finger in die Höhe und stieß endlich hervor: ›Drei, nur wir drei!‹

›Und die Küste, die wir vor Anbruch der Nacht im Osten sahen? Was für ein Land ist das?‹

›Grönland‹, erwiderte Ole, ›wir sind Grönländer, aus des norwegischen Königs Ostsiedlung auf Grönland.‹

Eine Unruhe entstand unter den dunklen Gestalten. Der Fremde fragte weiter: ›Welcher Hafen ist der nächste?‹

›Diese Insel‹, berichtete Ole und sprach jetzt freier, ›liegt im Eiriksfjord, der nach Eirik dem Roten so benannt ist. Sein Hof Brattahlid liegt mit Kirche und Hafen an diesem Fjord, ein paar Segelstunden landeinwärts.‹
›Wie ist das Volk an dieser Küste gegen Fremde gesinnt?‹ fragte er. ›Welche Aufnahme finden Schiffe bei euch?‹
Es dauerte einen Augenblick, bis Ole diese Frage verstanden hatte. ›Schiffe?‹ fragte er. ›Schiffe?‹ Er lachte ein wenig. ›Als ich ein Junge war, lief zum letzten Mal eins in unseren Hafen ein. Und du fragst, wie du aufgenommen würdest, Fremder?‹ Der Schiffer fragte nicht weiter. Unter den dunklen Gestalten lief ein Gemurmel um bei dieser Antwort.
Da konnte ich mich nicht mehr halten und rief laut dazwischen: ›Ich bin Baard Einarsson, der Erbe auf Brattahlid. Mein Vater Einar ging vor sechs Jahren auf große Fahrt gen Westen, bringt ihr Nachricht von ihm?‹
Die Frage mußte den Männern sehr merkwürdig vorgekommen sein, das begriff ich erst später. Sie lachten laut und grob. Aber die Stimme des einen drang wieder durch, und er sagte: ›Die Welt ist ein bißchen größer, als du zu glauben scheinst, mein Junge. Wohin wollte dein Vater denn?‹
›Nach Westen, nach Winland!‹ berichtete ich atemlos. ›Ich dachte, er hätte euch hierher geschickt.‹
Wieder entstand murmelnde Unruhe unter den Fremden. Der Mann aber antwortete mir: ›Nein, von Winland kommen wir nicht und kennen auch deinen Vater nicht. Vielleicht aber trifft es sich so, daß wir ihm dort einmal begegnen.‹
In diesem Augenblick sah ich plötzlich das Gesicht des Mannes, der zu mir sprach. Es war heller im Raum geworden. Ole hatte den guten Einfall gehabt, die Lampenschale vom Wandbord zu nehmen und ihre Dochte anzuzünden. Ein rötlicher Schein hob die Gesichter und Gestalten aus der Finsternis. Wir glaubten, eine Schar von Riesen vor uns zu sehen. Nie waren uns so große und breite Männer begegnet. Es waren nur fünf oder sechs, aber ihre gewaltigen Beine, breiten Schultern und

Köpfe mit Bärten und großen Hüten füllten den Raum fast aus, und die Äxte, Spieße und Messer aus blinkendem Eisen, die sie in den Händen hielten, bewiesen den drohenden Ernst ihrer Absichten.
Ich aber sah nur das Gesicht des Mannes, der gesprochen hatte. Er war der Anführer, das erkannte man gleich, obgleich er nicht der größte und breiteste von allen und bei weitem nicht am schönsten gekleidet und bewaffnet war. Sein bartloses Gesicht schien noch jung, und sein rotes Haar hing wohlgeschnitten auf das blankgewetzte Lederwams herunter. Dennoch, ich wußte nicht, warum, fühlte man sogleich, daß dieser Mann die wilden Gestalten da nach seinem Willen lenkte. Jetzt blickte er neugierig, spöttisch und verwundert in der Hütte herum und schien die Specksteinlampe und den steinernen Milchtrog nicht weniger merkwürdig zu finden als uns drei. ›Na!‹ sagte er geringschätzig. ›Hier haben wir es ja äußerst prächtig getroffen!‹
Ich begriff diese Worte nur halb, aber ich fühlte die Verachtung heraus. ›Wir wohnen hier nur‹, verteidigte ich unser Heim, ›weil – weil Großmutter es so gewollt hat. Der Hof meines Vaters ist der älteste und reichste Hof in ganz Grönland, und die Kirche von Brattahlid ist so schön – beinahe so schön wie die Bischofskirche in Gardar – und viel älter, und wir haben sogar eine Glocke!‹
Wieder lachten die Männer. Der Anführer aber sagte, als fiele ihm das eben erst wieder ein: ›Richtig, Gardar hieß der Ort! Eigentlich wollten wir dorthin und dem Herrn Bischof unsere Aufwartung machen. Wir haben wichtige Briefe an ihn.‹
Da lächelte Ole zum ersten Male. ›Seit Bischof Alf starb, hat keiner seine Nachfolge hier im Lande angetreten.‹
Der Anführer stutzte, zuckte dann die Achseln und meinte: ›Wie schade, daß der ehrwürdige Bischof inzwischen gestorben ist! Hätte ich das gewußt, so hätte ich mir die Reise erspart.‹ – ›Ja, sehr schade!‹ stimmte Ole ihm bei. ›Er ist nämlich schon vor mehr als hundert Jahren gestorben.‹ In seinen alten Augen glitzerte der Spott.

Jetzt waren die Fremden an der Reihe, sich zu wundern. Das Gesicht des Anführers verdunkelte sich gefährlich. ›Alter, du bist schlauer, als du dich stellst!‹ sagte er zwischen den Zähnen. ›Das könnte dir schlecht bekommen, hüte dich!‹ Ich hatte über den kleinen Scherz laut gelacht und wollte verwundert etwas fragen. Ole aber machte mir heimlich ein Zeichen. Es hat keinen Sinn, sollte das heißen, die verstehen keinen Spaß!

Statt dessen fragte er, ob er den Gästen nun Essen und Trinken anbieten dürfe, denn so hielten wir es hierzulande. Die Männer sagten, das sei ein guter Brauch. Ums Essen sei es ihnen zu so später Stunde nicht so sehr zu tun. Aber einen guten Trunk Bier oder Branntwein nähmen sie gern.

›Bier? Branntwein? Das haben wir nicht‹, mußte Ole gestehen. Er nahm einen altersschwarzen, schweren Silberbecher vom Bord, unser kostbarstes Erbstück, wischte mit der Hand den Staub heraus und füllte ihn aus dem Trog mit schäumender saurer Milch. Dann reichte er ihn zuerst dem Anführer.

Der nahm mit gekrauster Nase einen Schluck, verzog den Mund und goß die Milch auf den Boden, wo sie zwischen den Steinplatten in schmutzigen Bächen versickerte. Ohne unsere Gesichter zu beachten, wischte er sich den Mund mit der Hand und sagte: ›Das trinkt nur selbst! Wir wollen euch nicht darum berauben. Hoffentlich gibt es in deinem Brattahlid etwas Besseres. Um es kurz zu machen, Alter: Du wirst uns morgen dahin führen, an Bord unseres Schiffes, und deinen Landsleuten klarmachen, daß sie klug daran täten, uns freundlich aufzunehmen.‹

Ich weiß nicht, was mir plötzlich den Mut gab, mich einzumischen. Mit einem Male sagte ich laut: ›Ich komme mit!‹ und erschrak sehr, als alle, auch Birgit und Ole, mich erstaunt ansahen. Aber nun mußte ich schon dabei bleiben und redete weiter: ›Ich meine, euch nach Brattahlid zu führen, das kommt mir zu, mir und meiner Schwester Birgit.‹

›Er hat recht‹, sagte da Ole ganz überraschend, ›er ist der Herr auf Brattahlid, ich bin nur ein Knecht. Führen kann er euch ebensogut. Oft genug ist er den Weg allein gerudert oder gesegelt mit seinem Boot. Einer von uns muß doch bei den Schafen bleiben, und das ist es, was mir zukommt.‹ Ich wagte den treuen Alten nicht anzusehen, als er das sagte. Es war das erste Mal, daß er mich seinen Herrn nannte, und ich schämte mich sehr.

Der Fremde aber sagte nur: ›Gut! Dann kommen die beiden Kinder mit uns. Vielleicht ist das sogar noch besser‹, setzte er mit einem grimmigen Lächeln hinzu. Dann winkte er seinen Männern, und alle wandten sich dem Ausgang zu.

Der Anführer blieb noch einmal stehen und drehte sich um. Er blickte uns drei der Reihe nach an, und dann knurrte er: ›Bei Sonnenaufgang brechen wir auf. Seid pünktlich an Bord, ihr zwei!‹

So fuhren wir am nächsten Morgen nach Brattahlid. Ein frischer Wind wehte fjordeinwärts, doch der Sturm hatte sich gelegt. Nur die hohen, weißköpfigen Wellen und die Wolkenjagd am Himmel erinnerten noch an das Unwetter. In unserem kleinen Boot hätten wir die Fahrt nicht wagen dürfen. Aber dem fremden Schiff, diesem starken, hochbordigen Bauwerk aus gutem Holz mit baumhohen Masten und gewaltigen Segeln, schien die Fahrt ein leichtes zu sein. Knarrend und wiegend glitt es vor dem Wind dahin mit einer Geschwindigkeit, die uns ganz unfaßlich war. Wir liefen überall herum, voller Bewunderung für alles, was es an Bord zu sehen gab.

Da rief mich der Schiffer zu sich und sagte: ›Nun mußt du uns den Kurs weisen und dafür sorgen, daß wir auf keine Klippe oder Untiefe laufen. Wehe dir, wenn das geschieht!‹ Ich sah mich um und rief mir ins Bewußtsein, wo wir waren und wie hier das Fahrwasser beschaffen war. Von meinen Fahrten nach Brattahlid und im Fjord kannte ich es gut genug. Hier den Weg zu finden, war für mich nicht schwer. Denn der Fjord war tief und in früheren Zeiten eine vielbefahrene Wasserstraße für große Schiffe gewesen. So stand ich stolz neben dem Schiffer und wies ihm den Weg.

Als wir tiefer in den Fjord hineingelangten, zeigten sich Menschen am Ufer, die in kleineren und größeren Gruppen dahinwanderten, dem Glockenläuten entgegen, das immer lauter über das Wasser uns entgegenschallte. ›Sie gehen zur Kirche‹, erklärte Birgit und winkte ihnen mit ihrem roten Halstuch. Aber das wäre kaum nötig gewesen. Alle hatten das Schiff schon von weitem bemerkt. Sie blieben stehen, sie liefen hin und her, einige stiegen zum Strand hinunter, kletterten auf Felsblöcke, winkten und schrien. War das Schiff an ihnen vorbei, so setzten sie laufend und winkend ihren Weg fort. Es entstand rings an den Ufern ein wahres Wettrennen fjordeinwärts. Jeder wollte der erste am Landeplatz sein. Wir aber waren so stolz darauf, daß wir, mit vollen Segeln daherrauschend, die Erlösung aus aller Not nach der Ostsiedlung brachten. Denn was konnten wir anderes glauben, als daß dies wunderbare Schiff vom König oder von Gott selbst zu unserer Rettung geschickt worden sei!
Und dann rief der Schiffer seine Leute an Deck zusammen. Verstehen konnte ich kein Wort; denn diesmal redete er in einer fremden Sprache. Aber ich konnte merken, daß er böse war und sie bedrohte und daß sie seine Worte unwillig und voller Trotz aufnahmen, aber keinen offenen Widerspruch wagten. Später, sehr viel später erst, habe ich mir wohl zusammenreimen können, was er ihnen damals befohlen oder verboten hatte und weshalb sie unzufrieden waren. Damals dachte ich nicht darüber nach, sondern staunte nur die fremden Männer an, die ich da zum ersten Male alle beieinander sah: alle so groß und stark, mit roten und braunen Gesichtern, wie sie bei uns kein Mensch hatte, und so prächtig gekleidet, in bunte Stoffe, mit blanken Beschlägen und Messern am Gürtel, manche sogar mit einem goldenen Ring im Ohr. Wie reich, wie mächtig mußte jeder einzelne von ihnen sein, daß er solche Dinge besaß!
So sehr war ich in Bewunderung versunken, daß ich beinahe meine Pflicht vergaß, auf das Fahrwasser zu achten. Du aber hattest aufgepaßt und riefst laut: ›Da ist Brattahlid!‹«
»Ja, vor uns lag Brattahlid in der Morgensonne«, fiel das blinde

Mädchen ein, »und noch nie war es mir so schön vorgekommen. Die Berge traten zurück, die weite Bucht lag von grünen Wiesen umsäumt, die sich weit an den Hängen hinaufzogen, dazwischen die Höfe mit ihren steinernen Häusern und Rasendächern, und Brattahlid, der schönste und größte von ihnen, und die Schafherden und die Kirche am Ufer mit dem mächtigen, altersdunklen Glockenstuhl, in dem die Glocke hin- und herschwang und rief und rief, und die Menschen, die dicht geschart am Strande standen, nun ganz still vor Erwartung, viele mit gefalteten Händen. Es war der schönste Tag in meinem ganzen Leben!«

»Das glaubte ich damals auch«, fuhr Baard in seinem Bericht fort, »aber nicht lange! Zuerst hatte ich keine Zeit, daran zu denken. Denn das Schiff mußte an den Landeplatz gesteuert und verankert werden, und dabei mußte ich helfen. Einen Steinwurf vom Strand entfernt fielen die Anker. Nun sah ich, daß auch das Schiffsvolk gespannt zum Ufer hinüberblickte und anscheinend immer noch auf Schlimmes gefaßt war. Spieß und Äxte waren mit einem Male in allen Händen. Doch war deutlich genug zu sehen, daß die am Ufer keine Waffen trugen. Der Ausdruck ihrer Gesichter, die man schon deutlich erkennen konnte, sagte mehr als alle Worte.

Da ließ mich der Schiffer rufen. Ich sprang zu ihm hin, stolz und froh. Aber als ich sein Gesicht sah, erschrak ich, so verzerrt war es vor Zorn und Widerwillen. ›Junge, wohin hast du uns geführt?‹ fuhr er mich an. ›Was sind das für Leute? Ist hier euer Siechenhaus oder der Ort, wo eure Bettler und Krüppel leben?‹ Ich stammelte, dies sei doch Brattahlid, nächst dem Bischofssitz Gardar der Hauptort an der Küste. Nirgends sehe es anders aus als hier. Da packte der Schiffer mich beim Genick und stieß mich an die Reling. ›Da! Sieh dir deine Leute an und sage mir, ob einer darunter ist, den man für voll nehmen kann!‹

Ich blickte hinüber. Jedes der Gesichter kannte ich, die da so gläubig dem Schiff zugewandt waren. Meine Verwandten, meine Freunde von klein auf waren sie alle, die Männer und

Frauen, die wenigen Kinder, in ihren hausgewebten Friesklei-dern, mit ihren Sorgen und kleinen Besonderheiten, mir ver-traut wie meine beiden Hände. In diesem Augenblick aber, unter dem harten Griff des Schiffers, geschah mir etwas Seltsa-mes. Ich hätte glauben können – und es gab Tage, wo ich wirk-lich daran glaubte –, daß er mich verhext hatte. Denn plötzlich sah ich, was er sah. Ich sah mein Brattahlid, meine Heimat, mein Volk mit den Augen des fremden Schiffers und erschrak vor dem, was ich sah. Ich kannte doch nichts anderes als diesen Fjord und diese Menschen. Wie konnten sie mir mit einem Male so ganz anders erscheinen als je zuvor? Es war wohl der starke Wille des Fremden, der mich gepackt hatte.

Zum ersten Male sah ich, wie überaus armselig alles war, was mir bis zu diesem Tage lieb und das Schönste auf der Welt ge-wesen war: die grauen verwitterten Höfe, die mageren Schafe, vor allem aber die Menschen, alle meine alten Freunde. Hatte ich früher nie bemerkt, wie klein sie waren und wie blaß im Gesicht? Daß gerade Gamli, der Narr, und seine beiden Brüder, die nicht Verstand genug zur geringsten Arbeit besaßen, ins flache Wasser hinausgewatet waren und planschend närrische Freudentänze aufführten, hätte natürlich nicht sein müssen. Da waren doch auch würdige Leute wie unser Oheim Lodin, der Erste Mann in der Gemeinde, solange unser Vater fort war, und Helga auf Solafjoll, vor der jeder Ehrfurcht hatte. Aber wie wenig hoben sie sich aus der Schar der anderen hervor, grau, ärmlich, unansehnlich wie sie. Und hatte Lodin eigentlich schon immer einen Buckel gehabt?

Stolz und Freude waren mir vergangen. Ich fand keine Worte und kehrte mein Gesicht erschrocken ab von dem, was ich da sah. Der Schiffer aber ließ mich mit einem Auflachen so plötz-lich los, daß ich beinahe hingefallen wäre. Er befahl seinen Leuten, die Waffen fortzulegen, und ließ das Boot aussetzen, um an Land zu gehen.«

»So war das also!« sagte die Schwester. »Ich erinnere mich noch, wie blaß und ernst du mit einem Male warst, als wir an

Land kamen und die Leute uns alle umdrängten. Du schienst mir viel größer als sonst und warst so feierlich, als du Ohm Lodin von der Ankunft der Fremden Bericht gabst. Auch allen anderen fiel das auf. Sie fanden, daß du deine Sache sehr gut und würdig machtest, das konnte ich von allen Seiten hören und war stolz auf dich.«

»Wenn sie gewußt hätten, wie es in mir aussah! Ich hatte ja in einem einzigen Augenblick viel mehr begriffen als die Größe unseres Elends. Mir war auch klargeworden, daß diese fremden Seefahrer gar nichts von uns und unserer Not wußten und also nicht von irgend jemand ausgesandt sein konnten, um uns zu helfen. Wollten wir Hilfe von ihnen, so kam es einzig darauf an, daß es uns gelang, sie gutwillig dazu zu bewegen. Ich ahnte schon genug von ihrem Wesen, um zu begreifen, daß dies ziemlich schwer sein würde. Wenn sie aber nicht zu unserer Hilfe gekommen waren, ging mir durch den Sinn, warum – ja, warum waren sie dann überhaupt an unsere Küste gekommen?

Ohm Lodin hatte darüber keinen Zweifel. Er trat mit seinem Stab vor die Fremden hin, ein weiser Zwerg vor ungeschlachte Riesen, hieß sie in feierlichem Ton willkommen und bot Herberge und Bewirtung an, solange sie im Lande zu bleiben wünschten. Das alles brachte er sehr würdig, aber doch mit einer gewissen Eile vor und stellte dann unverblümt die Frage, die allen sehr am Herzen lag: ›Was für Ladung habt Ihr an Bord? Was bietet Ihr zum Handel an?‹

Wem wäre es wohl in den Sinn gekommen, ein Schiff könnte sich in unseren entlegenen Hafen gewagt haben ohne die Absicht, in irgendeiner Weise Handel zu treiben! Niemand wunderte sich, daß nicht gleich eine bündige Antwort kam. Der Schiffer fragte nach kurzem Besinnen, was hierzulande denn am nötigsten gebraucht werde. Da klang es einstimmig und ohne Zögern: ›Brot! Brot und Korn!‹ Der Schiffer ließ ein Faß mit Schiffszwieback von Bord holen und – wie er sagte – als Gastgeschenk verteilen. Mit Verwunderung sahen die Seeleute zu, wie begierig die wenigen Stücke des harten Gebäcks, die jeder erhielt, empfangen, betrachtet und sorgsam wie eine Kostbarkeit in Taschen und Mantelkapuzen verwahrt wurden. Die Würmer darin schien keiner auch nur zu bemerken. ›Die wissen, scheint's, was Hunger ist!‹ bemerkte ein alter Matrose, und der Schiffer murmelte: ›Ja, und anscheinend nicht erst seit gestern!‹

Da verstummte die Glocke, die während der ganzen Zeit über unseren Köpfen unermüdlich mit schwerem, eintönigem Schlag geläutet hatte. In der Kirchentür erschien Priester Hallvard. Alle grüßten ihn ehrerbietig, und Oheim Lodin sagte zu den Fremden: ›Ich meine, daß es recht wäre, nun eine feierliche Messe zu halten zum Dank für Eure glückliche Landung an dieser Küste. Folgt uns in die Kirche, verehrte Gäste!‹

Die Gäste machten lange Gesichter. Nur der Schiffer selbst verzog keine Miene. Er bestimmte zwei Mann, die ihn begleiten sollten, und schickte die übrigen unter dem Steuermann zurück an Bord mit dem strengen Befehl, bis zu seiner Rückkehr dort zu bleiben und niemanden an das Schiff heranzulassen. Dann ging er in würdiger Haltung zwischen uns beiden und Lodin dem feierlichen Zuge der anderen voran in die Kirche. Die beiden Matrosen, die sich mürrisch am Kopf kratzten, folgten ihm.

Und weiter wirkte der unheimliche Zwang, der mich alles mit den Augen des fremden Schiffers sehen und mit seinen Gedanken bedenken ließ. Nie war mir unsere alte Kirche anders erschienen als der ehrwürdigste Raum, den ich kannte. Heute kam sie mir dunkel und frostig wie eine Höhle vor zwischen den klafterdicken Steinwänden. Nicht einmal der rötliche Schein der hundertjährigen Wachskerzen auf dem Altar vermochte die Düsternis aufzuhellen. Die blassen Gesichter, die sich hier zusammendrängten, um Gott für diesen Tag zu danken, erschienen mir wie die Gesichter von Gestorbenen. Ich sah die Matrosen neugierig die Hälse nach allen Seiten recken und ahnte mehr, als ich wußte, wonach die beiden Ausschau hiel-

ten. Ich sah das finster verbissene Gesicht des Schiffers und erriet, wie armselig und lächerlich ihm alles hier vorkam, Priester Hallvards rauher Gesang und das Schluchzen und Beten der Gemeinde. Der hatte gewiß keine dankbaren Gefühle gegen Gott, daß er ihn und sein Schiff an diese Küste geführt hatte! Sicher dachte er über Dinge nach, die nichts mit unserer Not zu tun hatten. Das alles fühlte und erriet ich unter dem seltsamen Zwang, den der starke Wille des Fremden mir auferlegte.
Ich wunderte mich nicht, daß der Schiffer, als wir uns draußen unter freiem Himmel wieder sammelten, die Einladung zu bleiben für sich und seine Leute ablehnte. Er werde in den nächsten Tagen wiederkommen und mehr von seinen Waren mitbringen, die er draußen auf der Insel zurückgelassen habe. Für heute aber habe er Eile fortzukommen. Fast mit Gewalt mußte er sich losreißen, um ins Boot zu steigen, so dicht umdrängten ihn die Leute mit Fragen und Bitten.
Als wir endlich wieder an Bord waren, als das Schiff die Anker lichtete und langsam wendend vom Ufer fortglitt, da schimmerten uns in der frühen Dämmerung geisterhaft die Gesichter nach und die winkenden Hände der Zurückbleibenden. Wie ein Schrei wehte ihr Abschiedsgruß im Wind: ›Kommt wieder! Kommt wieder!‹«
»Auf der Rückfahrt weinte ich«, erinnerte sich das blinde Mädchen. »Es war dunkel und stürmisch, und das große Schiff erschien mir nur noch fremd. Auch war alles so anders verlaufen, als ich es mir gedacht hatte. Wie gern hätte ich mit den Freunden und Verwandten die Gäste noch gefeiert und nicht so schnell wieder Abschied genommen! Aber als wir in tiefer Nacht wieder vor unserer Insel anlegten, war ich doch froh. Der Schiffer selbst trug mich an Land. Ole kam uns mit Licht entgegen. Danach weiß ich nicht mehr viel.«
»Du verschliefst schon den größten Teil der Fahrt«, sagte Baard, »für mich aber fing das große Erlebnis dieses Tages erst an. Sicher hast du damals nichts davon bemerkt, was sich während der Nacht in unserer Hütte begeben hat.«

»Ich schlief ja«, erwiderte die Schwester mit dem Schimmer eines Vorwurfs in der Stimme, »und du hast mir niemals etwas davon erzählt. Es ist wahr, du wurdest nach diesem Tag ein ganz anderer Mensch, Baard!«

»Wurde ich das? Nun, das kann wohl sein. An jenem Abend waren wir beide jedenfalls nicht aufgelegt, zu erzählen oder Geschichten zu hören. So schnell sind wir wohl noch nie unter die Decke geschlüpft. Auch ich, so verstört ich war, schlief gleich ein. Dann aber, es konnte noch nicht viel Zeit vergangen sein, wurde ich wach von einem ganz abscheulichen Krächzen und Husten, das Ole von sich gab. Eine fremde Stimme lachte. Dann hörte ich Ole sagen: ›Das ... das ist ja ein Zaubertrank!‹

Ich öffnete die Augen und sah Ole mit dem fremden Schiffer aus einem enghalsigen Steinkrug trinken, den der Fremde mitgebracht haben mußte. Der Schiffer sagte gerade: ›Es ist guter dänischer Kornbranntwein, nichts weiter, aber zu manchen Zeiten besitzt er wirklich so etwas wie Zauberkräfte.‹ Dann beugte er sich vor und fügte halblaut hinzu: ›Du scheinst mir ein kluger Mann zu sein, Alter, der klügste, der mir bis jetzt an dieser gottverlassenen Küste begegnet ist. Ich möchte deinen Rat.‹

Als ich das hörte, schloß ich meine Augen schnell wieder und stellte mich schlafend, denn ich ahnte, daß etwas gesprochen werden würde, was nicht für meine Ohren bestimmt war.

Das Lob seiner Klugheit machte Eindruck auf Ole, sogar ich konnte das bemerken. Er war ja nur ein Knecht und galt nicht viel bei den Leuten, wenn wir ihn auch liebten und seinen Rat ehrten. Vielleicht war es auch der fremde Wundertrank, der ihn in einem ganz ungewohnten, hochfahrenden Ton antworten ließ, der Schiffer möge nur fragen, er werde dann schon sehen, wie er ihm helfen könne.

Der fremde Schiffer murmelte so leise, daß ich ihn kaum verstehen konnte: ›Ich beweise dir großes Vertrauen, Alter; denn ich muß dir wohl einiges von meinen eigenen Geheimnissen enthüllen, wenn du mir raten sollst. Laß uns für diese Nacht ein Bündnis schließen: solange in diesem Krug noch ein Tropfen ist, einander nur die volle Wahrheit zu sagen, du mir und ich dir!‹

›He?‹ machte Ole wie erschrocken und antwortete dann mit der pfiffigen Klugheit, die wir an ihm kannten: ›Es kommt darauf an, wer von uns beiden dabei mehr zu gewinnen hat oder zu verlieren, hahaha!‹ Eine ganze Weile aber hörte ich nichts als das Glucksen, mit dem der Trank in Oles Kehle rann, und sein wohlgefälliges Schmatzen, bis er endlich redete, aber mit sonderbar schwerer Zunge: ›Also gut, Fremder, die volle Wahrheit, mein Wort darauf!‹ Na, und damit fingen sie dann an!«

Als Baard so weit gekommen war, verstummte er auf eine sonderbar auffällige, ungeschickte Weise, und so sehr waren seine Zuhörer schon in seinem Bann, daß sie ungeduldig murrten: »Weiter doch! Laß uns wissen, was die Geheimnisse dieses Fremden waren! Wie hieß er denn?« Baard aber blieb so stumm wie eine Sackpfeife ohne Wind, und sein Gesicht, das vorher mit so lebhaftem Spiel seine Erzählung begleitet hatte, schien ganz leer, fast dumm vor Verlegenheit. Der Kaufherr hob die Achseln mit der Miene eines Menschen, der wieder einmal alles vorausgesehen hat, und die Brauen des vornehmen Fremden zuckten gereizt. Nur Jon der Grönländer bewahrte die Ruhe. Seine falkenscharfen alten Seemannsaugen prüften unverwundert das verstockte Gesicht des Jungen und bemerkten, daß die Schwester den Mund öffnete, als wollte sie etwas sagen, aber auf einen heimlichen Rippenstoß die Lippen wieder schloß. Da war Jon seiner Vermutung fast sicher.

»Du weißt wohl nicht weiter, Junge?« fragte er ohne Spott. Als Baard stumm den Kopf schüttelte, fuhr er fort: »Hast du den Namen denn vergessen?« Baard nickte. Da sagte der alte Schiffer: »Jetzt lügst du aber wirklich. Du hast ihn nicht vergessen. Du fürchtest nur, auch wir könnten ihn kennen, vielleicht allzu gut, und dir könnte Schaden erwachsen aus dem, was du uns über diesen Mann weiter zu berichten hast. Ist es so?«

Baard antwortete nicht, aber sein Gesicht verriet deutlich, daß er in die Enge getrieben war und auf einen Ausweg sann.
»Ich glaube, du brauchst dich nicht zu fürchten. Was du uns zu sagen hast, ist so wichtig, und der hohe Herr dort, der es wissen will, ist mächtig genug, um dir Straflosigkeit zu versprechen, was deine Geschichte auch ans Licht bringen mag. Ist es so, Herr?« fragte Jon zum Kamin hinüber.
Der Fremde erwiderte: »So ist es, Schiffer! Er soll ohne Furcht sprechen. Ich schütze ihn.«
Da schluckte Baard noch einmal trocken und sagte dann rasch und rauh: »Der Mann hieß Finn Breklum und sein Schiff – der ›Dod von Lübeck‹!«
»Düwel!« sagte Jon der Grönländer. Auch die Herren zeigten deutlich, daß sie diesen Namen nicht zum ersten Male hörten. Alle drei starrten sie den Jungen an. Jon sagte endlich: »Hm. Immer schon hätte ich gern gewußt, wohin der rote Finn eines Tages so spurlos verschwunden ist!«
»Du kanntest ihn?« fragte der Kaufherr den alten Schiffer, nicht ohne Mißtrauen.
Jon nickte, in Erinnerung verloren. »Ich soll ihn wohl kennen, Finnur Hallvorsson, meinen Landsmann aus Westisland! Er hat zwar alles getan, um seine Herkunft zu verleugnen, sogar seinen Namen. Den und das Schiff hatte er einem anderen abgejagt. Aber ich erkannte ihn immer wieder. Auf meinem Schiff hat er einmal angefangen als Junge. Er hatte das Zeug zu einem großen Seefahrer, das muß ich sagen. Später, als ich mein Schiff verlor und fremde Dienste nahm, kamen wir auseinander. Ich hörte, er hat es weit gebracht. Begegnet bin ich ihm oder vielmehr seinem Schiff noch oft zwischen Gotland und den Färöern, und immer wurde es ein böser Tag, wenn der ›Dod von Lübeck‹ mit seinen roten Flügeln über der Kimmung erschien. Zuletzt machten wir richtig Jagd auf ihn, die Hanse, die Engländer und Dänen, und spürten ihn in allen seinen Schlupfwinkeln auf. Bei den Shetlands hatten wir ihn endlich eingekreist mit vierfacher Übermacht. Da entkam er uns dennoch.

Nun weiß ich erst, wohin. Was trieb ihn nach Grönland?«

»Das kann ich Euch sagen«, gab Baard zur Antwort, »in jener Nacht erfuhr ich es: Er suchte Winland.«

Winland! Wieder dies Wort! Und wieder fragte der Fremde in mühsam beherrschter Ungeduld: »Was wollte er da? Was wußte er von Winland?«

»Nicht viel, Herr«, erwiderte Baard, »nicht mehr, als er wohl aus den alten Nordmännersagen daheim oder auch später da und dort aufgefangen hatte. Er war in jenem Herbst ein gejagter Wolf auf den Meeren der Christenheit. Das habe ich aber erst später begriffen. Damals, in jener Nacht, als ich unter meiner Decke zuhörte, wie die beiden miteinander redeten, da ärgerte ich mich nur, daß Finn Breklum so von Winland redete, so obenhin, gierig und neugierig.

Denn es gibt wenige Worte, die uns in Grönland so heilig sind wie dieser Name. Er aber spottete: ›Ist es ein Geheimnis, daß ihr hier in Grönland den Schlüssel zu dem Wunderland versteckt haltet? Man hört weniger davon, seit soviel Geschrei um die beiden Indien gemacht wird. Aber da ist mir die Straße zu belebt. Alte kluge Seefahrer wissen heute noch von Markland und Winland und euren Fahrten dahin. Warum soll dieser Weg nicht auch heute befahren werden? Diese Länder sind doch reich genug, um die Reise lohnend zu machen. Du weißt davon. Erst vor einigen Jahren habt ihr ein Schiff dorthin ausgeschickt, der Junge da plapperte es gestern aus. Du wirst mir alles darüber sagen, was ich wissen muß.‹

›Das ist nicht so sicher!‹ knurrte Ole bockig, und ich wußte gut genug, wie wenig mit ihm anzufangen war, wenn er diesen Ton anschlug. Breklum aber wußte es nicht oder wollte es nicht wissen. ›Wir werden sehen!‹ erwiderte er, und er lächelte dabei. ›Vielleicht wäre uns beiden besser gedient, wenn du etwas gesprächiger wärest. Höre, was mein Plan war: Ich suchte in Grönland nicht nur Nachricht über Winland, sondern ich wollte hier auch kundige Männer an Bord nehmen, die uns den

Weg weisen und dafür vollen Anteil an allem haben sollten, was wir auf dieser Fahrt gewinnen würden. Ich meinte, das wäre ein guter Vorschlag.‹
Ole knurrte immer noch, aber widersprechen konnte er auch nicht. Denn der Vorschlag war so gut, daß mir das Herz bis zum Halse schlug. Da ließ Finn seine Faust aufs Knie fallen und rief: ›Ja, es wäre sogar ein sehr guter Vorschlag! Aber nach dem, was ich heute gesehen habe, scheint es sich kaum verwirklichen zu lassen. Sage mir, du Alter, wo in diesem Lande wohnen denn die Männer – Leute mit Köpfen und Muskeln, die man so nennen könnte?‹
Ole sah den Fremden an, und nun war er daran zu lächeln, aber bitter, ohne Heiterkeit: ›Was du so nennst, das haben wir nicht. Was ohne Gebrechen und halbwegs bei Kräften war, ist vor sechs Jahren mit Einar Baardsson nach Winland aufgebrochen, sechsundzwanzig Mann. Es war schwer genug, sie aus der ganzen Ostsiedlung zusammenzubringen. Was hierblieb, hast du gesehen: Kranke, Krüppel, Menschen ohne rechten Verstand. Das sieht in Gardar und Herjulfsnes nicht anders aus, nur sind sie dort noch weniger an Zahl.‹
›Aber wie kann denn das sein?‹ fragte Breklum. ›Seid ihr denn in diesem Lande alle verhext worden? Auf Island hört man noch immer von euch Grönländern, Geschichten von euren Fahrten nach Winland, von dem rauhen und harten Leben bei euch. Ich glaubte immer, Leute, von denen dergleichen erzählt wird, müßten stark und wild, ein Geschlecht wie in unserer Saga sein. Wer hat es in das Trollpack verwandelt, das ich heute sah?‹
Ole zuckte die Achseln. ›Der Hunger, Fremder‹, sagte er, ›der Hunger, viele Jahre lang. Kannst du dir vorstellen, wie das ist, wenn immer und immer von allem nicht genug da ist, und auch das wenige niemals ganz verbraucht werden darf aus Furcht vor noch schlimmeren Tagen? Als mein Großvater jung war, hat es noch einige Kühe hier gegeben, noch früher aber viele, achtzig und hundert Stück auf einem Hof, dazu Pferde und

Ziegen. In guten Jahren soll auch der Anbau von Korn an einigen Plätzen geglückt sein. Aber dann tauten ein paar Sommer lang die Wiesen nicht recht auf, und das Vieh starb. Danach wurde es wohl nie mehr so gut, wie es einmal gewesen war. Um dieselbe Zeit blieben die Schiffe aus, die sonst Korn und Malz und Holz und Erz, alles, was uns fehlt, ins Land gebracht hatten. In den Packhäusern zu Gardar verkamen Tran und Walroßzähne. Der König von Norwegen, der allen fremden Schiffen den Handel mit Grönland verboten hat, vergaß uns. Seitdem leben wir von dem, was dies Land uns trägt. Wundert dich, was aus uns geworden ist, Fremder?‹

›Aber diese beiden Kinder‹, fragte Breklum, ›sie sind doch anders? Es muß also auch solche Menschen hier geben.‹ –›Nur wenige, und die sind fort‹, erwiderte Ole. ›Die Großmutter dieser Kinder, Frau Gudveig, kam als Schiffbrüchige ins Land. Sie gab ihrem Sohn Einar genügend frisches Blut mit, daß er die Fahrt nach Winland unternehmen und anführen konnte. Sie selbst hat für dies Volk mehr getan, als Männer seit langem vermochten. Sie kam im Eismeer um, auf einer Fahrt zu den nördlichen Fangplätzen, die sie selbst anführte, der ersten seit fast hundert Jahren.‹

›Wie? Eine Frau?‹ Breklum wunderte sich. ›Wer war sie denn? Wie kam sie denn zu euch?‹

›Sie war die Tochter eines norwegischen Schiffers, der vor der Ostküste gestrandet ist‹, erzählte Ole. ›Ein paar von der Mannschaft retteten sich ans Festland und wanderten über das Inlandeis zur Westküste. Einen Tagesmarsch vor den ersten Höfen kamen sie um. Wir fanden sie erfroren auf. Nur das Mädchen lebte noch, geborgen unter dem Mantel ihres Vaters, der sie mit seinem Leibe vor dem Erfrieren geschützt hatte. Sie wurde nach Brattahlid gebracht, dem vornehmsten Hof im Lande. Dort hat sie dann später Baard geheiratet, den Hoferben. Aber das geschah erst Jahre danach, weil sie lange Zeit immer noch auf ein Schiff wartete, das sie fort von hier in ihre Heimat bringen sollte. Vom Tage ihrer Heirat an, soviel ist gewiß, hat sie nicht mehr darauf gewartet. Seitdem hat sie wohl keinen anderen Gedanken mehr gehabt, als uns Verlorenen zu helfen.‹

›Aber was konnte sie denn für euch tun, eine einzelne Frau?‹ fragte Finn Breklum.

›Sie brachte vieles zustande, was niemand sonst gewagt hätte. Ich will nicht davon reden, wie sie die Männer auf Jagd und Fischfang ausschickte und die Frauen lehrte, allerlei Pflanzen zur Nahrung und als Heilmittel zu nützen, und wie sie für jede Not einen Rat zu finden suchte. Viel mehr war, daß sie jedem Mut einflößte, der sie zu sehen bekam, allein dadurch, daß sie da war, so klug, so sicher und unbeugsam mitten in all unserer Not und Finsternis. Daß sie umkam, war das Schlimmste, was uns treffen konnte.‹

So, Birgit, sprach Ole von unserer Großmutter! Nie hätte ich geglaubt, daß er solche Worte finden könnte, und du darfst mir glauben, daß mir die Tränen kamen. Breklum aber fragte: ›Wenn diese Frau so klug war und solche Macht über die Menschen besaß, so begreife ich nicht, warum ihr nicht schon früher die Fahrt nach Winland oder an irgendeine andere Küste gewagt habt. Ihr hättet doch das ganze Volk hier über das Meer fortführen können. Denn in jedem anderen Lande hättet ihr eher leben können als hier.‹

Ole lachte bitter: ›Da sieht man, wieviel du von unserer Not begreifst, Fremder! Woher die Schiffe nehmen? Es ist viele hundert Jahre her, seit wir Grönländer eigene Schiffe besaßen und bauten. Das Land trägt kein Holz. Das macht uns zu seinen Gefangenen. Das Schiff, auf dem Einar ausfuhr, war ein fremdes. Von der Mannschaft verlassen, lag es in einem Frühjahr eingefroren vor der Ostküste. Es schien uns ein Geschenk Gottes, ein Befehl, das letzte zu versuchen. Die besten Männer der Ostsiedlung fuhren auf ihm nach Westen. Sie waren unsere letzte Hoffnung, und es gibt viele unter uns, die sie immer noch nicht aufgeben wollen.‹

›Hm. Und du selbst?‹ fragte Breklum. ›Glaubst du noch an die

Rettung aus Winland? Glaubst du, daß euer Schiff je wiederkommt?‹

Daß Ole keine Antwort gab, erfüllte mich mit Schrecken. Nie hatten wir ja darüber nachgedacht, was er selbst wohl glaubte, wenn wir vom Vater und seiner Rückkehr sprachen. Nun begriff ich mit einem Male, wie der treue Alte wohl schwerer an heimlichem Wissen getragen hatte, als wir Kinder ahnten. War es wirklich so, daß er nicht mehr hoffen konnte? Sein Schweigen drückte mich so unerträglich, daß ich alle Vorsicht vergaß und laut dazwischenrief: ›Jaja, wir alle glauben fest daran!‹

Die beiden wandten ihren Kopf nach mir, konnten mich aber im Dunkeln wohl nicht sehen. Ich dachte nicht darüber nach, ob es mir zukam, mich so in eine ernsthafte Unterhaltung zwischen Männern einzumischen. Ich war viel zu aufgeregt, um im Bett zu bleiben, warf die Decke beiseite und sprang zu den beiden hinüber. Meine Angst war, der Fremde könnte seinen Plan aufgeben, wenn Ole ihm die Winlandfahrt als zu schwierig und unsere Hoffnungen auf dies Land als zu gering schildern würde. Darum redete ich eifrig darauf los, alles, was wir in unseren Abendgesprächen einander zum Trost und zur Erklärung immer wieder erzählt hatten: ›Sechs Jahre sind gar nichts, wenn man bedenkt, was sie drüben alles zustande bringen und vorbereiten müssen, bis sie uns holen können. Sie müssen Land gewinnen, vielleicht in blutigen Kämpfen erobern, Häuser bauen, vor allem aber Schiffe, genügend Schiffe, um uns alle mit unseren Schafen und unserem Hausrat hinüber zu holen. Bedenke, was es allein heißt, alle Bäume zu fällen, die dafür nötig sind! Wenn sie soweit sind, ist es eine Fahrt von wenigen Tagen, von Markland sogar noch näher. Winland und Markland liegen uns viel näher als Norwegen, kaum weiter als Island.‹

›Gut, mein Junge!‹ sagte Berklum und lachte. ›Ich sehe, du weißt Bescheid. Könntest du am Ende selbst ein Schiff nach Winland führen?‹ Ich erschrak. Natürlich kannte ich den Segelkurs nach Winland auswendig, wie jeder Junge in Grönland

ihn wußte. Aber ob ich diesem Fremden verraten durfte, daß es so etwas gab und daß ich es kannte?
Ehe ich ein Wort herausbrachte, geschah etwas Unerwartetes. Ole umschlang mich plötzlich mit seinem knochigen Arm und drückte mir seine Hand fest auf den Mund. Ich war so erstaunt, daß ich es geschehen ließ, obgleich ich mich leicht hätte losreißen können. Nie hatte Ole mich geschlagen oder angerührt, seit ich ein sehr kleiner Junge gewesen war. Gestern hatte er mich sogar vor den Fremden seinen Herrn genannt. Was fiel ihm ein, daß er mich plötzlich so behandelte?
›Schweig, dummer Kerl!‹ murmelte er dicht an meinem Ohr. Zu dem Fremden aber sagte er: ›Du sollst alles wissen, was du brauchst, um Winland zu finden. Du sollst jede Hilfe von uns haben, die dir nützen kann – unter einer Bedingung!‹
›So? Bedingungen stellst du?‹ fragte Breklum mit der kalten und bösen Stimme, die ich schon von ihm gehört hatte, als er zu seinen Leuten sprach. Aber auf Ole machte das keinen Eindruck. Er blickte dem anderen gerade in die drohenden Augen und sagte mit tiefem Ernst: ›Wenn ich das nicht täte, Fremder, so würde ich weder im Himmel noch in der Hölle wagen, der großen Frau auf Brattahlid unter die Augen zu treten. Hör zu, warum, und auch du, Baard!‹ Er ließ mich los. ›Du bist groß genug, um endlich die Wahrheit zu hören.
Euch Kindern habe ich nie gesagt, wie schlimm es wirklich mit uns hier im Lande steht. Ich glaube, außer deinem Oheim Lodin weiß es kaum jemand von uns so gut, wie ich es weiß. Deine Großmutter sah die Dinge, wie sie waren, und zeigte sie uns, die ihr halfen. Lange können wir uns hier nicht mehr am Leben erhalten. Wenn nicht Hilfe von außen kommt, schon bald, in einem der nächsten Sommer, und wirksame Hilfe, so sterben wir alle. Vielleicht geht es auch noch schneller. Ein strenger Winter oder eine Seuche, wie sie vor dreißig Jahren schon einmal im Lande war, und es bleibt keiner übrig, die Toten zu begraben. Wenn nicht vorher noch die Skrälinger kommen.‹

›Skrälinger? Was ist das?‹ fragte Breklum.

›Du wirst sie noch früh genug zu sehen bekommen‹, erwiderte Ole. ›Sie leben nicht unter uns, aber nahebei. Es sind die, die nach uns in diesem Lande wohnen werden, kleine schlitzäugige Trolle, denen Hunger und Kälte nichts anhaben können. Manche halten sie für Menschen. Ich aber weiß, sie sind Kinder der Finsternis und des ewigen Eises. Denn von dorther, aus Mitternacht, sind sie gekommen. Sie sind nicht schuld an unserem Untergang, aber sie werden ihn nützen, und vielleicht werden sie nicht warten, bis der letzte von uns gestorben ist.‹

›Aber wenn ihr das wißt, warum kämpft ihr dann nicht gegen diese Skrälinger oder wie ihr sie nennt?‹

›Kämpfen?‹ fragte Ole. ›Wer soll kämpfen? Du hast die Leute von Brattahlid gesehen und dich über sie entsetzt. Aber es scheint, du erwartest immer noch zu viel von ihnen. Laß dir sagen, daß von den Höfen, die du ringsum am Fjord gesehen hast, nur ein Drittel noch bewohnt ist. Die Menschen, die dort leben, haben kaum noch die Kraft, ihre Schafe zu melken und zu scheren. Ein wenig Fischfang treiben sie im Fjord. Hinaus aufs Meer oder zu den nördlichen Fangplätzen, wo unsere Vorfahren Walrosse, Robben und Wale erlegten, darf sich keiner mehr wagen. Auch zur Jagd sind die meisten zu schwach, obgleich es Rentiere und Schneehasen genug in den Tälern gibt. Mit Schlingen werden Vögel und kleineres Wild hier und da gefangen. Alles übrige nehmen die Skrälinger. Ein einzelner Bär, ein Wolf sogar, könnte ungestraft einen ganzen Hof entvölkern. So fristen sie hier überall an der Küste ihr Dasein in Mangel, Krankheit und ewiger Angst und hoffen von Jahr zu Jahr – worauf, das wissen sie selbst kaum noch.‹

›Aber das Schiff, unser Schiff aus Winland!‹ unterbrach ich Ole heftig. ›Jaja‹, sagte er müde, ›das kann noch kommen, heute, morgen oder im nächsten Sommer. Aber es kann auch ausbleiben. Damit muß man rechnen.‹ Sein Gesicht verriet, womit er selbst zu rechnen gelernt hatte. ›Da ist nur eins, Fremder: diese beiden Kinder, die Enkel der großen Frau auf Brattahlid. Sie will ich retten, was auch aus uns anderen werden mag. Versprich mir, daß du sie auf deinem Schiff mitnimmst! Das ist meine Bedingung.‹

›Glaubst du, wir wollten gerettet werden‹, rief ich, ›wenn ihr anderen alle umkommt?‹

Wieder wies mich Ole mit ungewohnter Würde zurecht. ›So ist das nicht, mein Junge. Geschenkt wird euch die Rettung nicht. Wenn es wirklich gelingt, daß du mit deiner Schwester Birgit auf dem fremden Schiff von dieser Jammerküste fortkommst, dann nehmt ihr unser aller letzte Hoffnung mit. Wohin ihr auch kommt in der Welt, ob nach Winland oder in ein christliches Land, zu einem König oder zu Priestern, ihr müßt alles versuchen, uns Hilfe zu schicken und die letzten von uns zu retten. Wehe euch, wenn ihr nicht alles tut, was in euren Kräften steht, und unsere Not vergeßt! Ihr sollt an Leib und Leben gestraft werden und nie wieder Glück und Frieden finden.‹

So sprach Ole und war so feierlich, daß es mir kalt über den Rücken lief. Verstohlen blickte ich auf Breklum. Der wußte nicht recht, was er sagen sollte. Endlich räusperte er sich und sprach in anderem Tone als vorher: ›Ich habe mancherlei Wissenswertes von euch beiden gehört, anderes, als ich erwartet hatte. Darüber muß ich nun erst nachdenken und mich mit meinen Männern beraten.‹ Er stockte und sagte dann noch: ›Seid aber gewiß, daß wir versuchen werden, euch zu helfen, wo immer unser Vorteil sich mit dem euren vereinen läßt. Mehr kann ich euch nicht versprechen‹, schloß er kurz, erhob sich rasch und war gegangen, ehe wir uns versahen.

Das war ein seltsamer Abschied. Ole und ich wagten an jenem Abend nicht darüber zu sprechen, so sehr rissen Furcht und Hoffnung uns hin und her. Am nächsten Tag lief ich im Morgengrauen hinaus zur Landzunge, um zu sehen, ob das Schiff noch da lag. Es hätte mich nicht gewundert, wenn es weg gewesen wäre, so ungewiß hatten die letzten Worte des Fremden geklungen. Schon von weitem sah ich das Topkastell aus dem Frühnebel ragen. Da stieß ich einen Freudenschrei aus und rannte über das bereifte Gras auf die Landzunge hinaus, so weit ich konnte. Ein neues Leben, das Leben eines Seemannes, eines ganzen Mannes voll Verantwortung und schwerem Wissen, hatte für mich angefangen.

Begreifst du nun, Schwesterchen, daß ich von diesem Morgen an nicht mehr so sein konnte wie früher?«

Die Bärenjagd

Das blinde Mädchen erwiderte mit einer Spur von Bitterkeit: »Ihr hättet nicht so geheimnisvoll zu tun brauchen, du und Ole. Denn noch ehe der Winter um war, bekam ich ja mein Teil an euren Plänen zu wissen, und kein Jahr später wurde mir die volle Last unseres Schicksals aufgeladen, ob ihr das nun wolltet oder nicht. Vielleicht hätte ich es ein wenig leichter gehabt, wenn ich von Anfang an alles gewußt hätte.«

»Das darf dich nicht noch heute kränken!« erwiderte Baard. »Es war besser so für dich. Nur Ole, der fremde Schiffer und ich wußten wirklich, was da im Werden war, und eigentlich war es Ole allein, der alles ausdachte und lenkte. Später habe ich mich noch mehr gewundert, wieviel Klugheit und Voraussicht der kleine Alte bewies, der doch nur ein Knecht war. Aber er war eben Großmutter Gudveigs Knecht gewesen, so viele Jahre lang, und etwas von ihrem Geist, von ihrer Kraft wirkte wohl noch immer in ihm fort, als sie uns in seiner Hut zurückgelassen hatte.

Daß es in diesem Jahre zu spät war, um die Fahrt nach Winland zu wagen, wußte Breklum natürlich. Sein Plan war ja ursprünglich gewesen, sich den Winter über auf den Bauernhöfen in Grönland einzunisten, dort Freundschaft zu gewinnen und die Abreise für den kommenden Sommer, zusammen mit den Grönländern, vorzubereiten. Das sah nun anders aus, weil er auf nützlichen Beistand aus dem Lande selbst nicht rechnen konnte. Ole riet ihm, seine Absichten einstweilen geheimzuhalten, sich Freundschaft und Vertrauen zu erwerben, aber die Leute der Ostsiedlung nicht zu nahe herankommen zu lassen.

So mußte ich Breklum wieder und wieder nach Brattahlid begleiten, um mit Oheim Lodin zu verhandeln, dem Ersten Mann

der Ostsiedlung, solange unser Vater fort war und kein Bischof auf Gardar saß. So wenig er wirklich für die Fremden tun konnte, ihn zu übergehen, wäre eine schwere Kränkung gewesen. Das hatte Ole mich einsehen gelehrt, und wir verbrachten manche Stunde in Beratungen mit ihm über die Lage der Fremden, während doch alles längst geplant war und nach Breklums Wünschen und Oles Ratschlägen vor sich ging. Ole selbst wagte sich mit seiner Meinung nicht hervor, aus Achtung für Lodin. Ich mußte sie als meine eigenen Einfälle vorbringen und wurde vom Oheim oft getadelt wegen meines Vorwitzes und wieder gelobt für meine Klugheit. Aber wir erreichten alles, was wir wollten.
Die Fremden erhielten einen verlassenen Hof als Winterquartier angewiesen, Dyrnes, mit der verödeten Kirche, die die Skrälinger vor Jahren niedergebrannt hatten. Es war der Hof Ingvars, der dabei von ihnen zu Tode gehetzt worden war. Niemand hat seitdem auf dem Hof mehr leben wollen, weil es dort umging. Aber die Fremden wußten das nicht und hätten sich wohl auch nicht davor gefürchtet. Sonst war der Hof sehr gut für sie geeignet, geräumig, mit vielen Gebäuden und einem Steinwall, der leicht zur Verteidigung ausgebaut werden konnte. Ganz nahe lag eine tiefe, vor Sturm und Treibeis gut geschützte Bucht, in der das Schiff ungefährdet überwintern konnte. Vor allem aber lag Dyrnes nahe bei unserer Insel, viel näher als bei irgendeiner anderen Ansiedlung. Darum hatte Ole den Hof ausgewählt. Aber darauf kam Lodin nicht, der ganz froh war, daß die Fremden zwar im Lande blieben, aber mit ihrem lauten, hochfahrenden Wesen und ihren wahrscheinlich rauhen Sitten sich doch etwas entfernt von den Höfen halten wollten. Vorräte hatten die Fremden selbst. Ja, sie gaben von ihrem Korn und Mehl noch ab, und Lodin erhielt sogar einen Krug Branntwein, was ihn sehr freute. Gern gab er den Fremden auch die Erlaubnis, Fischfang und Jagd auf eigene Hand zu betreiben, wenn sie gelegentlich nur ein wenig von ihrer Beute, ein wenig frisches Fleisch oder Fisch, den Ärm-

sten unter den Einwohnern zukommen ließen. Das wurde ernsthaft zugesagt und für die Erlaubnis ehrerbietig gedankt, obgleich ich sicher bin, daß die Fremden auch ohne Lodins Mitreden beides getan hätten: das Fischen und Jagen wie das Abgeben; denn selbst die rohen Seeleute konnten es kaum mitansehen, wie das Volk hungrig an ihren Wegen lauerte und nach jedem eßbaren Bissen lungerte, den die Fremden bei sich führten.

So war denn alles klar abgesprochen, was für den Augenblick wichtig war. Kaum lag der ›Dod von Lübeck‹ sicher vertäut in seiner Bucht, kaum hatten die Fremden sich auf dem Hof eingerichtet, mit Brennstoff und frischer Nahrung versorgt, so brach auch der Winter herein, noch nicht mit starker Kälte, aber mit Finsternis, Stürmen und unsicherem Eis in den Fjorden. Es kamen die dunklen Tage, die Hof von Hof und Mensch von Menschen trennen. Noch trägt das Eis nicht und kann von einem Tag auf den anderen durch den Sturm wieder gebrochen und fortgetrieben sein. Weder Boot noch Schlitten sind dann zu gebrauchen. Auch an Land sind die Wege ungangbar unter Neuschnee und manchmal noch unter Regengüssen. Vereinsamt liegt jeder Hof, jede Fischerhütte für sich in Finsternis und Unwetter. Und die Nächte sind lang, die paar Stunden Tageslicht um Mittag zählen kaum. Es ist die Zeit, die auch für Menschen, die sie Jahr für Jahr wiedererleben, schwer zu ertragen ist, die Zeit der bösen Geister, der Gesichte und Erscheinungen. Nicht wenige verlieren in diesen Wochen den Verstand und finden ihn nicht wieder.

In dieser Zeit war ich auf Dyrnes, dem Hof der Fremden. Breklum hatte Ole darum gebeten, weil er meinte, ich könnte ihnen von Nutzen sein. Ich kannte das Land, und wie sehr ich bereit war, ihnen meinen guten Willen zu beweisen, das hatte er wohl längst erkannt. Ole aber konnte seine Schafe auf der Insel nicht verlassen, und daß Birgit bei ihm besser aufgehoben war als unter dreiundzwanzig rauhen Männern, das begriff sogar ich. Schon für mich war es keine leichte Zeit. Breklums Män-

ner mochten mancherlei erfahren und überstanden haben: die Winternacht im Norden kannten sie nicht. Ein Schiff im Sturm konnten sie meistern, aber untätig auf einem einsamen Hof sitzen, während der Wind um die Mauern heulte und der kurze Tag ihnen nur die Einöde ringsum und die eigenen einfältigen Gesichter zeigte, das vertrugen die wenigsten. Es gab Zank und Streit, blutige Schlägereien, und einige sahen auch Geistererscheinungen oder redeten sich laut irgend etwas ein, was ihnen und anderen Angst einjagte. Damals bekam ich so viel von diesen Männern selbst über ihre Taten zu hören, daß ich später nicht begriff, wie ich noch so arglos blieb, so ohne jede Ahnung, an wen wir unser aller Schicksal ausgeliefert hatten.
Es mußte wohl meine Bewunderung für Finn Breklum sein, die mich so blind und taub machte. Ja, ich hielt viel von ihm! Vielleicht könnt Ihr Euch schwer vorstellen, wie einem Jungen zumute ist, der so einsam, so ohne Vorbild, ohne ebenbürtige Gefährten aufgewachsen ist wie ich, unter lauter älteren oder gebrechlichen Leuten, in ständiger Not und Sorge. Und dann begegnet ihm ein Mensch, der alles das ist, was er selbst gern sein möchte: groß, stark, behende, mutig und klug, immer der Überlegene. Wahrhaftig, auch ein schlechterer als Finn Breklum hätte es leicht gehabt, mir ein Vorbild zu werden! Und auch heute noch muß ich sagen, er verdiente Bewunderung. Besser als bei all seinen sonstigen Taten, die schlecht gewesen sein mögen, bewies er seinen Mut in diesen finsteren Wochen auf dem Hof Dyrnes. Er allein behielt seine Besonnenheit mitten in dieser Hölle von ratlosen, verrannten, halb besessenen Männern und fand immer wieder das rechte Wort, das rettende Lachen, manchmal auch einen Faustschlag im richtigen Augenblick, um Vernunft und Ordnung wiederherzustellen. Noch besser war es, daß er die Ursache der Verwirrung beizeiten erkannte und den Leuten zu tun gab. Sowie das Wetter es zuließ, schickte er sie zum Fischfang auf den Fjord hinaus und unternahm mit kleineren oder größeren Gruppen oft tagelang Jagdzüge in die verschneiten Berge hinein, gefährliche Züge,

die uns in Lebensgefahr brachten, durch Unwetter oder Wölfe, die aber vor der größeren Gefahr, den bösen Geistern der Finsternis, retteten.
Bei diesen Streifzügen brauchten sie mich, und solche Tage machten all das Grauen wieder gut, das ich auf dem gottverlassenen Hof erleben mußte. Mit einem guten Spieß und einem scharfen Messer bewaffnet den Rentieren nachzupirschen, das war etwas, wovon ich früher kaum hatte träumen dürfen. Mit unseren eigenen schlechten, uralten Waffen hatte Ole mir nie erlauben wollen, richtig auf die Jagd zu gehen. Nun durfte ich es nicht nur, ich merkte auch bald, daß ich mehr davon verstand als die meisten dieser Männer. Wo es darauf ankam, die Fährte von Fuchs und Wolf zu unterscheiden oder das Renrudel einzukreisen, da war ich ihr Führer. Das machte mich noch stolzer als die reiche Jagdbeute, die wir heimschleppten: Rentiere, fett von der Herbstweide, Schneehasen, Füchse, wilde Gänse und Enten. Die Leute von Brattahlid bekamen reichen Anteil und priesen die fremden Gäste als rettende Engel. Ach, wären sie es doch gewesen!
Von der Bärenjagd muß ich noch erzählen, damit die Herren richtig begreifen können, wie alles gekommen ist.« Baard machte eine nachdenkliche Pause, dann erzählte er weiter: »Es war einen Monat oder mehr nach Weihnachten und die kälteste Zeit des Winters. Nun waren die Tage schon lang und die Sonne hell, das Wetter beständiger als in der dunklen Zeit zu Winteranfang, und Schnee und Eis bedeckten Land und Fjord gleichmäßig mit fester, blinkender Bahn. Für uns Grönländer kommt dann die härteste Zeit, wo die Nahrung täglich knapper wird, das Vieh zu sterben beginnt und auch von den Menschen dieser und jener sich niederlegt, um nicht mehr aufzustehen.
Um diese Zeit kam auf den Hof Dyrnes die Nachricht, ein Bär habe sich nahe bei einem entlegenen Hof weit draußen an der Küste gezeigt. Die Schiffsmannschaft wude um Beistand gebeten, das Raubtier zu erlegen, an das sich von den Einheimischen längst keiner mehr wagen durfte. Ich war begeistert über das

Unternehmen; denn einen Bären zu erlegen, das war schon in den alten Zeiten für jeden Grönländer das höchste Abenteuer gewesen; nicht oft kam der weiße Bär so weit in den Süden herunter.

Auch Breklum war sehr für diese Jagd eingenommen. Es fiel ihm immer schwerer, seine Leute bei guter Stimmung zu halten. Sie waren nun einmal Seeleute, und das Leben an Land in dem langen Winter behagte ihnen schlecht. Jagd und Fischerei und das eintönige Dasein auf dem Hof an der Küste waren sie nicht gewohnt. Es war aber nicht nur das, was die Leute unzufrieden machte. Schon seit einiger Zeit machte sich ein verstohlener Widerstand unter der Mannschaft bemerkbar. Ich vermutete, daß es Knut Einaug, der Steuermann, war, der dahintersteckte.

Als die Bärenjagd beschlossen war, fiel es schwer, die Auswahl unter den Männern zu treffen. Fast alle wollten mit, und es gab Hauen und Stechen, als Breklum kurzangebunden und ohne auf Einsprüche zu hören sieben Männer auswählte, um den Bären zu jagen. Am Jagdschmaus aber, das versprach er, sollten alle teilnehmen. Nun, ich glaube, damit waren die meisten auch ganz zufrieden, als wir uns am Abend trennten und in die Kojen krochen, ein bißchen verzankt, ein bißchen branntweinselig – wie an den meisten Abenden. Wir Bärenjäger sollten am nächsten Morgen vor Tag aufbrechen und hatten einen weiten Marsch übers Eis vor uns. Das war durchaus nicht jedermanns Sache.

Ich schlief nicht bei den Matrosen, sondern auf einer Bank in der großen Herdstube; denn es war meine Aufgabe, das Feuer zu versorgen und immer bereit zu sein, wenn der Schiffer meine Dienste brauchte. In dieser Nacht wurde ich wach von zwei Stimmen, die vor dem Feuer miteinander stritten. Müde zog ich den Kopf unter die Decke und versuchte, sie nicht zu hören. Es gelang mir nicht; sie waren nicht laut, aber so voller Haß, daß ich nach einer Weile versuchte, die Worte zu verstehen. Es waren Breklum und sein Steuermann, Knut Einaug.

Was die beiden da mitten in der Nacht auszumachen hatten, konnte ich nicht Wort für Wort verstehen, ich hatte ja auch den Anfang nicht gehört. Aber den Sinn begriff ich bald. Knut redete das meiste, heiser und mit schäumendem Mund. Er warf dem Schiffer vor, daß er sie hier nach Grönland in ein Abenteuer geführt habe, das weit von ihrer aller Nutzen läge. Es werde ihm niemals gelingen, aus Seeräubern Fischer und Jäger oder fremde Einsiedler zu machen. Wenn Breklum es sich einfallen lasse, auf Kosten braver Kerle, die ihn zu ihrem Hauptmann gemacht hatten, weil sie ihm blind vertrauten, hier etwa ein falsches Spiel anzufangen und nach den Ehren eines zweiten Kolumbus zu trachten, dann werde er, Knut, dafür sorgen, daß der ungetreue Hauptmann nach dem Gesetz der freien See gerichtet werde, unter dem sie alle ständen. Um Beute zu machen, hätten sie sich zusammengetan, nicht um Fahrten ins Ungewisse zu wagen.
Breklum antwortete nicht viel, und er sprach so leise, daß ich ihn nicht verstehen konnte. Aber seine Stimme war so getränkt mit Hochmut und ätzender Verachtung, daß jedes Wort den Einäugigen nur zu größerer Wut reizte. Als der Steuermann, seinen Schemel umwerfend, plötzlich aufsprang, glaubte ich, er wollte sich auf Breklum stürzen. Der riesige Schatten des Mannes füllte die Stube ganz aus. Dann wandte er sich ab und ging hinaus. Von der Tür her aber rief er dem anderen zu, und davon verstand ich jedes Wort: ›Wer bist du denn? Was bildest du dir ein? Vergiß nicht, daß in jedem Hafen der Welt auf dich wie auf den letzten deiner Leute der Strick wartet!‹
Vielleicht hätte ich die nächtliche Begebenheit, die ich doch kaum begriff, bald wieder vergessen, wenn nicht der nächste Tag gewesen wäre.
Wir brachen noch im Dunkeln auf und wanderten stumm in langer Kette hintereinander über den knirschenden Schnee, ich voran als Wegweiser. Als es hell wurde, sah ich zu meinem Erstaunen, daß der Steuermann unter uns war. Dafür fehlte der graubärtige Maat, den Breklum sonst selten zurückließ. Knut

Einaug war nicht unter denen gewesen, die gestern für die Jagd ausgewählt worden waren. Breklum mußte es selbst anders bestimmt haben, er sagte jedoch nichts darüber. Auch die anderen schienen es in Ordnung zu finden. Er selbst machte ein besonders finsteres Gesicht und sprach mit niemandem.

So wanderten wir stumm durch den frostigen Morgen, einer in des anderen Fußspur, viele Stunden lang. Schon stand die Sonne tief und mit rötlichem Schein über dem weißen gefrorenen Meer, als wir den Hof erreichten, von dem der Hilferuf gekommen war. Die Bewohner, zwei alte Männer und eine Magd, waren ganz verstört und wagten sich kaum heraus, als sie uns kommen hörten. In der Nacht zuvor war der Bär in ihre Schafhürde eingebrochen und hatte eine große Anzahl der Tiere gerissen. Nun war er satt und hatte sich in seinen Schlupfwinkel verkrochen. Aber er würde wiederkommen, an den Ort, wo er so leichte Beute gefunden hatte, wieder und wieder, solange hier noch etwas lebte. Die drei Leute wußten, daß sie mit ihren schwachen Kräften nichts dagegen tun konnten, und sahen den Tod vor Augen.

Der Anblick so vieler kräftiger Jäger aber gab ihnen wieder etwas Mut. Nachdem wir in ihrer Hütte kurze Rast gehalten und eine wärmende Suppe eingenommen hatten, wagten sie sich sogar mit hinaus und zeigten uns die Bärenspur, die von der blutig verwüsteten Hürde hinaus auf das Packeis und nach einer nahe gelegenen Schäre führte. Dort, sagten sie, habe der Räuber sein Versteck. Man werde ihn am besten überraschen, solange er noch satt und faul seinen gestrigen Fraß verdaue.

Noch stand die Sonne ein Stück über dem Himmelsrand, und das Tageslicht konnte wohl noch zwei Stunden anhalten. Über den Bergen im Osten schwebte schon der blasse Mond, der die Nacht erhellen würde. Wir beschlossen, heute noch auf den Bären loszugehen. Wir wanderten auf das Eis hinaus, das zwar in hohen Schollen aufgetürmt und schlecht zu begehen, aber fest zusammengefroren und sicher war. Jenseits der Schäre, hatten die Alten gewarnt, müsse man vorsichtig sein. Dort

führe die Drift vorbei, und offene Spalten seien auch im Winter nicht selten.
Der Weg zur Schäre hinaus war viel weiter, als es uns vom Lande aus vorgekommen war. Die Sonne ging unter, als wir endlich den Felsen erreichten, der sich hoch über das Schollenfeld emportürmte, viel mächtiger, als wir geglaubt hatten, eine ganze Felsengruppe, durch Brücken und Zinnen von Eis miteinander verbunden. Niemand konnte übersehen, wo in dieser Eisburg sich der Bär versteckt halten mochte. Noch immer war es hell genug, um zwanzig, auch fünfzig Schritte weit jeden Flecken im Schnee zu erkennen. Aber schon woben sich die blauen Schatten ineinander und begannen den Blick zu trüben. Dennoch wollte keiner jetzt noch umkehren. Wir berieten ganz kurz. Dann teilte Breklum die Schar in zwei Gruppen, die von entgegengesetzten Seiten die Schäre umwandern und genau beobachten sollten. Ein Pfiff sollte bedeuten, daß die Spur des Bären, zwei Pfiffe, daß der Bär selbst entdeckt sei. Sollte der Bär aber angreifen, so sollte die andere Gruppe mit lautem Geschrei zur Hilfe gerufen werden. Das war klar und einleuchtend überlegt. Seltsam war nur, wie ungleich an Zahl die beiden Gruppen waren: die eine bestand aus den sechs Matrosen, die andere aus Breklum, dem Steuermann und mir. Keiner fand diese Einteilung merkwürdig. Einaug mit seinen Riesenkräften mochte für zwei oder drei zählen, auch Breklums Ruf war unbestritten. Ich dagegen zählte doch kaum im Kampf mit einem Bären. Aber solche Überlegungen schien niemand anzustellen.
Hier draußen ging es auf den Eisschollen schlecht vorwärts. Dennoch kamen die beiden vor mir ziemlich schnell voran und hielten sich nicht lange mit dem Untersuchen von Spalten und Schluchten auf. Um so genauer tat ich das. Schon hatte ich die beiden aus der Sicht verloren, da bemerkte ich links von mir auf einer Eisscholle den Abdruck der Bärentatze, lief hinüber und sah nun, daß die Fährte, deutlich und noch ganz frisch, von der Schäre fort, hinaus ins Schollenfeld der offenen See

führte. So weit man in der Dämmerung noch sehen konnte, war sie deutlich zu verfolgen. Ein Schauer überlief mich. Am Ende belauerte der Unhold uns ganz aus der Nähe, etwa hinter dem großen Eisberg dort, während wir hier seine Burg umstellten. Ich beeilte mich, die beiden Männer einzuholen, die schon weit voraus auf der Seeseite der Schäre waren.
Im Vorwärtsstolpern hörte ich vor mir Schreien, Gepolter und ein Klatschen im Wasser, ganz kurz nur, dann war alles wieder still. Als ich endlich um die Felsenecke bog, sah ich nur noch Finn Breklum mit dem Messer in der Faust in eine Eisspalte starren. Von der anderen Seite her aber kamen laut schreiend mit gefällten Spießen die sechs von der anderen Gruppe über das Eis gerannt. ›Wo ist er? Wo ist der Bär?‹ Sie blieben stehen, blickten auf ihren Anführer, und einer fragte endlich: ›Und der Steuermann?‹ Breklum sah sie fest an, zeigte mit dem Messer in die Spalte hinunter, in der das Wasser gluckste, und sagte ruhig: ›Da! Der Bär riß ihn mit hinunter, ich konnte nichts tun.‹ Das Messer war blutig, das sahen wir alle. Er setzte hinzu: ›Ich traf den Bären noch, aber es war zu spät. Sie stürzten beide.‹ Ein Mann warf sich auf die Knie und versuchte, in das nachtschwarze Wasser zu spähen. ›Es ist ganz sinnlos‹, sagte Breklum, ›sie sind wohl beide gleich unter das Eis geraten.‹
Da fand ich endlich meine Stimme wieder und fing an: ›Aber die Spur!‹ Breklum blickte mich an, und ich verschluckte, was ich hatte sagen wollen. ›Na, Junge‹, sagte einer der Männer, und es war nicht zu erkennen, ob er nur aus Teilnahme fragte oder um einen Zeugen zu hören, ›du hast es ja wohl mit angesehen.‹ Ich fühlte, daß Breklum mich immer noch ansah, und sagte: ›Ja‹, und nach einer Weile noch einmal: ›Ja, ich habe es gesehen.‹ Darauf sprach lange Zeit niemand mehr etwas. Breklum wischte sein Messer sorgfältig im Schnee rein, schob es in die Scheide, wandte sich um und ging mit großen Schritten dem Lande zu. Die Männer folgten ihm zögernd, einer nach dem andern, zuletzt ich. Sie blickten immer wieder zurück, aber nun war die Dämmerung so tief geworden, daß man nach wenigen

Schritten nicht mehr erkennen konnte, woher man gekommen war. Wir hatten Mühe, den Rückweg ans Ufer zu finden; denn das Mondlicht gewann nur langsam an Kraft und trog mehr, als daß es leuchtete.

Wir kamen zu dem Hof, wo die beiden Alten mit der Magd schon lange ängstlich gewartet hatten. Als sie hörten, daß der Bär erlegt worden war, wurden sie froh. Aber es enttäuschte sie doch, daß die schwarze See all die vielen Pfunde saftigen Bärenfleisches verschlungen haben sollte. Sie redeten ein wenig darüber hin und her. Auch die Jäger zeigten wenig Freude über ihr Glück. Sie wollten nicht noch einmal rasten, sondern ohne Aufenthalt nach Dyrnes zurück. Als wir weitergingen, zählte einer der Alten die Reihe entlang und rief uns nach: ›Einer fehlt ja! Wo habt ihr den Einäugigen gelassen?‹ Keiner antwortete. Nur der letzte in der Reihe, der vor mir ging, wandte sich halb um mit einer Bewegung, die genug sagte.

Stumm wanderten wir unseren Weg zurück über den knirschenden Schnee, einer in den Fußstapfen des anderen. Der Mond stand jetzt hoch am Himmel und übergoß Land und Meer mit einem kalten grünlichen Licht, das mir schauriger schien als die dunkelste Nacht. Dann, als wir ungefähr eine Stunde gegangen waren, sah ich plötzlich den Bären. Ich sagte nichts, ich wies nur stumm aufs Eis hinaus. Da blieben auch die anderen stehen. Etwa einen Steinwurf weit von unserem Wege entfernt bewegte sich etwas Weißes auf einem hohen Eisblock. Es war ein Bär, der witternd die Nase in die Luft reckte. Riesenhaft schien er uns, sein Fell leuchtete im Mondlicht wie von selbst, wie faules Holz oder Fleisch es im Dunkeln tut. So ruhig er da oben stand, es ging eine wilde, unheimliche Drohung von ihm aus.

›Ein Geisterbär‹, murmelte einer, während wir näher zusammenrückten und die Spieße fester faßten. Finn Breklum lachte kurz auf und meinte: ›Es wird das Weibchen sein.‹ Aber ich wußte, daß um diese Zeit die Bären nicht paarweise jagen, und sagte es. Ich erinnerte mich auch, daß die Spur, die von allen nur ich gesehen hatte, auf das Meer hinausführte. Es war ziemlich sicher, daß dies hier der Bär war, nach dem wir ausgezogen waren. Wenn er es aber war, so konnte er nicht im Kampfe mit Knut Einaug ins Wasser gestürzt sein. Und zwei Bären? Es war nur einer beobachtet worden, und der König des Nordens ist an unserer Küste so selten, daß zwei gewiß längst aufgefallen wären. An dies alles dachte ich und versuchte, das Grauen zu bezwingen, das uns alle vor diesem riesigen Untier wie gelähmt festbannte. Dann aber, nach einer Zeit, die uns unendlich schien, drehte der Koloß uns die Kehrseite zu, hoppelte von seinem Thron herunter und verschwand, weiß im schwimmenden Weiß, weit draußen im Packeis. Aber noch lange, nachdem er verschwunden war, standen die Männer wie festgebannt, als wäre ein böser Zauber über sie gefallen. Als Breklum, der langsam ein Stück vorausgegangen war, sie endlich ungeduldig rief, gehorchten sie und gingen weiter, mit schweren Füßen zuerst, als trauten sie ihren Gliedern nicht, dann aber immer schneller und endlich in atemloser Hast wie auf der Flucht. Keiner sprach, keiner wagte den anderen anzusehen. Nur Breklum blickte sich manchmal spöttisch nach den Keuchenden um. Ich ging wieder als letzter und blieb weit zurück, aber diesmal nicht aus Ermattung, sondern mit Willen.

Als wir Dyrnes erreichten, wollte ich nicht mit hineingehen, sondern gleich weiter auf unsere Insel hinaus. Die Männer lachten mich aus. Seit Wochen war ich nicht dort gewesen, warum auf einmal in dieser Nacht? Aber das wußte nur ich. Ich gab ihnen keine Antwort und lief fort, hinaus aufs Eis, in den milchigen Dunst der Mondnacht, der über dem Fjord lag. Daß es ein gefährlicher Weg war, wußte ich selbst. Aber nicht einmal den Bären fürchtete ich so sehr wie das, was mir heute zum ersten Male begegnet war: Grausamkeit und Lüge der Menschen. Waren sie alle so jenseits des Meeres? Dann war es wohl ein Glück, wenn sie uns so lange Zeit vergessen hatten. Ach, mir war es genug, daß der so war, den ich von den wenigen Männern, die ich kannte, am meisten verehrte. Immer sah ich ihn über die Eisspalte gebeugt stehen, das blutige Messer in der Hand, und dann mit glattem, hartem Gesicht den anderen seine Lüge sagen, von der nur ich ganz genau wußte, daß es eine war. Nie wieder konnte er mein Vorbild sein. Vielleicht war er nicht schlimmer als die anderen auch. Aber durfte ich diese Menschen nach Winland führen?

Es war ein Wunder, daß ich in meiner Verzweiflung und bei dem schlechten Wetter doch richtig auf unserer Insel ankam. Der Mond war längst untergegangen, der Morgen nah. Ole kam gleich heraus, als ich mich der Hütte näherte. Er fragte nichts, sondern machte mir schnell mein Lager zurecht, brachte mir heiße Milch und rieb mit Schnee meine Hände und Füße, die fast erfroren waren. Bald schlief ich ein und schlief einen Tag und eine Nacht lang. Als ich aufwachte, saß Birgit neben mir und wollte alles von der Bärenjagd hören. Da mußte ich erzählen, aber ich ließ vieles weg. Ob Ole, der stumm zuhörte, das merkte, weiß ich nicht.

Ein paar Tage später brachte er vom nächsten Hof eine Nachricht mit, die an der ganzen Küste umhergetragen wurde. Noch einmal habe ein Bär die Herde der beiden Alten überfallen und ihnen die letzten Schafe zerrissen. Dann aber sei er von Skrälingern, die weit draußen auf den Schären wohnten, erlegt und im Triumph heimgeschleppt worden. Dampf und Duft ihrer Festmahlzeit sei tagelang bis zum Festland wahrzunehmen gewesen. Die beiden Alten habe das schwer gekränkt. Für all den Schaden, den der Bär – oder die beiden Bären – bei ihnen angerichtet, hätten sie nicht einen einzigen Knochen zur Entschädigung bekommen. Die Skrälinger, wußte Ole noch, seien auch der Ansicht, es sei nur ein einziger Bär im Spiele gewesen. Irgend jemand, der etwas von ihrer Sprache verstand, hatte sie ein Spottlied singen hören auf den Kablunaken, der seinen Gefährten mit einem Bären verwechselt und durch einen Messerstich erlegt habe. Ole sagte nichts dazu, ich auch nicht. Aber ich wunderte mich. Hatten die Skrälinger die Leiche gefunden, oder woher wußten sie sonst von der Begebenheit?

Diese Geschichte tat dem Ansehen der fremden Seeleute einigen Abbruch. Das war doch nun keine Leistung, zu der man mit acht Mann auszog, einen Bären, verwundet oder nicht, entkommen zu lassen und ihn den Skrälingern zuzutreiben. Viele wollten genauer hören, wie es bei dieser seltsamen Jagd denn zugegangen sei. Aber die Fremden schwiegen darüber. Nur, daß einer von ihnen dabei zu Tode gekommen war, gaben sie zu. Das milderte ein wenig das strenge Urteil über sie. Schließlich wußte man ja, daß sie tapfere Seeleute, aber eben keine Jäger seien, meinten die Leute.
Ich aber fragte Ole einmal, als wir beide allein waren, was Seeräuber wären. Er sah mich eine Weile sprachlos an. Dann antwortete er, so etwas habe es in alten Zeiten gegeben, die Sagas wüßten davon. Es seien wilde Männer gewesen, die Küsten und Schiffe überfielen, von Raub und Mordbrand lebten. ›Ich glaube nicht, daß es so etwas heute noch gibt‹, sagte Ole listig, ›oder meinst du, doch?‹ Ich wagte nicht zu antworten, aber er erriet es auch so. Lange schwiegen wir beide. Dann meinte er vorsichtig: ›Vielleicht sind diese Männer nicht so schlimm, wie man von ihnen gesagt hat.‹
›O doch, Ole‹, entfuhr es mir, ›sie sind so schlimm. Ein Mord ist für sie so, als wenn wir einen Seehund schlagen, nicht mehr.‹
›So, das weißt du?‹ nickte Ole. Dann hob er, wie schon einmal, den krummen Finger an den welken Mund und murmelte: ›Schweig, Junge, und vergiß, was du vielleicht weißt! Wer diese Männer auch sind, wir haben keine Wahl. Sie besitzen das einzige Schiff weit und breit. Nur durch sie kann uns Hilfe kommen, und nur, wenn sie unsere Freunde bleiben. Also schweig, Baard, schweige für immer!‹ ... «

Die Ausfahrt

Nach der Bärenjagd getraute ich mich lange nicht zu den Fremden nach Dyrnes hinüber. Ich hatte einfach Angst, um so mehr, je länger ich über das Erlebte nachdachte. Breklum mußte doch ahnen, daß ich ihn durchschaute. Vielleicht glaubte er auch, was ich vor den anderen gesagt hatte: ich hätte alles mit angesehen. Wer konnte ihn daran hindern, den Zeugen seiner Tat in eine Eisspalte zu werfen, wie er es mit dem einäugigen Knut getan hatte? Mein Verschwinden würde noch weniger Aufsehen machen! Ein Feigling war ich wirklich nicht, wenn ich Finn Breklum einstweilen lieber aus dem Wege ging.

Am Sonntag Okuli, der in unserem Lande immer noch in den tiefsten Winter fällt, wanderten wir drei über das Eis nach Brattahlid zur Kirche. Wir kamen spät, der Gottesdienst hatte schon begonnen. Als wir in die halbdunkle Kirche traten, drehten sich viele Köpfe nach uns um, und ein Geflüster entstand, das die ganze Zeit über nicht aufhörte und die Andacht störte. Kaum hatte Priester Hallvard den Segen gesprochen, da drängte alles hinaus, eiliger als sonst. Wir, die wir zuletzt gekommen waren, gingen mit den ersten ins Freie. Draußen aber stürzten alle auf uns zu und schrien uns Fragen und Vorwürfe entgegen, die wir nicht verstanden. Birgit fing an zu weinen; denn es sah ernstlich so aus, als sollten wir verprügelt werden. Da aber kam Oheim Lodin auf Stockanes aus der Kirche, zusammen mit Helga auf Solafjoll und ein paar anderen gesetzten Leuten. Sie geboten Ruhe und erreichten schließlich auch, daß man etwas zurücktrat und sie heranließ.

Ohm Lodin blickte uns strafend an. ›Baard, mein Sohn‹, sprach er, ohne Ole, den Knecht, und Birgit, das Kind, zu beachten, ›du wirst mit mir nach Stockanes hinüberkommen und mir

dort auf ernste Fragen Rede stehen!‹ Aber damit waren die Leute nicht zufrieden.
›Frag sie alle drei!‹ riefen sie. ›Jeder von ihnen hat schuld. Frag sie hier, vor uns allen, es ist ein Fall für das Thing.‹
Als ich das hörte, wurde mir bedenklich zumute. Niemals wäre mir der Gedanke gekommen, vor irgendeinem Menschen in Brattahlid Angst zu haben. Wenn die hier aber von Schuld sprachen und diesen Auflauf hier vor der Kirche ein Thing nannten, dann war die Sache ernster, als ich geglaubt hatte. Wir standen im eisigen Wind, der über den grauen Fjord hereinblies. Birgit neben mir zitterte vor Kälte. Ich zwang mich, zu lachen und in sorglosem Tone zu fragen, ob wir die Sache nicht wenigstens in der Kirche abmachen könnten. Nein, schrien sie aufgebracht mit blaugefrorenen Lippen, sie wollten nach altem Brauch unter freiem Himmel Gericht halten. Das klang nicht gut. Mit einem Male fror ich gar nicht mehr, im Gegenteil, mir wurde viel zu warm.
Ich mußte daran denken, wie sie vor Jahren – ich war noch klein gewesen und hatte nicht dabeisein dürfen – nach einem solchen schnellen Gericht Ivar, den Fresser, mit Steinen erschlagen hatten, weil er auf keine andere Weise davon abzubringen war, anderer Leute Wintervorräte aufzuspüren und zu verschlingen, mit dem unstillbaren Hunger eines Wolfes, nicht eines Menschen. Vergebens hatte die Großmutter für ihn gebeten und den Leuten gesagt, daß Ivar in dem einen schrecklichen Hungerwinter den Verstand verloren habe und daß seine ewige Gier nur Krankheit sei, die Mitleid verdiene. Sie hatte ihn nicht retten können. Auch die wenigen, die ihr glaubten, fanden dennoch, daß Ivar sterben müsse um des Schadens willen, der er immer wieder anrichten werde. Auch Wolf und Bär raubten ja nur aus Hunger, und doch könne man sie nicht aus Mitleid schonen, wolle man selbst am Leben bleiben. So war Ivar unter ihren Steinwürfen gestorben.
Verstohlen sah ich mich um. Sie umdrängten uns im dichten Kreise, nicht allzu viele, aber immerhin etwa fünfzig Männer

und Frauen mit bösen, entschlossenen Gesichtern. Dennoch wäre es für mich nicht schwer gewesen, den Ring zu durchbrechen und einfach fortzulaufen. Von denen hier hätte keiner mich je eingeholt. Aber da standen Birgit und Ole, die vielleicht nicht ganz so flink waren. Sie konnte ich nicht im Stich lassen. Von mir hinge es ab, wie wir hier bestehen würden. So gab ich die Fluchtgedanken auf, faßte Birgit fest an der Hand und legte Ole die andere Hand auf die Schulter. Zum ersten Male bemerkte ich dabei, daß ich größer war als er und auch größer als Ohm Lodin, der zu mir aufblicken mußte, als er nun fragte: ›Wer hat den Fremden von Winland erzählt?‹
Ehe ich es hindern konnte, antwortete schon Ole: ›Wer sagt denn, daß sie davon wissen?‹ Das war zwar schlagfertig, aber doch nicht das Richtige gewesen. Die Leute murrten, und Lodin sagte hochmütig: ›Du bist nicht gefragt. Ich spreche mit Baard auf Brattahlid.‹ Zum ersten Male nannte er mich so, aber es war nicht der Augenblick, stolz darauf zu sein. Ich hatte inzwischen Zeit gehabt, mir meine Antwort zu überlegen, und beschlossen, lieber bei der Wahrheit zu bleiben. Nun sagte ich: ›Es war nicht nötig, daß ihnen hier jemand davon erzählte. Sie wußten längst alles von Winland und kamen an unsere Küste, um von hier aus den Weg dorthin zu finden. Von uns haben sie darüber nichts erfahren, was sie nicht schon wußten.‹
›Und warum höre ich erst jetzt von solchen Plänen der Fremden?‹ entrüstete sich Lodin, während unter den anderen eine flüsternde Aufregung entstand. Ja, warum? Ich fühlte, dies war der Punkt, den Ohm Lodin uns am wenigsten verzeihen konnte: daß er übergangen worden war. Um Oles willen konnte ich hierüber nicht so ganz die Wahrheit sprechen. ›Die Fremden wollten es so‹, sagte ich rasch, ›sie sprachen zu uns nur unbestimmt von diesen Plänen und wollten nicht, daß im Lande darüber geredet würde, ehe sie ganz entschlossen waren. Sicher hätten sie deinen Rat noch eingeholt, Ohm Lodin!‹
Schon nach den ersten Worten merkte ich, daß ich etwas Fal-

sches gesagt hatte. Allzu deutlich verriet Lodins Gesicht, daß er es besser wußte. Im Kreise wurde böse gelacht. ›Ich sehe nicht ein‹, sagte Lodin, ›wozu mein Rat noch gut sein sollte, wo es doch längst abgemacht war, daß ihr drei auf dem Schiff der Fremden mitfahren solltet, um ihnen den Weg nach Winland zu weisen. Ist das wahr oder nicht?‹

Mit einem Male schrien sie alle auf uns ein, und ich begriff: dies war es, dessen sie uns anklagten und wofür sie uns zu richten forderten, daß wir uns hatten fortstehlen wollen aus dieser Gemeinschaft der Not und des geduldigen Wartens. Das kostbare Geheimnis Grönlands hatten wir – wie sie glaubten – an Fremde verraten, um uns selbst zu retten.

Ich sah, daß Gamli, der Narr, mit seinen beiden Brüdern unten am Strand schon einen ganzen Haufen handlicher Steine zusammengetragen hatte. Nun hob er einen hoch und drohte lachend damit. Noch warf er ihn nicht, sonst wäre es in diesem Augenblick wohl um uns geschehen gewesen. Vergebens suchten besonnenere Leute, Ohm Lodin, Helga und andere, die Menge auseinanderzubringen. Niemand hörte auf sie.

Für einen Augenblick war Oles Stimme zu hören, der den Leuten zurief, es gehe doch um die Kinder von Brattahlid, um die Enkel Frau Gudveigs, die so viel Gutes... ›Sei still von ihr!‹ schrie ihn jemand nieder. ›Euch kann es leicht wie ihr gehen!‹ Das Geschrei und Hohngelächter wurde immer schlimmer und erstickte Oles Beteuerung, er habe selbst nicht fortgehen wollen, niemals an seine eigene Rettung gedacht. Es schien ganz unmöglich, mit Vernunft und Menschlichkeit oder auch nur mit der Kraft einer Menschenstimme diesen Sturm zu besiegen.

Da nahm mir jemand die Antwort ab, auf den ich nicht gezählt hatte. Du, Birgit! Du rissest dich los von meiner Hand, recktest dich so hoch du konntest und schriest: ›Nein, nein! Es ist nicht wahr! Ich wollte niemals fortgehen von hier!‹ Es war seltsam, daß ihre Stimme überhaupt zu hören war, und noch seltsamer, daß wenigstens einige ihre Worte aufnahmen und ihr das glaubten, was sie Ole nicht hatten glauben wollen. Für einen Augenblick wurde es etwas stiller.

Lodin ergriff die Gelegenheit: ›Rede also, Birgit Einarstochter!‹

Und sie redete, atemlos vor Angst, aber doch ziemlich klar und zusammenhängend – und so schnell, daß keiner dazu kam, sie zu unterbrechen: ›Die Fremden – sie müssen einen starken Zauber haben. Wie hätten sie sonst so schnell unser Vertrauen gewinnen können! Und wie durch Zauberei wußten sie wirklich schon alles von Winland, auch daß unser Vater dahin gefahren ist. Und sie sagten, sie wollten uns mitnehmen, Baard und mich, um den Vater zu holen und ihm beizustehen, wenn er da drüben in Not geraten wäre, wie man ja glauben muß nach so langer Zeit. Wir aber sollten um Lebens und Sterbens willen zu niemandem ein Wort davon sagen, sonst würde nichts daraus. So haben sie uns bedroht oder auch verzaubert, daß wir tun mußten, was sie wollten. Baard kann nichts dafür und Ole auch nicht. Ich aber, das sage ich euch allen, ich wäre niemals mit dem fremden Schiff weggefahren. Ich will hierbleiben und auf den Vater und die Großmutter warten. Das habe ich doch die ganze Zeit gesagt, nicht wahr, Ole?‹

Ja, das habe sie, nickte Ole. Ich wunderte mich, wie schnell sie sich das alles zu unserer Rettung ausgedacht hatte und wie geschickt sie Wahrheit und Lüge vermengte; denn es war zu merken, daß sie nicht nur Glauben fand, sondern auch freundlicher angesehen wurde, besonders um ihrer letzten Worte willen, daß sie hierbleiben wolle. Ich dachte, das sei nur eine besonders gut erdachte Lüge, und bewunderte meine kluge, kleine Schwester.

Auch Ohm Lodin schien so etwas zu denken; denn er fragte: ›Ist dir das eben erst eingefallen, Birgit Einarstochter?‹

›Nein, o nein!‹ rief sie. ›Viele von euch wissen doch, wie fest ich daran glaube, daß die Großmutter eines Tages wiederkommt aus dem Lande Mitternacht. Und dann der Vater! Wenn er nun schon auf dem Rückweg ist, im Frühling, wenn die Fremden ausfahren nach Winland? Das Meer ist so groß. Wie leicht könnten sie sich verfehlen, und dann kommt der Vater heim und die Großmutter zurück, und keins von uns Kindern wäre mehr im Lande. Das darf doch nicht sein. Darum will ich hierbleiben und habe niemals etwas anderes gewollt, nicht wahr, Ole?‹

Wieder bestätigte Ole ihre Worte mit eifrigem Nicken. Aber es wäre kaum nötig gewesen. Alle blickten auf Birgit, und mancher lächelte ihr schon zu. Helga sprach endlich, die Gute, Schweigsame, die mit bekümmertem Gesicht dem ganzen Streit zugehört hatte. ›Ach, Kind!‹ seufzte sie. ›So fest glaubst du daran?‹ – ›Ja, natürlich glaube ich daran, Muhme Helga!‹ rief Birgit hell. ›Der Vater läßt uns doch nicht im Stich, und die Großmutter auch nicht. Sie kommen beide bestimmt wieder, vielleicht schon bald, wenn meine Träume eintreffen.‹ Nun hatte sie alle für sich gewonnen. Sie drängten sich näher, aber in guter Absicht, Hände streckten sich aus, um Birgit anzurühren und zu streicheln. ›Ach, du Kleine!‹ hieß es. ›Du Gute! Daß wir dich haben! Wie gleicht sie ihrer Großmutter! Die verstand sich auch so darauf, uns allen Mut zu machen.‹

Es fehlte nicht viel, so wären Ole und ich ganz vergessen worden. Aber Oheim Lodin vergaß nicht so leicht, eine begonnene Sache ordentlich zu Ende zu führen. Immer noch streng, nun aber doch nicht ganz ohne Freundlichkeit, sprach er: ›Baard Einarsson, du siehst, welch hervorragendes Beispiel von Treue und Zuversicht deine kleine Schwester eben gegeben hat. Ich wollte, du lerntest da von ihr. Was dein Komplott mit den Fremden angeht, so scheint mir manches von dem glaubhaft, was Birgit uns berichtet hat. Vielleicht ist deine Schuld wirklich nicht so groß, wie wir glaubten. Aber daran hättest du doch von selbst denken müssen, daß es nicht deine Sache war, mit den Fremden über etwas so Großes wie eine Winlandfahrt allein zu verhandeln. Dergleichen geht uns alle an, und würdige Männer sind dafür zuständig, nicht halbwüchsige Jungen.‹ Hier reckte er sich ein wenig und blickte stolz im Kreise herum. ›Jeder Fremde hätte das eingesehen und danach gehandelt, wenn man es ihm gleich gesagt hätte. Aber noch kannst du diesen Fehler wiedergutmachen. Sicher bist du gewillt, die ganze Angelegenheit nun vertrauensvoll in berufene Hände zu legen. Wir werden mit den Fremden weiterverhandeln, auf welche Weise diese neue Winlandfahrt am besten zu unser aller Wohl dienen kann.‹

Ich fragte, ganz gegen meinen Willen stammelnd vor Schrecken: ›Ich – ich soll nicht mitfahren?‹ – ›Nun, mein Junge, wir werden noch darüber beschließen, wen wir mitschicken. Du mußt doch zugeben, daß es erfahrenere und würdigere Leute als dich gibt, die zu einer so wichtigen Gesandtschaft besser geeignet sind.‹ Ich wollte widersprechen, zum erstenmal verlor ich ganz die Fassung. Ole aber kniff mich heimlich ins Bein, und ich begriff, was er mir sagen wollte. Es wäre unklug gewesen, noch einmal Streit anzufangen. So rief ich mit rotem Kopf, trotzig bemüht, mir meine Niederlage nicht anmerken zu lassen: ›Mag fahren, wer will! Ich habe mich nie darum gerissen.‹ Aber ich konnte nicht verhindern, daß meine Stimme zitterte.

Ein wenig später waren wir drei auf dem Heimweg über das Eis. Wir gingen nebeneinander, Ole in der Mitte. Er schimpfte und fluchte vor sich hin und manchmal auch auf uns. Es traf ihn schwer, daß alle seine klugen Überlegungen umgeworfen und er selbst dabei so schmählich nichtachtend behandelt worden war. Er war besser daran als ich; denn meine Verzweiflung war so groß, daß ich kein Wort sprechen konnte. Noch gestern hatte ich Mißtrauen gegen Finn Breklum gehegt und mich von ihm ferngehalten. Nun aber, da mir die Entscheidung genommen und ich schwach genug gewesen war, auch noch einzuwilligen, nun glaubte ich, sterben zu müssen, wenn ich nicht nach Winland fahren dürfte. Und Breklum traute ich zu, daß er, wenn ihm die Einmischung der Leute von Brattahlid lästig wurde, uns alle sitzenließ und entweder allein oder gar nicht die Fahrt wagte. Ich aber hatte wohl für immer bei ihm verspielt nach dem heutigen Tag.

Als ich, heimlich nach Trost suchend, hinter Oles Rücken zu Birgit hinüberblickte, bemerkte ich, daß sie durchaus nicht traurig, sondern merkwürdigerweise äußerst vergnügt schien. Sie hüpfte und glitt auf ihren Pelzschuhen daher, als läge nicht noch ein stundenweiter Weg vor uns, und ich hörte sie sogar leise singen. Als sie merkte, daß ich sie ansah, kam sie zu mir herüber und faßte mich an der Hand. ›Ich bin ja so froh, Baard‹, flüsterte sie, ›daß du nun auch hierbleiben willst.‹
Mir blieb der Mund vor Staunen offenstehen. Froh war sie? Und ich hatte immer gedacht, sie freute sich genauso wie ich auf die Reise nach Winland! Wie hatte ich eben noch die List bewundert, mit der sie sich zu verstellen gewußt hatte! Ole war es, der mir mürrisch bestätigte, wie sie schon den ganzen Winter über mit Weinen und Klagen ihren Widerwillen gegen die Reise ausgesprochen und immer wieder gebeten hatte, man möge sie daheim in der Ostsiedlung lassen. Da mußte ich wohl glauben, daß es ihr ernst war damit. Aber verstehen, Birgit, konnte ich es damals ebensowenig wie heute!«
»Das ist doch nicht schwer zu begreifen!« erwiderte das blinde Mädchen mit einem feinen Rot auf dem Gesicht. »Ich hatte die volle Wahrheit gesagt vor den Leuten: Immer glaubte ich, die Großmutter könnte eines Tages wieder heimkommen. Ja, damals glaubte ich noch fest daran.«
»Das sagte Ole auch, obgleich er selbst nicht mehr daran glaubte, wie ich wohl wußte. Sage mir, wie kam es nur, daß du diesen Glauben immer noch hattest, gegen das Zeugnis aller, die es besser wissen mußten? Nur wegen dieser Begebenheit mit dem Becher? Auch darüber hat Ole anders gedacht als du!«
»Sprecht nicht in Rätseln!« befahl der Fremde. »Wovon redet ihr da?«
»Es lohnt nicht, Herr!« sagte Birgit verlegen. »Ein alter Glaube! Man spricht nicht gern davon.«
»Ich will aber, daß ihr davon sprecht!«
Das blinde Mädchen wand sich ein wenig, begann dann aber:

»Es war in dem Sommer, als die Großmutter mit den Booten zu den nördlichen Fangplätzen hinaufgefahren war, gegen den Herbst zu, als wir schon die Rückkehr der Boote erwarteten. Wir wohnten für ein paar Tage auf Brattahlid, weil das Heu eingebracht werden mußte. Sonst lebten wir ja damals schon auf unserer Insel, wie es die Großmutter bestimmt hatte vor ihrer Ausfahrt. Nun aber schliefen wir alle zusammen in der großen Halle, und die Türen standen offen; denn die Nächte waren noch mild, wenn auch nicht mehr so hell wie im Hochsommer. Mitten in der Nacht wache ich auf und höre Schritte, erst draußen und dann drinnen auf den Steinplatten in der Halle, und denke noch, wenn Großmutter nicht so weit fort wäre, dann müßte sie es sein. Niemand ging so wie sie, nicht wie eine alte Frau, sondern mit großen, leichten Schritten, und dennoch anmutig. Dann klirrt es auf dem Wandbord über dem Brunnen, wo die Trinkgefäße stehen. Wir hatten auf Brattahlid einen Brunnen in der Halle. Wasser plätschert, jemand trinkt durstig und stellt den Becher auf dem steinernen Brunnenrand ab. Dann gehen die Schritte wieder zur Tür, durch die ganze Halle. Nun konnte ich mich nicht länger bezwingen und rief leise, denn ich wollte nicht alle wecken: ›Großmutter, bist du's?‹ Aber die Schritte blieben nicht stehen, sie gingen zur Tür hinaus und verklangen draußen auf den knirschenden Muschelschalen, auf dem Wege zum Strand. Ich hatte niemanden sehen können, so genau ich alles hörte. Die Nacht war freilich schon ziemlich dunkel gewesen. Am Morgen aber stand auf dem Brunnenrand Großmutters alter Silberbecher mit einem Rest Wasser darin und Tropfen am Rande. Niemand hätte gewagt, daraus zu trinken, wenn sie auch fort war. Dennoch hätte sich vielleicht die Sache erklären lassen. Jemand vom Hof, der in der Nacht Durst bekommen hatte, konnte im Dunkeln den Becher vom Bord gegriffen haben. Aber niemand fragte, niemand forschte danach. Als ich Ole erzählte, was ich gehört hatte, war er sehr bestürzt und befahl mir streng, zu niemandem davon zu reden. Warum, begriff ich damals nicht. Bald kamen dann unsere Fangboote heim mit der Nachricht, die Großmutter sei im Nordmeer ertrunken.«

»Nun ja!« nickte Jon der Grönländer. »Es ist ein so ehrlicher Glaube wie nur irgendeiner, daß Tote, die fern ihrer Heimat, zumal auf See, sterben, sich zur gleichen Stunde daheim den Ihren zeigen. Manche Seemannswitwe weiß davon zu sagen.«

»Heidnischer Aberglauben!« tadelte der Fremde.

Das blinde Mädchen erwiderte fast trotzig: »Herr, uns war nicht viel geblieben, unseren Christenglauben zu stärken. Da mußten wir uns an andere Dinge halten in unserem einsamen und gefährlichen Leben. Heute weiß ich längst, daß Ole mit seinem Glauben recht hatte. Sie war tot.«

»Heute weißt du es?« wunderte sich Baard. »Und damals wolltest du es nicht wissen? Wie reimt sich das?«

»Ich hatte Grund zu glauben«, sagte die Blinde leise und scheu, »die Großmutter plane geheimnisvolle Reisen zu unser aller Heil. Ich glaubte, sie hätte ihren Tod nur vorgetäuscht, um nicht an ihrem Vorhaben gehindert zu werden. Ich glaubte, sie wäre in jener Nacht aus irgendeinem Grunde ungesehen heimgekehrt und wieder gegangen. Ich wußte wohl selbst kaum, was ich glaubte, nur das eine glaubte ich nicht: daß der Großmutter, dieser strahlenden, starken und klugen Frau, der Tod zugestoßen sein sollte wie irgendeinem anderen armseligen Menschen. Es war alles falsch, und doch war etwas Wahres daran. Laß mich jetzt nicht davon reden, Baard, die Zeit kommt dafür!«

»Seltsame kleine Schwester!« meinte Baard kopfschüttelnd. »So hattest du deine eigenen Gedanken über die Dinge, und ich ahnte nichts davon!

Die nächsten Tage waren düster, voller Schneefälle, Stürme, Nebel und manchmal auch schon Regen. Irgendwo über allen diesen Unwettern bereitete sich der Frühling vor. Wie sehnsüchtig hatte ich ihn noch vor kurzem erwartet! Nun wünschte ich, er möchte niemals kommen. Still lebten wir drei auf unse-

rer Insel dahin. Noch nie war sie mir so weltabgeschieden, so trostlos vorgekommen wie in diesen Tagen. Ich konnte nicht glauben, daß ich jemals im Leben etwas anderes sehen würde als diese Schären und Buchten oder etwas anderes zu tun bekommen würde als die eintönige Arbeit bei den Schafen oder beim Fangen und Zubereiten der Fische.
Dann aber kam ein Morgen, da näherte sich von fern her über das graue Eis eine Gestalt unserer Insel, ein großer Mann in Hut und flatterndem Mantel, und als er heran war, erkannten wir Finn Breklum, der mit Rauhreif bedeckt über das krachende dünne Eis am Strande sprang. ›Ich muß mal mit euch dreien ein ernstes Wort reden!‹ sagte er ohne weitere Begrüßung. Wir führten ihn in die Hütte, schürten das Feuer, nahmen ihm Hut und Mantel ab und wärmten einen Becher Milch. Diesmal trank er ihn und verlangte noch einen zweiten.
Dann fing er an: ›Was habt ihr drei Narren uns da eingebrockt? Da kommt mir doch eine Gesandtschaft von eurem hohen Rat auf den Leib gerückt und verlangt, mit mir über die Winlandfahrt zu verhandeln. Du, Baard, sagen sie, hättest alles gestanden und ihnen die Angelegenheit übertragen. Na, die habe ich schön heimgeschickt! Ich habe ihnen gesagt, daß ich selbst bestimme, wen ich an Bord nehme, und daß ich keinen von ihnen als Matrosen tauglich fände. Einen Schiffsjungen hätte ich an der Küste angeheuert, und mehr brauchte ich nicht. Aber nun sage mir, Schiffsjunge Baard, was ist denn in dich gefahren, daß du mir diese feierliche Gesellschaft auf den Hals geschickt hast?‹
Ich versuchte nicht zu zeigen, wie sehr ich erleichtert war, und versicherte, ich hätte gewiß niemanden geschickt und wüßte nicht, woher die Leute von Brattahlid von der geplanten Winlandfahrt gehört hätten.
Finn Breklum winkte ab. ›Ein paar von meinen Leuten haben auf eigene Faust auf einem der entlegenen Höfe Tausch oder Raub betrieben, Felle und dergleichen gegen Branntwein. Dabei ist dann geschwatzt worden, war auch wohl kaum geheim-

zuhalten in diesem Lande, wo niemand etwas Besseres zu tun hat, als nach Neuem auszuspähen. Nein, aber du, mein Schiffsjunge Baard, was fällt dir ein, mit einem Male nicht mitfahren zu wollen nach Winland?‹
Er fragte, als sei ihm an meiner Antwort etwas gelegen. Ich begriff nicht, wo ich den Mut hernahm, aber ich sah ihm gerade in die Augen und fragte: ›Ich wußte nicht, Herr, ob Ihr mich noch mithaben wolltet – nach dieser Bärenjagd.‹
Verstand er, was ich sagen wollte? Er sah mich ebenso fest an, während er erwiderte: ›Du hast dich brav gehalten auf dieser Jagd, Baard. Ich weiß Treue zu unterscheiden – vom Gegenteil. Selten genug ist sie zu finden. Ein treuer, verschwiegener Mann an Bord, und sei er noch so jung, würde mir viel wert sein. Es ist kein leichter Dienst, Junge, und schwerer als alles vielleicht ist, daß manches geschehen muß, was keine Fragen und kein Bereden verträgt. Es ist recht, daß du es dir überlegen willst. Sagst du aber ja, so mußt du treu sein.‹
Da vergaß ich alle bösen Gedanken, die ich in der Zwischenzeit in mir hatte groß werden lassen, vergaß meine Furcht vor diesem Mann und schlug in seine rasch ausgestreckte Hand ein. Er hatte mich – auf Tod und Leben.
Danach aber sagte ich ihm noch, was mir seit dem Thing auf Brattahlid zu schaffen machte. Er dürfe das Vorgehen dieser Männer nicht lächerlich nehmen. Ihnen sei die Sache grimmiger Ernst, und sie hätten recht damit. Ihrer aller Leben hänge daran, welche Hilfe der ›Dod von Lübeck‹, das erste Schiff seit Jahren, das von dieser Küste ausfahre, ihnen bringen könne. ›Ginge die Fahrt nicht nach Winland, Herr‹, sagte ich, ›so würde ich Euch darum bitten, mich zum König von Norwegen oder zu den großen Herren der Hanse zu bringen, die sicher am schnellsten wirksame Hilfe schicken könnten und es auch tun würden, wüßten sie, wie es um uns steht. Wohin unsere Fahrt auch gehen mag, Herr, versprecht, mir beizustehen, daß ich Hilfe für Grönland finde!‹
›Ja, Junge, das will ich‹, versprach Finn Breklum. In diesem

Augenblick glaubte er wohl selbst, daß er es ernstlich wollte. Uns einfältigen Grönlandleuten kam nicht der Gedanke, daß dieser Mann irgend etwas nicht könnte, was er wollte, und daß er, Herr über ein so stolzes Schiff, nicht Herr seines Willens und seiner Taten sein könnte.

Als Birgit nun schüchtern damit herausrückte, daß sie hierbleiben wolle, war ihm das nur recht. Er habe schon gefürchtet, sie werde darauf bestehen mitzukommen. Aber der ›Dod von Lübeck‹ sei für Mädchen nicht ganz der rechte Ort, sagte er lachend, und so sei es gut, daß sie sich von selbst anders besonnen habe.

Wir besprachen dann mit Ole einige Vorbereitungen, die noch zu treffen waren, wenn wir das Schiff demnächst, sobald das Eis aufging, segelfertig machen wollten. Dann brach Finn Breklum wieder auf, um noch vorm Dunkelwerden nach Dyrnes hinüberzukommen.

Wie gern wäre ich gleich mit ihm gegangen! Ole redete mir auch zu. Aber ich glaubte, so leicht dürfe ich es mir doch nicht machen. Ohm Lodin und die anderen konnten erwarten, daß ich ihnen wenigstens vorher sagte, was ich zu tun vorhatte. Auch durfte ich um Birgits und Oles willen, die zurückbleiben wollten, die Leute von Brattahlid nicht allzusehr gegen uns aufbringen. Ole war anderer Meinung und lachte mich aus. ›Denen ist nicht zu helfen. Wer denen etwas Gutes tun will, der muß es heimlich und gegen ihren Willen fertigbringen!‹

So stritten wir uns ein paar Tage. Dann wurde uns die Entscheidung abgenommen. Diesmal war es ein heller Mittag, als wir weit drinnen im Fjord eine Gruppe von Menschen bemerkten, die über das Eis herankam. Bald erkannten wir Ohm Lodin und vier Männer aus Brattahlid, darunter Priester Hallvard, die mühselig auf der glatten Bahn daherwanderten. ›Nanu?‹ Ole wunderte sich. Birgit fragte ängstlich, was die wohl von uns wollten. ›Wenn sie es böse meinten‹, beruhigte ich sie, ›so kämen sie sicher nicht zu so wenigen heraus auf unsere Insel.‹ Ole gab mir recht. Aber wer konnte es wissen? So standen wir

drei auf unserer Landzunge und spähten nach den Näherkommenden aus, die Hände über den Augen, ohne ihnen auch nur einen Schritt entgegenzugehen, wie es Sitte gewesen wäre.
Der Weg hatte sie alle sehr ermüdet. Priester Hallvard hielt sich kaum noch auf den Füßen. Ich lud sie ein, erst einmal hereinzukommen und sich aufzuwärmen. Das war ein guter Anfang, was danach auch kommen mochte. Es mußte schon sehr schlimm stehen, wenn man bei uns die alte Sitte nicht achtete, den Gast erst ins Haus zu laden und zu bewirten, ehe man von seinem Anliegen redete. Ohm Lodin hielt es immer sehr mit den alten Bräuchen. Vielleicht fiel es ihm besonders schwer, das herauszubringen, was er diesmal zu sagen hatte. Aber endlich mußte es sein.
›Baard, mein Junge‹, begann er feierlich, ›es scheint so, daß es dir wohl bestimmt sein soll, eine schwere und wichtige Aufgabe für unser aller Heil auf dich zu nehmen. Wir haben uns die Sache noch einmal reiflich überlegt und miteinander wieder und wieder besprochen. Diese Fremden sind Männer von wenig guten Sitten, wie es scheint. Eine Gesandtschaft von uns an Bord zu nehmen, lehnten sie ab. Es sind wohl auch nicht die rechten Leute und nicht das rechte Schiff dafür, eine solche Gesandtschaft zu geleiten. Es scheint nun aber so, daß sie dich, Baard, mitnehmen wollen, wohl weil sie sich Nutzen von dir versprechen. Ob sie recht daran tun, wage ich nicht zu entscheiden. Ich kann auch nichts daran ändern. Eins aber ist gewiß: Von allen Grönländern wirst nur du auf diesem Schiff das Land verlassen. Es ist ein großes Glück, das dir da geschenkt wird. Weißt du, was das für dich bedeutet?‹
Ich stand vor dem kleinen, würdevollen Mann und sah ihm ins Gesicht. ›Ja, Ohm Lodin, das weiß ich. Ich bin nun euer Bote in die Welt hinaus. Ich bringe euch Hilfe, wo ich sie auch finden mag und so schnell es nur möglich ist, in diesem oder im nächsten Sommer! Ihr könnt euch auf mich verlassen.‹
Lodin auf Stockanes erwiderte: ›Wenn du es also weißt, Baard Einarsson, so brauche ich kein Wort mehr dazu zu sagen. Du

bist unsere einzige Hoffnung. Wir anderen alle können nichts mehr tun, als dir vertrauen. Unser aller Leben ist in deiner Hand. Viel ist nicht mehr daran. Wenn deine Hilfe nicht bald, sehr bald kommt, wird es zu spät sein. Daran denke!‹
Und ein anderer fügte hinzu: ›Auch daran, daß deine eigene Schwester zu uns gehört!‹ Dann standen sie alle auf und blickten mich an. Priester Hallvard segnete mich, und einer nach dem anderen gab mir die Hand. Sie sprachen nichts mehr, denn es war alles gesagt.
Danach brachen sie bald auf. Birgit und ich begleiteten sie ein Stück auf den Fjord hinaus. Als wir uns getrennt hatten, blieben wir beide noch lange stehen und sahen ihnen nach, wie sie in einer Reihe hintereinander über die schimmernde Fläche dahinwanderten, Brattahlid, der Heimat, zu. Sie waren keine stattlichen Gestalten, sondern schlichen mühsam auf unsicheren Füßen einher, elend und gebückt.«
»Du hast sie aber doch im Stich gelassen!« bemerkte der Fremde kühl.
Baard starrte ihn wild an: »Im Stich gelassen? Wer sagt das? Ich kann nichts dafür, wie alles gekommen ist. Wer sich aufs Meer begibt, ist nicht mehr Herr über seine Wege. Ich müßte Euch vieles erzählen, damit Ihr begreift, wie es einem ergehen kann, der den besten Willen hat. Aber ich meine, Ihr habt mich nicht holen lassen, um meine Lebensgeschichte zu hören, sondern um von Grönland zu erfahren. Darüber aber, was dort noch weiter geschah, wird meine Schwester mehr wissen als ich.«
»Nicht so viel, wie du denkst«, erwiderte Birgit. »Auch ich bin nicht mehr lange daheimgeblieben. Auch ich bin fremde Wege geführt worden, seltsamere, als Menschen sich ausdenken können!«
»Wovon sprichst du?« fragte Baard, und wider Willen gespannt selbst der Fremde: »Wo warst du denn, Mädchen?«
Die Blinde antwortete nicht. Ihr zartes Gesicht war ganz verdüstert von Erinnerungen. Dann, als sie das wartende Schwei-

gen der anderen spürte, nahm sie sich zusammen und begann mit leiser Stimme zu erzählen:

»Es war Mai geworden, bis der Fjord eisfrei war, und das Land war grün und voller Blumen, der Himmel hoch und blau, an dem Morgen, als der ›Dod von Lübeck‹ Segel setzte. Alles, was auch nur kriechen konnte, war nach Dyrnes hinausgewandert oder mit dem Boot hinausgerudert und drängte sich auf dem steinigen Strand, um das stolze Schiff, unsere letzte Hoffnung, ausfahren zu sehen. Ich weiß nicht, ob die Fremden bemerkten, wieviel kleiner die Schar geworden war gegenüber der Menge, die sie im Herbst in Brattahlid willkommen geheißen hatte. Wir hatten im Frühjahr wieder so viele neue Gräber bei der Kirche auswerfen müssen und die in Frost und Schnee heil aufbewahrten Toten darin versenkt. Es sei an den Fingern abzuzählen, wie lange die Menschen in der Ostsiedlung noch dem Sterben standhalten konnten, sagte Ole. Aber daran dachte an diesem Morgen niemand.

Später habe ich mich oft gewundert, daß wir alle so froh waren. Nicht einmal der Abschied von dir, Baard, machte mich sehr traurig. Wir alle hatten uns so zu Hoffnung und Vertrauen überredet, daß keiner mehr anders konnte, als sich zuversichtlich und tapfer zu gebärden. Baard wurde gefeiert, als sei er schon glücklich wiedergekehrt, nicht, als stände ihm die weite Fahrt erst bevor. Aber das war gut. Es half uns beiden über den Abschied hinweg. Sonst hätte es doch wohl Tränen gegeben. Wir waren noch nie für längere Zeit getrennt gewesen.

Dann breitete der ›Dod von Lübeck‹ seine großen braunroten Segel vor dem blauen Morgenhimmel aus und glitt hinaus in den Fjord und westwärts dem offenen Meer zu. Noch sah ich Baards helles Haar auf dem Kastell schimmern. Er aber sah mich wohl nicht mehr in der Menge am Ufer. Bald hörten auch die Lautesten auf, zu rufen und zu winken. Wir standen alle ganz still, solange die roten Segel zu sehen waren. Nun sah man auch nasse Augen und gefaltete Hände. Keiner von uns hatte im Grunde auch nur einen Augenblick vergessen, was mit diesem Schiff davonsegelte.

Dieser Sommer wurde auch der schönste, den wir seit Jahren erlebt hatten. Alle baten mich, wieder auf dem Hof meines Vaters zu wohnen. Ich tat es gern; denn die Insel ohne Baard erschien mir allzu einsam. Ole widersprach nicht. Er verstand mich wohl und war es müde geworden, Gebot und Verbot der Großmutter allzu streng aufrechtzuerhalten. So lebte ich nun wieder auf Brattahlid und teilte Arbeit und Sorgen mit den Frauen der anderen Höfe. Mädchen in meinem Alter gab es nicht, nur ein paar kleine Kinder. Wir waren so wenige geworden, daß wir alles gemeinsam taten: das Heu ernten, den Strandhafer schneiden, die Fische einsalzen, die die Männer fingen. Alles aber ging uns leicht von der Hand; denn wir sprachen dabei von nichts anderem als von der Heimkehr der Unseren aus Winland, von Schiffen, beladen mit Korn und Holz und allem, was wir uns wünschten, vom Ende aller Not, das noch in diesem Jahre kommen werde. Irgend jemand hatte es ausgesprochen: Vor dem Herbst sind sie hier. Das war von Mund zu Mund gegangen, bis es zur Gewißheit wurde: Noch diesen Sommer kommt die Rettung. Solange irgend jemand denken konnte, ist am Fjord nicht so viel gelacht und gesungen worden wie in diesem Sommer. Daß es ein schöner Sommer wurde, mit viel Sonne und warmen Tagen, war ein freundliches Geschenk des Himmels.

Als die Nächte anfingen dunkler zu werden, wurde weit draußen am Fjord, noch westlich von unserer Insel, eine Wache aufgestellt, die alle paar Tage abgelöst wurde. Ein Feuerstoß aus viel wertvollem Treibholz und Reisig geschichtet, wartete nur darauf, angezündet zu werden, um den Schiffen den Weg zu weisen und die frohe Nachricht so weit zu tragen, wie die Flamme über das graue Meer leuchten würde. Die Männer rissen sich um diesen Wachdienst. Jeder wollte der erste sein, der das Feuerzeichen hinausschicken durfte; denn je weiter das Jahr vorschritt, desto sicherer schien allen, daß heute oder

morgen die Segel aus dem Meer auftauchen mußten. Schon wurden die Tage merklich kürzer, schon hatte es Regenzeiten und manchmal Sturm gegeben. Morgens lag Reif auf den Gräsern. Es konnte nicht mehr lange dauern.
Aber dann kam ein Morgen, da wachte ich auf von einer seltsam rauschenden Stille draußen. Ich schlief in Brattahlid nicht in der großen Halle, die so schwer zu erwärmen war, sondern in einem der Gesindehäuser mit zwei Mägden, den einzigen, die wir noch hatten. Sie waren auf dem Hof gewesen, solange ich denken konnte. Ole war auf der Insel draußen, um nach den Schafen zu sehen. In den letzten Tagen hatte es so gestürmt, daß wir drei uns kaum vor die Tür gewagt hatten. Nun war es mit einem Male so still geworden, daß ich davon erwachte. Ich schlich mich zur Tür und stieß sie auf. Da sah ich im Morgengrauen die ganze Luft über dem Fjord und zwischen den Bergen von wirbelndem Weiß erfüllt. Weiß lagen Hänge und Wiesen, tief eingeschneit die Höfe. Sogar draußen auf dem Fjord lag der Schnee in großen weißen Feldern auf dem Neueis, das sich über Nacht gebildet hatte. Der Winter war da. Nun konnte kein Schiff mehr über das Nordmeer zu unserer Küste kommen. Als ich das begriff, fiel ich auf die Knie und bedeckte mein Gesicht mit den Händen. Ich wollte nichts mehr sehen, nicht mehr leben.
Was ich gesehen hatte, das sahen sie um die gleiche Zeit auf allen Höfen und wußten wie ich, was es bedeutete. Sooft ich an diesem Tage vor die Tür blickte, sah ich Wege und Hofplätze wie verlassen liegen. Aus vielen Häusern stieg nicht einmal mehr der Rauch auf. Es war, als seien die Menschen gestorben an diesem Morgen, als ihre Hoffnung starb.«
Das blinde Mädchen, überwältigt von der Erinnerung, schlug wie damals die Hände vor das Gesicht und beugte den Kopf auf die Knie wie an jenem Morgen.
»Nun, und ihr Winlandfahrer?« fragte der Fremde spöttisch zu Baard hinüber. »Wo wart ihr denn geblieben?«
Baard hielt sein Gesicht gesenkt. Er gab keine Antwort. Nur ein Stöhnen kam von ihm.

Die Blinde faßte sich schneller als er. Sie richtete sich auf und schob das blonde Haar, das sich gelöst hatte, unter der Haube zurecht. »Wie die anderen diesen Tag verbracht haben«, sagte sie, »das wußte ich nicht und erfuhr es nie; denn in der Nacht, die auf diesen Tag folgte, geschah mir etwas...«

Die Zauberin

In dieser Nacht blieb ich allein in der großen Halle. Ich brachte nicht den Mut auf, zu den Mägden hineinzugehen. Jammern würden sie sicher nicht, das hatten wir alle uns seit langem abgewöhnt. Aber ihre Gesichter würden genug verraten, mehr, als ich in meiner Verzagtheit ertragen konnte.

In der großen Halle, die nun schon so lange nicht mehr bewohnt war, schienen mir die Fortgegangenen näher zu sein als irgendwo sonst. Da stand noch das riesige Bett der Eltern mit seinen Fellen und der Prunkdecke und dem uralten Schild und Helm an der Wand darüber. Da lehnte Großmutters Spinnrokken an der Wand, und ihr blauer Umhang mit dem Futter aus Fuchspelz hing am Pflock. Auch von Baard lag dies und das herum, Angelgerät und zerbrochene Pfeile. Niemand hatte gewagt, diese Sachen fortzuräumen oder irgend etwas daran zu verändern. So sah es aus, als könnten sie jeden Augenblick wieder zur Tür hereinkommen: die Mutter, der Vater, die Großmutter, Baard.

Ich saß auf der Bank gegenüber der offenen Tür, durch die man hinaus auf den Fjord blickte, solange das trübe Tageslicht anhielt, und versuchte mir vorzustellen, daß es so wäre. Nun wurde es dunkel. Mir fiel ein, daß die Leute flüsterten, in der großen Halle auf Brattahlid ginge es um. Aber der Gedanke daran erschreckte mich nicht. So verlassen fühlte ich mich an diesem Abend, daß mir selbst ein Gast aus dem Totenreich willkommen gewesen wäre. Ganz allmählich wurde es Nacht, und ich fühlte, daß ich bis ins Mark hinein fror.

Ganz steif stand ich endlich von der Bank auf, tastete mich dorthin, wo Großmutters Mantel hing, und nahm ihn herunter. Er war ganz klamm von Feuchtigkeit und roch nicht gut. Dennoch kroch ich hinein und hoffte, er würde mich ein wenig wärmen. Dann schlich ich zur Tür und zog sie zu. Ich tastete mich zur Bank zurück und legte mich darauf, in Großmutters Mantel eingehüllt. Mir war entsetzlich kalt. Der Mantel strömte eher feuchte Kälte aus als auch nur eine Spur von Wärme. Aber ich wollte es nicht anders haben. In dieser Nacht, so schien mir, würde ich sterben, oder – oder irgendeine wunderbare Wendung zum Guten oder zum Schlimmen mußte eintreten. Einfach darum, weil es so nicht weitergehen konnte. Trotz Kälte und Verzweiflung muß ich am Ende doch eingeschlafen sein; denn ich fing an zu träumen, und es wurde der seltsamste Traum, den ich je gehabt habe.

Ich träumte, es hätte draußen zu schneien aufgehört, und der Fjord mit allen Bergen und Hügeln ringsum läge weiß und weithin sichtbar im grauen Mondschein. Das sah ich, obgleich ich mich nicht von der Bank gerührt hatte und die Tür geschlossen war. Nun hörte ich etwas aus der Ferne näher kommen, mit lautem Rufen und Peitschenknallen. Von Norden her, das Flußtal herunter, kam ein Schlitten, mit Hunden bespannt, wie sie die Skrälinger hatten. Nun fuhr er den Hang herab auf Brattahlid zu. Das alles sah ich, obgleich ich dazu nicht nur hätte aufstehen und die Tür öffnen, sondern sogar hinausgehen und gegen die Berge hätte blicken müssen. Ganz deutlich sah ich die sieben Hunde an ihren langen Leinen und den pelzvermummten Mann, der über sie die Peitsche schwang.

Nun hielt der Schlitten einen Steinwurf vom Haus entfernt. Die Hunde legten sich in den Schnee, der Mann stieg ab, schlang die Leinen um einen Steinpfosten der Schafhürde, stieg durch den Schnee zur Halle hinauf und stieß den Türflügel auf, der langsam knarrend an die Wand zurückschlug. Obgleich es dunkel war, erkannte ich, daß es ein Skrälinger war, der da hereinkam. Aber ich erschrak nicht. Es war ja nur ein Traum. Er sah auch nicht gefährlich aus, kaum größer als ich, aber ebenso breit wie hoch in seinen Pelzkleidern, aus denen das runde, dunkle Gesicht mit zwei weißen Zahnreihen hervorgrinste. Er redete zu mir, aber ich konnte kein Wort verstehen.

Dann faßte er meine Hand und zog mich von der Bank hoch, jedoch behutsam. Da begriff ich mit einem Male: die Großmutter hatte ihn zu mir geschickt. Er sollte mich zu ihr holen.«

»Das konntest du glauben?« rief Baard erschrocken aus.

»Ja, ich glaubte es!« erwiderte Birgit. »Nicht einen Augenblick zweifelte ich daran. Du mußt bedenken, in wie großer Verzagtheit ich mich niedergelegt hatte, in welch einem brennenden Verlangen, eine Botschaft der Rettung zu empfangen, woher sie auch immer kommen mochte. Nun war sie gekommen, mehr Traum als Wirklichkeit, und weil im Traum ja oft das geschieht, was man im Wachen wünscht, so konnte ich gar nicht anders als daran glauben.

Als ich dem kleinen Mann zu verstehen gab, daß ich mit ihm gehen wollte, da grinste er noch mehr und winkte mir eifrig mit beiden Händen. Ich nahm Großmutters Mantel um. Da aber wehrte er ab und schüttelte den Kopf. Er bedeutete mir zu warten, war im Nu hinaus und kam mit einem Bündel unter dem Arm wieder herein. Eine Pelzkleidung kam zum Vorschein, wie sie bei den Skrälingern auch die Frauen tragen, aus Fellen viel kunstvoller gefertigt, als ich gedacht hätte: Hose, Stiefel, Handschuhe und eine Jacke mit Kapuze. Das alles mußte ich anlegen. Er half mir dabei, und als ich fertig angezogen war, von Kopf bis Fuß in langhaarige Felle gekleidet – da war ich nicht mehr ich selbst, nicht mehr Birgit auf Brattahlid, da war ich verzaubert in ein fremdes, zottiges Wesen, kein Mensch mehr und auch kein Tier. So muß es wohl gewesen sein; denn von diesem Augenblick an hatte ich keinen eigenen Willen mehr und weiß kaum noch, was mit mir geschah.«

»Aber Birgit!« unterbrach der Bruder sie. »Willst du uns ernstlich weismachen, die Skrälinger hätten dich auf solche Weise geraubt? Das ist doch unmöglich!«

Die Blinde lächelte mit leiser Bitterkeit. »Siehst du, Baard, nicht einmal du willst mir glauben! Aber das ist es, was mir geschah.«

Baard starrte seine Schwester an, als säße sie noch immer in ihrem Fellkleid vor ihm, ein fremdes, zottiges Wesen, weder Mensch noch Tier.
»Als wir Kinder waren«, erinnerte er sich, »erzählte man dergleichen. Am Isafjord sollen die Skrälinger vor vielen Jahren ein paar Kinder weggeschleppt haben. Nie wieder hat man von ihnen gehört noch jemals von anderen, die von dem Trollvolk geraubt oder verlockt worden sind. Wie bist du ihnen heil entkommen?«
Das blinde Mädchen lächelte immer noch. »Heil, sagst du, Baard? Sieh meine Augen an!« Baard schauderte, und auch die anderen tauschten betroffene Blicke.
»Ein unauslöschliches Zeichen«, murmelte Baard, »bringen die mit, die aus dem Reich der Trolle jemals wieder heimfinden. So erzählen die Sagen. Ich muß dir wohl glauben, Schwester! Aber wie konnte dir das geschehen? Wenn du doch um Hilfe gerufen hättest! Ein einzelner Skrälinger hätte dich bestimmt nicht gegen deinen Willen wegzuschleppen gewagt.«
»Es geschah ja auch nicht gegen meinen Willen«, erwiderte Birgit. »Zu bleiben kam mir nicht einen Augenblick in den Sinn. Das wäre gewesen, als hätte ich dem Ruf der Großmutter nicht gehorchen wollen. So sicher war ich, die Botschaft des Kleinen richtig verstanden zu haben. Und es war auch eine Botschaft, aber nicht von ihr.«
»Von wem denn sonst?« staunte Baard.
»Du wirst es nicht erraten«, sagte die Blinde, »auch ich wäre erschrocken gewesen, hätte ich die Wahrheit gewußt. Aber ich wußte und dachte in jener Nacht ebensowenig, wie man im Traume weiß oder denkt.
Der Zauber, den das Fellkleid über mich warf, mußte sehr stark sein; denn er hielt viele Tage lang vor. Ich weiß nur noch, daß wir fuhren, Stunden, Tage, vielleicht auch Wochen lang. Manchmal hielten wir Rast und schliefen in Felsspalten, in Schneehöhlen, in Hütten aus Steinen oder aus Schnee, wo kleine, dunkle Menschen herumwimmelten und für mich sorg-

ten. Sie meinten es gut mit mir, das konnte ich merken, obgleich sie mir das nicht mit Worten sagen konnten. Aber ihre Hände waren flink und behutsam, wenn sie mich aus den Fellkleidern schälten, mir Hände und Füße warm rieben und mich zum Schlafen einwickelten. Sie fütterten mich mit seltsamen Dingen, die ich noch nie gekostet hatte, rohes Fleisch und Tierblut schien es mir zu sein. Aber selbst um mich zu wundern oder zu ekeln, war ich zu benommen. Und ich gewöhnte mich an diese Nahrung und wurde satt davon. Niemals mehr litt ich Hunger, wie ich es doch mein Leben lang gewohnt gewesen war. Ich fror auch nicht in den dicken Pelzkleidern, die bei jeder Rast getrocknet und ausgebessert wurden.

Aber nur aus den ersten Tagen erinnere ich mich an diese Dinge. Später verschwamm mir alles zu einem dunklen, wunderlichen Traum ohne Zeit und Ort. Nur daß es immer weiter nach Norden ging, ahnte ich.

Dann aber kam ein Tag, da ging der Traum zu Ende, und ich war ganz wach. Der Schlitten hielt mit einem Male, ohne daß weit und breit eine Hütte mit Hundegebell, mit Rauch und Gestank zu bemerken war. Ganz still war es, selbst der sausende Wind schwieg. Ich richtete mich auf und sah mich um. Vor mir lag ein enges Tal, das ganz von steilen schwarzen Felsen umschlossen war. Nur dort, wo wir hielten, öffnete es sich gegen das weiße gefrorene Meer.

Mein Führer sagte etwas zu mir und wies mit der Peitsche in das Tal hinein. Ich verstand ihn nicht, aber ich erriet, daß er sagen wollte, wir seien am Ziel. Hier, an diesem todeinsamen Ort, wurde ich erwartet. Die Großmutter! rief es in mir. Denn wer sonst konnte mich hier erwarten? Der Skrälinger stieg vom Schlitten und half mir herunter. Wieder wies er voraus und sagte die gleichen Worte. Ich fing an zu gehen, und er nickte. Ich ging Schritt um Schritt weiter in das Tal hinein. Er folgte mir nicht, aber ich fühlte, daß er mir nachblickte. Sollte hier wirklich die Großmutter leben? Ich blickte zurück und sah den Skrälinger winken und vorwärts weisen. Da ging ich weiter

zwischen die schwarzen Felswände und wußte doch nicht, wonach ich Ausschau halten sollte.
Endlich stieß mein Fuß an etwas, das aus dem Schnee ragte. Ich sah eine schmale Steinplatte, die senkrecht aufgestellt war. Nur Menschenhand konnte das getan haben, und als ich mich niederbückte, fand ich dünne Linien darauf eingeritzt, kunstlos, wie mit einer Muschelscherbe oder einem scharfen Stein. Das Nordlicht leuchtete hell genug, und die tastenden Finger halfen mir.
GUDVEIG las ich und erkannte darunter ein Kreuz.
In diesem Augenblick, als ich die Runenschrift las, die nur ein Nordmann eingeritzt haben konnte, und begriff, was sie bedeutete, da wurde ich wach. Es war ein schreckliches Erwachen. Mit einem Male wußte ich alles, was geschehen war. Die Großmutter war wirklich tot. Dies war ihr Grabstein, gesetzt von ihren Gefährten, wie sie es daheim berichtet hatten. Ich aber hatte mich so klug gedünkt und ihnen nicht glauben wollen. Nur darum hatte ich mich aus der Heimat fortlocken lassen, weiter fort, als die meisten von uns jemals gekommen waren, und stand nun hier in dieser Einöde von Fels und Eis, unendlich weit von daheim und allem, was ich zum Leben brauchte.
Dieser tückische Skrälinger war an allem schuld! Ein großer Zorn erfaßte mich und verzehrte alles, was Angst und Verzweiflung hätte werden können. Kein Gebet sprach ich an Großmutters Grab, ich vergaß jedes Gedenken an sie, die ich doch so geliebt hatte. Ich kehrte um und lief, so schnell ich konnte, zum Schlitten zurück, auf dem der Skrälinger saß und auf mich wartete.
›Bring mich zurück!‹ befahl ich. Und als er mich fragend ansah, weil er meine Worte nicht verstand, hob ich den Arm und schlug mit aller Kraft zu, nach dem dunklen grinsenden Gesicht, das mir in diesem Augenblick wirklich wie eine Teufelsfratze erschien. Ich traf es nicht, es war mir ausgewichen, und ein zweites Mal schlug ich nicht mehr.

Wie es zugegangen war, begriff ich nicht. Er hatte keine Miene verzogen und keine sichtbare Bewegung gemacht. Aber plötzlich war ich eisenfest umklammert und wehrlos gemacht. Weder Arm noch Bein konnte ich mehr regen. Sosehr ich mich bäumte und wand, der Troll war nicht abzuschütteln. Im Nu wimmelte es ringsum von Skrälingern. Woher sie plötzlich kamen, begriff ich nicht. Sie mußten in der Nähe versteckt gelauert haben. Sie umringten mich, rissen mich zu Boden, wickelten mich in eine Robbenhaut und verschnürten sie blitzschnell so fest, daß ich keine Hoffnung mehr hatte, ohne fremde Hilfe freizukommen. Dann begannen sie, heftig zu streiten. Obgleich ich kein Wort verstand, begriff ich doch, daß es dabei um mich ging und daß die meisten Schlimmes mit mir vorhatten. Mein Schlittenführer aber schien mich zu verteidigen. Er stieß und trat jeden beiseite, der mich anrühren wollte. Zuletzt nahm er mich wie ein Bündel hoch, band mich auf seinem Schlitten fest, stieg auf und nahm die Zügel. Da gaben sich auch die anderen anscheinend zufrieden. Als unser Schlitten anfuhr, jagten sie bald hinter uns her und an uns vorbei. So fuhren wir mit großem Geleit, schreiend und peitschenknallend in die lichterzuckende Nacht hinein, immer weiter nach Norden.
Nach einer Fahrt – lang oder kurz, ich weiß es nicht, weil weder Sonne noch Mond schien – waren wieder Hütten da mit Lärm und Rauch und Gestank, mir nun schon fast vertraut. Wieder wurde ich vom Schlitten gehoben, bestaunt, betastet, gefüttert und zum Schlafen niedergelegt. Nur machte sich diesmal niemand die Mühe, mich von meinen Kleidern zu befreien. Die Haut, in die ich eingeschnürt war, wurde nicht gelöst, an diesem Tage nicht und nicht am folgenden. So blieb ich lange in meinem qualvoll engen Gefängnis. Sonst aber tat mir niemand etwas Böses. Ich lag in einer dunklen, aber warmen Schneehütte, wurde von den Frauen wie ein Kind gefüttert, und wenn ich mich nur hätte frei bewegen dürfen, so wäre es ganz erträglich gewesen. So aber wurde es eine schreckliche Zeit der Gefangenschaft.

Eines Tages war eine besondere Unruhe in der Hütte. Noch mehr als sonst wimmelte es von Weibern, Kindern und Hunden, und es war ein Herein- und Hinauslaufen, als würde ein Fest vorbereitet. Schließlich kam durch den engen Gang, der den Eingang bildete, eine solche Menge von Skrälingern hereingekrochen, wie ich sie nie beieinander gesehen hatte, Männer und Frauen. Es war zum Verwundern, daß sie alle in der Hütte Platz fanden. Mir kam es auch so vor, als wären fremde darunter, die ich noch nie gesehen hatte, aber wer hätte das unterscheiden können! Auch wenn es in der Hütte nicht so dunkel gewesen wäre – sie schienen mir alle ziemlich gleich.
Nun begann ein Festmahl, bei dem sie alle trotz der Enge mit allen Kräften reichlich schmausten. Auch ich bekam mein Teil wie immer, und die Frau, die mich fütterte, wollte mir anscheinend große Neuigkeiten erzählen, aber ich verstand sie nicht. Ich war auch nicht begierig darauf. In der dicken, stinkenden Luft und dem Menschengewühl wurde mir immer beklommener zumute, und nicht allein davon; denn immer wieder kam es mir vor, als wäre unter den Skrälingern von mir die Rede, als drehten sie alle die runden schwarzen Köpfe in einem fort nach mir um. Und plötzlich erschrak ich; denn eine der Tranlampen, die da und dort in der Hütte brannten, wurde von Hand zu Hand gegeben, bis sie dicht neben meinem Kopf hochgehalten wurde, und einer der fremden Skrälinger, eine alte Frau, die schon vorher das große Wort geführt hatte, kam durch das Gedränge der hockenden Gestalten auf mich zugekrochen.
Als sie so nahe herangekommen war, daß ich schon davor zitterte, sie würde mich anrühren, kauerte sie nieder und starrte mich vorgebeugt an, ohne ein Wort zu sagen. Ich aber zitterte noch mehr; denn was ich im trüben Schein der Lampe vor mir sah, war nicht das Gesicht einer Skrälingerfrau. Wohl war es genauso verhutzelt und schmutzig wie die Gesichter der anderen alten Weiber in der Hütte. Aber die Augen saßen rund und hell unter struppigen Brauen, und die Nase bog sich scharf wie

ein Falkenschnabel auf den Mund herunter. Es war kein schönes, nicht einmal ein gutes oder freundliches Gesicht, das Gesicht einer richtigen alten Hexe – aber doch ein Menschengesicht. Ihr könnt euch nicht vorstellen, was das für mich bedeutete, nach dieser dunklen Zeit unter den Trollen.

Da hörte ich auch schon die krächzende Stimme von vorhin, aber diesmal redete sie meine Sprache, und ich konnte jedes Wort verstehen: ›Hab keine Angst, Mädchen! Dir geschieht nichts, wenn du ruhig bist und alles tust, was ich dir sage. Hab keine Angst! Ich wurde in der Ostsiedlung geboren. Aber frage jetzt nichts, und antworte mir! Du wirst schon alles erfahren. Aber zuerst sage mir: War sie deine Mutter, die bei Umanek erschlagen wurde?‹

Ich wollte sie nicht verstehen und fragte zitternd: ›Erschlagen? Wer wurde da erschlagen?‹

›Nun, sie‹, erwiderte die Alte ungeduldig, ›die große Blonde, die Frau auf Brattahlid! War sie nicht deine Mutter?‹

Da schrie ich laut: ›Wer hat sie erschlagen? Das kann doch nicht sein!‹

›Still!‹ sagte die Frau. ›Ganz still, Mädchen, wenn dir dein Leben lieb ist! Du hast es wohl gar nicht gewußt? Ja, ich kann mir denken, daß sie es daheim anders berichtet haben, sie, die sie mit Rudern und Speeren so lange unter das Eis drückten, bis sie tot war.‹

– Baard!« rief das blinde Mädchen. »Hast du davon etwas geahnt?«

»Geahnt wohl!« murmelte Baard. »Es war so seltsam, daß niemand genauer über ihren Tod berichten konnte oder wollte, und was jeder zu sagen wußte, war voller Widersprüche. Als ich mit Ole davon redete, riet er mir, nicht weiter nachzuforschen. Ich würde nichts herausbringen und nichts beweisen können und nur den Frieden in der Gemeinde zerstören. Der gute Alte! Er fürchtete wohl für uns.«

»Und du glaubst, alle Leute in der Ostsiedlung wußten davon und waren damit einverstanden?«

»Nein, gewiß nicht alle!« erwiderte Baard. »Die meisten wußten so wenig wie wir, auch Oheim Lodin, so weise er sich dünkte. Was hätte er auch tun sollen, wenn er den Mord gewußt und die Mörder gekannt hätte? Es waren die stärksten Männer aus der Siedlung. Wer konnte es wagen, sie zu strafen? Erinnerst du dich, wie damals vor der Kirche, als sie uns strafen wollten und Ole sie an die Großmutter erinnerte, einer rief: ›Sei still von ihr! Es kann euch leicht wie ihr ergehen!‹ Je länger ich über diese Worte nachdachte, desto gewisser wurde mein Verdacht. Aber da hatte ich keine Zeit mehr, der Sache nachzugehen. Nur eins begriff und begreife ich noch heute nicht: Warum haben sie es getan?«

»Das erfuhr ich!« sagte Birgit. »Nicht an diesem Tage, denn vor Weinen konnte ich nicht fragen, und die Alte ließ mich schließlich allein, nachdem sie mir eingeschärft hatte, leise zu sein, nicht zu weinen und zu schreien. ›In diesem Lande‹, sagte sie, ›erreichst du nichts durch Schreien und Wüten. Das mußt du erst lernen, ehe ich deine Fesseln löse.‹

Das aber wollte ich! Und so erstickte ich mein Weinen und versuchte, mich schlafend zu stellen, sobald jemand in meine Nähe kam.

Zum Glück hatte niemand Zeit, mich neugierig anzustarren. Das Fest oder die Beratung oder was es sonst sein mochte, was sie alle in dieser Hütte zusammengeführt hatte, war mit Gewühl, Lärmen und Schmausen in vollem Gange. Am Ende schlief ich wirklich ein.

Als ich aufwachte, war es still und dunkel um mich. Die Frau hockte neben mir, als hätte sie meinen Schlaf bewacht. Kaum machte ich die Augen auf, da fiel mir das Schreckliche wieder ein, und ich wollte zu weinen anfangen. Sie aber hob nur mahnend den Finger, und ich dachte an ihren Rat und biß die Zähne zusammen. Später berichtete ich dann, daß Gudveig auf Brattahlid nicht meine Mutter, sondern meine Großmutter gewesen sei.

›Die Großmutter!‹ wiederholte die Fremde in wunderlichem

Tone. ›Sie schien mir immer so jung und schön, und ich bin doch um Jahre jünger als sie.‹ Das konnte ich kaum glauben, denn sie sah uralt aus. Aber sie fuhr fort: ›Ich war noch ein Kind, als sie ins Land kam, die schöne Schiffbrüchige, die zu stolz war, die Werbung des Hoferben auf Brattahlid anzunehmen.‹«

»Ja, wer zum Teufel war die Alte denn?« fragte Baard dazwischen. »War sie ein Skrälingerweib, woher wußte sie dann so gut Bescheid und kannte unsere Sprache? War sie es nicht, wie kam sie dorthin?«

»Ihre Geschichte erfuhr ich erst später und nur nach und nach. Sie war eins der Kinder aus den Katen am Isafjord, die von den Skrälingern verschleppt worden waren. Du erinnerst dich doch? Ole hat uns oft genug mit der Geschichte bange gemacht, wenn er fand, daß wir zu wenig Angst vor den Skrälingern hatten.«

»Ich dachte immer, das sei in Urväterzeiten geschehen«, sagte Baard verwundert.

»Doch wohl nicht. Die Frau – sie hieß Torun, aber bei den Skrälingern hatte sie einen anderen Namen, den ich vergaß – war mit zwei Brüdern geraubt worden, noch ehe unsere Großmutter am Ende doch Hochzeit auf Brattahlid feierte. Die Brüder lebten nicht lange. Der kleinere war schwächlich und ertrug das harte Leben unter den Skrälingern nicht. Der andere war stolz und heftig und bekam so oft Streit, daß er schließlich dabei erschlagen wurde. Damals, sagte Torun mir, habe sie gelernt, wie man den Skrälingern nicht begegnen dürfe. Sie selbst hatte Glück gehabt. Als sie aus der Hütte ihrer Eltern fortgeschleppt worden war, hatte sie schnell noch den Feuerstahl vom Wandbord mitgenommen, ohne sich viel dabei zu denken, nur weil sie glaubte, ihn vielleicht gut gebrauchen zu können. Dieser Feuerstahl wurde ihr Glück, und vielleicht rettete er ihr das Leben. Es war ein ganz gewöhnliches altes Ding, seit Urgroßvaters Tagen im Haus. Den Skrälingern aber erschien es wie ein Wunder, daß dies kleine Mädchen ohne alle Mühe jederzeit damit Feuer anzünden konnte; denn für sie ist das eine mühselige und schwere Arbeit. Sie glaubten, es sei Zauberei, und das ist das Mächtigste, was sie kennen. Die Zauberer haben bei ihnen alle Gewalt, nicht nur über Tod und Leben, sondern auch über das, was mehr ist als beide und den Menschen ewig unerforschlich; denn sie kennen weder ein Gesetz noch den Namen Gottes. Der Zauberer nun, der bei diesen Skrälingern die Macht hatte, sah ein, daß er das wunderbare Werkzeug in die Hand bekommen mußte, wollte er nicht sein Ansehen verlieren. Weil er aber damit nichts anfangen konnte – denn Torun war so klug, sich niemals beim Feueranmachen zusehen zu lassen –, so nahm er das Kind in seine Dienste, lehrte es seine eigenen Künste und machte es zu seiner Nachfolgerin; denn er war schon sehr alt.«

»Welch Schicksal für ein christlich getauftes Weib«, bemerkte der Fremde, »als Zauberin unter den Heiden zu leben!«

»Es gibt Schimmeres, Herr!« erwiderte Birgit düster. »Torun hatte es nicht schlecht getroffen. Als der alte Zauberer starb, erbte sie seine Macht und lebte frei und angesehen unter den Skrälingern, keinem Manne unterworfen wie die anderen Weiber. Sie ehrten sie so hoch, daß sie bald nichts Wichtiges mehr ohne ihren Rat taten.«

»Was wußte sie vom Ende der Großmutter?« drängte Baard.

»Viel mehr als wir! Erinnerst du dich, daß Großmutter über die Skrälinger immer ihre eigene Meinung hatte?«

»Und ob ich mich daran erinnere! Es war ihr ewiger Streit mit Ohm Lodin am Herdfeuer auf Brattahlid. Sie wollte immer, wir sollten mit dem Trollvolk Freundschaft schließen, seine Sprache erlernen und es um Rat fragen. Von den Skrälingern lernen sollten wir, war immer ihre Rede, und sie wollte nicht begreifen, daß Ohm Lodin und die anderen nichts davon hören mochten. Für jeden in der Ostsiedlung, der noch auf sich hielt, waren und blieben die Skrälinger ein niederes Zwergengeschlecht, ohne die Gabe, jemals wirkliche Menschen und Christen zu werden. Kinder der Finsternis nannte Ole sie. Sicher übertrieb er, und ob die anderen recht hatten? Wer weiß das heute noch? Aber es war die Meinung aller, und vielleicht hätte die Großmutter klüger daran getan, das zu bedenken. Sie sprach am Ende nicht mehr davon, weil niemand auf sie hörte. Aber ich glaubte schon damals nicht daran, daß sie ihre Meinung geändert habe. Das hätte ihr nicht ähnlich gesehen.«

»So wußtest du nichts davon, daß sie auf Brattahlid heimlich Botschaften von den Skrälingern empfing und sich mit ihnen beriet?« fragte Birgit.

»Hat die Hexe dir das gesagt?«

»Ich wußte es schon früher. Im Winter vor ihrem Tod, während du mit Ole auf der Insel draußen wohntest, hatte ich die Masern und wurde von der Großmutter daheim auf Brattahlid gepflegt. Wir schliefen allein in der großen Halle. Sie saß mit ihrer Spindel Tag für Tag an meinem Bett, erzählte mir Märchen und nahm sich so viel Zeit für mich wie nie vorher.

Nachts aber, wenn sie glaubte, daß ich schlief, kamen oft heimliche Gäste ins Haus, und ich sah wohl, daß es Skrälinger waren. Als ich einmal danach fragte, sagte sie, ich hätte nur geträumt. Es war das einzige Mal im Leben, daß ich ihr nicht glaubte, und ich fragte nie wieder danach. Durch Torun erfuhr ich, daß ich recht gesehen hatte. Sie selbst war in jenem Winter und auch schon früher einige Male mit Skrälingern auf Brattahlid gewesen, von der Großmutter eingeladen, um mit ihr zu verhandeln; denn sie hatte ihre Meinung über die Skrälinger ganz und gar nicht geändert, genau wie du sagtest, Baard! Sie hoffte uns alle zu retten, wenn wir nur ein wenig von der Lebensweise der Skrälinger hätten lernen wollen. Sie konnte nicht aufhören, darüber nachzudenken, warum die dort lebten und gediehen, wo wir nur Not und Tod fanden.«

»Das hat sie oft gesagt«, erinnerte sich Baard, »und es ist wirklich ein Rätsel, das der Lösung schon wert gewesen wäre. Vielleicht hätte wirklich unser aller Rettung darin gelegen.«

»Sie hat es zu lösen versucht, Baard! Sie hat alles versucht. Die Fahrt in das Nordmeer hat sie nicht nur zustande gebracht, um

Wale und Robben zu jagen. Vielmehr wollte sie dort mit geheimnisvollen Männern aus dem Lande Mitternacht zusammentreffen. Fragt nicht! Ich werde noch mehr davon zu berichten haben. Sie kam nicht dazu, ihre Absicht auszuführen. Torun wußte nicht genau, was damals geschehen war. Niemand weiß es außer denen, die es getan haben. Es scheint, daß die Bootsmannschaft etwas von ihrer Absicht erraten hat. Vielleicht hat sie auch davon gesprochen. Ein altes Skrälingerpaar, das in der Bucht von Umanak fischte, hat gesehen, wie auf dem Boot der Nordmänner plötzlich ein Getümmel entstand und einer ins Wasser fiel. Sie glaubten zuerst, die Bootsmannschaft sei bemüht, ihn wieder herauszuziehen. Dann aber sahen sie, wie alle diese Ruder, Bootshaken und Spieße nur dazu dienten, den Menschen im Wasser noch tiefer hinein und unter das Eis zu drücken. Die beiden Alten waren so erschrocken über das mörderische Beginnen, daß sie sich zwischen den Eisblöcken versteckten. Was hätten die zwei auch gegen die neun anderen tun sollen? Und welchen Grund hatten sie, sich in den Streit zu mischen? Später sahen sie dann, wie dieselben Männer die Leiche aus dem Meer zogen und feierlich an Land bestatteten. Es dauerte Tage, ehe sie andere Skrälinger trafen und ihnen berichten konnten, was sie gesehen hatten, und wieder Tage, bis sie erkundet hatten, daß es die große Frau auf Brattahlid selber war, die auf solche Weise von ihren eigenen Landsleuten zu Tode gebracht worden war. Nur das rettete die Mörder. Wären sie inzwischen nicht schon so weit auf ihrem Heimweg gewesen, so hätten die Skrälinger Gudveig auf Brattahlid gerächt; denn bei ihnen stand sie so hoch im Ansehen wie bei uns – vielleicht noch höher. Ein Skrälinger hätte niemals die Hand gegen sie erhoben, sagte mir Torun.«

»Seltsam, daß die Männer dies fertigbrachten!« meinte Baard. »Aber die Furcht ist ein mächtiger Antrieb. Irgend etwas von dem, was sie vorhatte, mußte ihnen ganz ungeheuerlich vorgekommen sein. Sagte die Hexe dir nicht, was es war?«

»Damals noch nicht«, erwiderte Birgit. »Das geschah später.

Sie sprach nur davon, daß die Großmutter für ihre Freundschaft mit den Skrälingern habe sterben müssen und daß dies für alle ein Unglück gewesen sei. Später hörte ich sie manchmal geheimnisvoll murmeln, ich sei dazu bestimmt, Großmutters Weg zu Ende zu gehen. Eines Tages würde ich denen dankbar sein, die mich aus Brattahlid fort in den Norden geholt hätten. Damals verstand ich diese Reden nicht. Sie waren mir nur unheimlich wie das ganze hexenhafte Gebaren der Alten. Aber sie war der einzige Mensch, mit dem ich reden konnte und der meine Worte verstand, und sie war es, die zwei oder drei Tage später meine Fesseln löste, so daß ich wieder frei herumgehen konnte. Wie sollte ich da nicht Vertrauen zu ihr fassen?...«

Die Jäger aus Mitternacht

Bald merkte ich, daß alle Frauen und Kinder und auch die Männer in den sechs oder sieben Hütten, die in dem engen, windgeschützten Tal beieinander lagen, anscheinend nur von mir redeten und alle in irgendeiner Weise für mich beschäftigt waren. Torun verriet mir, daß sie Kleider für mich nähten, und eine ganze Anzahl von Frauen schien nichts anderes mehr zu tun, als Felle zuzurichten, zu zerschneiden und mit Knochenpfriem und Nadeln aus Fischgräten in der kunstvollsten Weise zusammenzunähen. Ich sah aber auch, daß Hundegeschirre ausgebessert, Schlitten gebaut, Fleisch und Speck in Fellbeutel oder Blasen verpackt wurden. Das alles sah aus, als werde zu einer Reise gerüstet, und ich wurde froh; denn ich glaubte, Torun habe bewirkt, daß die Skrälinger mich wieder nach Hause bringen würden, sobald die Tage lang genug wären, das Reisen zu erlauben. Wie sehr irrte ich mich da!

Eines Tages waren meine Kleider fertig. Alle Männer, Frauen und Kinder sahen zu und gaben ihren Rat, als ich sie anlegte. Nie bin ich so prächtig gekleidet gewesen. Der ganze Anzug war aus hellem, fast weißem Rentierfell, besetzt mit dem flaumigen Pelz des Schneehasen, wunderbar warm und so weich und schmiegsam wie kaum unser feinstes Friesgewebe daheim. Das schönste aber war das Hemd, das ganz aus flaumweichen Vogelfedern bestand, wie das Hemd der Schwanenjungfrauen im Märchen. So schöne Kleidung hatte ich noch nie gesehen, und ich freute mich sehr und dankte allen, und die Frauen und Kinder lachten und schlugen die Hände zusammen.

Ich dankte auch Torun und fragte sie, ob ich diese wundervollen Kleider behalten dürfe, wenn ich nun nach Hause käme. Sie sah mich seltsam an und sagte nichts. Da fragte ich sie geradezu: ›Denn ihr bringt mich doch nach Hause, nicht wahr?‹

Aber schon während ich fragte, begriff ich, daß meine Frage sinnlos war und daß ich etwas ganz Unmögliches gehofft hatte. Ich wollte laut schreien und mir das heimtückische Geschenk vom Leibe reißen. Toruns Blick aber warnte mich. Sosehr ich sie in diesem Augenblick verabscheute, ihren Rat hatte ich nicht vergessen und im Grunde auch den Glauben nicht, daß sie es trotz allem gut mit mir meinte. Ich schwieg und weinte auch nicht.

In der Nacht darauf sprach Torun lange mit mir, und vieles begriff ich nun viel besser – wenn auch noch nicht ganz!

Sie sagte mir, daß ich nun eine weite Reise in den hohen Norden machen müsse, bis in das Land Mitternacht, weiter fort, als je ein Christenmensch gekommen sei. Aber ich dürfe mich nicht fürchten; denn ich würde nicht allein reisen. Sie selbst und eine Anzahl der Besten unter den Skrälingern würden mich begleiten, und alle hätten nichts anderes im Sinn, als mir zu helfen. Es sei der Wille meiner Großmutter, den ich auf diese Weise erfüllen würde.

So sprach Torun, und was konnte ich anderes tun, als ihr glauben? Ich war ganz wohlgemut und tapfer, als wir am nächsten Morgen aufbrachen: sechs Männer auf sechs Schlitten und Torun mit mir zusammen auf dem siebenten. Der Tag war um diese Zeit schon viele Stunden lang und unbeschreiblich herrlich nach der Winternacht. Die Sonne stand am wolkenlosen Himmel und färbte den Schnee golden und blau, und wo das Eis in Schollen aufgetürmt stand, schimmerte es geheimnisvoll wie lauter Edelgestein. Aber die Pracht war trügerisch. Die Luft war bitter kalt, und man mußte Nase und Ohren vor dem Erfrieren schützen. Auch die strahlende Sonne war gefährlich. Ihr blendendes Licht über dem weißen Schnee versengt inwendig die Augen, wenn man sie nicht schützt.

Die Skrälinger tragen darum feingeschnitzte Augenschirme aus Walbein oder Holz. Auch ich trug einen, und Torun schärfte mir ein, ihn niemals abzunehmen, solange die Sonne am Himmel stand.

So fuhren wir auf unseren sieben Hundeschlitten in fröhlichem Schwarm in die leuchtende Welt hinein, und später mußte ich oft denken, es sei wohl wirklich ein Zauber dabei im Spiel gewesen; denn schon damals war ich in einer seltsamen Sorglosigkeit befangen, einem traumtiefen Vergessen all dessen, was mir hätte Furcht oder doch Nachdenken bereiten müssen. Niemals kam es mir auch in den Sinn, nach dem Ziel der Reise zu fragen oder darüber nachzugrübeln. Die wilde Lustigkeit der Männer, in deren rauhem Leben das Reisen die größte Freude ist, hatte auch mich ergriffen. Torun lehrte mich, das Gespann zu lenken und die Peitsche zu führen, was eine große Kunst und für Fremde kaum zu erlernen ist. Ich übte sie wie im Spiel und ahnte in meiner Sorglosigkeit nicht, daß dies Spiel mir einmal das Leben retten sollte. Wenn die rote Sonnenscheibe den Himmelsrand berührte, sammelten sich die Schlitten. Die Männer bauten in Eile ein Haus aus Schnee zur Rast. Einige gingen inzwischen auf die Jagd und brachten eine Robbe oder ein paar Fische heim. Wir krochen in unseren Schlafsäcken aus Fell rund um die Tranlampe in der Hütte zusammen, aßen Fleisch oder Fisch roh oder halbgar gekocht und plauderten, bis einer nach dem anderen einschlief. Alle waren freundlich zu mir, lachten mir zu, und ich lachte zurück und hatte auch schon einige Worte ihrer Sprache gelernt. Es war alles ganz anders als während meiner Gefangenschaft in der Skrälingerhütte und auch anders als vorher. Sie behandelten mich fast so, als ob ich zu ihnen gehörte, und doch mit einer Art von Achtung, über die ich mich eigentlich hätte wundern müssen.

Wir waren schon viele Tage unterwegs, da bemerkte ich eines Abends, daß einer der Schlitten fehlte. Ich fragte nach ihm, aber Torun gab mir keine Antwort, und auch von den anderen schien keiner die Sache eines Wortes für wert zu halten. Am übernächsten Abend aber fehlten wieder zwei. Nun waren es nur noch drei Männer auf drei Schlitten, die uns begleiteten. An diesem Abend kam es mir ganz deutlich so vor, als ob diese

drei bei weitem nicht mehr so vergnügt waren wie bisher. Aber meine Fragen wollte niemand beantworten.
Am nächsten Tage war das Wetter umgeschlagen. Tief hing der dunkle Himmel über die Schneefelder herunter, die nicht mehr blau und golden waren, sondern fahlweiß wie ein Totengesicht. Ein eisiger Wind stand uns entgegen. Die Hunde rannten und sprangen nicht mehr, sondern schleppten mühsam keuchend die Last des Schlittens. Torun meinte, wir würden Schnee bekommen, und trieb zur Eile. Die Sonne bekamen wir an diesem Tage nicht zu sehen und merkten nur an der Farbe des Schnees, daß der Tag zu Ende ging.
Am Rastplatz aber fand sich an diesem Abend außer uns nur noch ein einziger Schlitten ein. Der Mann, der ihn führte, war immer besonders lustig und mir darum fast lieb gewesen. Heute blinzelte er wie verlegen und sagte etwas zu Torun, was vielleicht die anderen entschuldigen sollte. Aber damit hatte er kein Glück; denn sie wurde so wütend, wie ich sie noch nie gesehen hatte, schüttelte die mageren Fäuste, rollte die Augen und fluchte in der Skrälingersprache, so daß der arme Kerl erschrak und den ganzen Abend kaum mehr ein Wort zu reden wagte. Zu mir aber sagte Torun und verriet sich in ihrem Zorn: ›Sie sind feige, sie halten ihr Wort nicht!‹ – ›Welches Wort?‹ fragte ich. – ›Dich bis ans Ziel zu begleiten‹, erwiderte Torun.
In dieser Nacht geschah es zum ersten Male auf der ganzen Reise, daß ich mir Gedanken darüber machte, welches dies Ziel wohl sein möge, vor dem die Skrälinger sich so als Feiglinge zeigten.
Am nächsten Morgen hatte es noch immer nicht geschneit, aber auch die Sonne war nicht wiedergekommen. Der Wind hatte sich gelegt, es war nicht sehr kalt, ja uns schien es fast mild. Die Welt lag in lichtloser Klarheit, Himmel und Erde im gleichen fahlen Grau. Stumm, fast ohne Laut zogen wir weiter.
Um Mittag bemerkte ich plötzlich am hellen Rande eines Hügels, der sich gegen den immer dunkler werdenden Himmel abhob, einen schwärzlichen Flecken von seltsam fester Form.

Noch konnte ich nicht erkennen, wie groß er in Wirklichkeit sein mochte; denn in diesen Weiten täuscht der Augenschein oft sehr. Nach einer Weile aber war ich meiner Sache fast gewiß und sagte: ›Da ist ja ein Haus!‹ Auch Torun mußte es längst bemerkt haben, aber sie sah nicht hin, während sie mir antwortete: ›Sei still! Das ist kein Haus.‹

In diesem Augenblick hörte ich den Skrälinger auf dem Schlitten hinter uns seine Hunde laut anrufen und mit der Peitsche knallen. Ich sah mich um und schrie laut: ›Torun! Er ist umgekehrt! Er fährt zurück!‹ Die Alte wandte nicht den Kopf. Sie nickte nur, als habe sie das vorausgesehen. ›Laß ihn nur! Was soll er uns auch nützen!‹ murmelte sie.

Wir fuhren weiter, gerade auf den dunklen Flecken zu, der kein Haus sein sollte. Aber je näher wir herankamen, desto deutlicher sah ich, daß es doch eins war, aus Steinen und Grassoden erbaut, nicht rund wie die Winterhütten der Skrälinger, sondern viereckig, mit geraden Wänden, wie unsere Häuser daheim. Doch stieg kein Rauch daraus auf, kein Zeichen des Lebens war ringsum zu bemerken. Einsam lag es mitten in der weißen Einöde.

Ich hatte so starr darauf hingeblickt, daß ich nicht bemerkt hatte, wie der Himmel darüber immer finsterer geworden war. Nun fuhr uns plötzlich ein Windstoß entgegen und warf uns beißende Flockenschauer ins Gesicht. ›Schnell!‹ schrie Torun mir ins Ohr. ›Das Unwetter ist da!‹ Sie riß mir die Zügel aus der Hand und peitschte die Hunde, die noch einmal mit äußerster Kraft anzogen und rannten wie um ihr Leben. Wir prallten fast gegen die Mauer und hielten in ihrem Schutz, gerade als der Schneesturm losbrach. Pfeifen und Heulen und wirbelndes Gestöber war dort, wo wir eben noch hergefahren waren. Noch nie hatte ich ein solches Wetter erlebt. Ich betete laut. Torun aber fuhr mich an: ›Lad den Schlitten ab! Wir müssen hinein. Das hilft nun nichts.‹ Sie schirrte die Hunde los, die sich sogleich niederduckten und im Schnee zusammenrollten, wie es ihre Art ist, ein Unwetter zu überdauern. Ich schnürte das Gepäck los und nahm, soviel ich davon tragen konnte, auf die Arme. Den Rest packte Torun sich auf und schrie mir zu: ›Komm schon!‹

Es war so dunkel geworden, daß ich sie kaum noch sah, als sie an der Mauer entlang und durch eine Türöffnung hineinschlüpfte. So schnell ich konnte, folgte ich ihr. Nun aber sah ich, daß sie recht gehabt hatte, als sie sagte, dies sei kein Haus. Es war keins mehr. Außer den vier Wänden stand nichts. Vom Dach ragten nur noch ein paar leere Sparren – Balken oder Walrippen – in den nächtlichen Himmel, gespenstisch umflattert von den letzten Fetzen der Häute, mit denen sie einmal überspannt gewesen waren. Den Boden bedeckte hoch aufgewehter Schnee. Es war drinnen kaum besser als draußen, nur daß diese vier nackten Wände ein wenig vor der Gewalt des Sturmes schützten. Der Raum war so groß, daß ich nicht bis an sein Ende sehen konnte. Von dorther rief mich Toruns Stimme. Ich tastete mich durch die Dunkelheit zu ihr hin und sah nun, daß sie den besten Platz ausfindig gemacht hatte.

An dieser Wand, dem Eingang gegenüber, war eine große Feuerstelle mit einem Rauchfang gemauert. Rings darum war die Mauer so weit vorgewölbt, daß ein kleiner Raum, auch von oben her geschützt, schneefrei und trocken geblieben war. Torun hatte schon die Tranlampe aufgestellt und zündete sie nun an. In ihrem Schein konnte ich das Mauerwerk und das Steinpflaster des Bodens genau erkennen. Es erinnerte mich an daheim, und ich sah mich verwundert um. Aber Torun, die ihren Gleichmut ganz verloren hatte, fuhr mich wieder an, wie ich es noch nie von ihr gehört hatte: ›Glotz nicht! Hilf mir lieber!‹

Ich breitete die Felle auf den Boden und rollte unsere Schlafsäcke auseinander, während Torun über der Lampe Schnee zum Schmelzen und das Wasser zum Sieden brachte.

Wir hatten an diesem Abend nicht viel zu essen; denn seit die Männer uns im Stich gelassen hatten, war niemand mehr übrig gewesen, um am Abend auf die Jagd zu gehen. Wir aßen ein wenig von dem gedörrten Fleisch und Fisch aus unseren Beuteln und wärmten uns mit einem Trunk heißen Wassers. Ich hatte gesehen, daß Torun aus einer Tasche, die sie bei sich trug, irgend etwas, vielleicht ein paar Kräuter, in das Wasser geworfen und ein paar Worte dazu gemurmelt hatte. Darum wollte ich nicht davon trinken. Sie aber lachte rauh und meinte: ›Trink nur ruhig! Hier an diesem Ort brauchst du so etwas. Es wird dir nicht schaden. Aber‹, setzte sie leise und mit wunderlich veränderter Stimme hinzu, ›wenn du glaubst, daß deine Gebete besser helfen, so bete nur!‹

Ich wunderte mich sehr über diese Worte; denn vom Beten hatten wir nie gesprochen. Mit einem Male erkannte ich, was es war, das Torun, die kluge und mächtige Zauberin, an diesem Abend so verändert hatte: Sie hatte Angst. Ich muß es wohl laut gesagt haben; denn sie nickte und erwiderte trocken: ›Ja, ich habe Angst.‹

Das entsetzte mich über alle Maßen. Ich flehte sie an, mir zu sagen, wovor sie Angst habe, warum die Skrälinger umgekehrt seien, was dies für ein unheimliches Haus sei und ob nicht auch wir, sobald nur der Sturm vorüber sei, von diesem Ort fliehen und den Skrälingern folgen sollten. Die Skrälingerhütten mit den fleißigen Frauen und den lachenden Kindern erschienen mir in dieser Nacht als ein so tröstlicher Ort, daß ich gar nicht begriff, wie ich sie hatte verlassen können.

Torun aber gab mir keine Antwort. Sie starrte in die gelben Flammen der Lampe, als ob sie mich nicht hörte. Erst als ich nichts mehr zu sagen wußte und vor lauter Angst kaum noch Atem hatte, erwiderte sie mit eintöniger Stimme: ›Es hilft nichts, Kind! Du mußt hierbleiben!‹

›Warum?‹ fragte ich zitternd.

Da sagte Torun: ›Weil dies der Ort ist, wo du auf die Männer aus Mitternacht, die Jäger aus dem hohen Norden, warten mußt, die dich hierher bestellt haben.‹ Kaum brachte ich es fertig zu fragen, was das für Männer wären. Torun antwortete:

›Die, denen deine Großmutter Botschaft geschickt hatte, die, mit denen sie zusammentreffen wollte, um ihre Hilfe für die Leute der Ostsiedlung zu gewinnen.
Sie wohnten so weit im Norden, daß noch niemand von uns sie zu Gesicht bekommen hat. Jahre hat es gedauert, bis die Botschaft der großen Frau auf Brattahlid, von Stamm zu Stamm weitergetragen, sie erreicht hat, und wieder Jahre, bis ihre Abgesandten in diese Gegend gekommen waren. Da erfuhren sie, daß die Frau auf Brattahlid ermordet worden war. Sie mochten aber nicht unverrichteter Sache umkehren. Uns trugen sie auf, jemand anderen, Mann oder Frau, aus der Brattahlidsippe herbeizuholen, daß sie mit ihm verhandeln könnten. Nur du warst da. Darum holten wir dich. Das ist der Grund.‹
Ich fragte, was denn ich, ein Kind, nützen sollte. Nicht einmal die Absichten der Großmutter kannte ich ja. ›Du wirst sie erraten‹, entgegnete Torun, ›wenn du hörst, wer diese Männer sind. Sie sind keine Innuits, sondern viel näher mit euch Nordleuten verwandt. Sie sind die Nachkommen der Leute aus der Westsiedlung.‹«
»Was?« Diesmal war es der hochmütige Fremde, der sich zu einem Ausruf des Staunens hinreißen ließ. »Weißt du, was du da redest, Mädchen?« fragte er vorgebeugt, in großer Erregung. »Vor fast zweihundert Jahren wurde die Westsiedlung aufgegeben, verlassen, von den Skrälingern ausgeraubt. Wir besitzen einen genauen Bericht darüber. Priester Ivar Baardson, der um jene Zeit den Bischofssitz zu Gardar verwaltete, kam im Frühjahr 1342 in die Westsiedlung und fand sie verödet, von allen Bewohnern verlassen. Niemand weiß bis heute, was aus ihnen geworden ist.«
»So wird es auch bei uns daheim erzählt«, sagte Baard und fiel dem Fremden ins Wort, »und wenn Priester Ivar, der diese Dinge mit eigenen Augen sah, sie so niedergeschrieben hat, wird es wohl die Wahrheit sein. Es war alles seltsam genug. Jene Männer, die mit Priester Ivar die weite und gefährliche Fahrt nach der Westsiedlung gemacht hatten, fanden die Höfe

leer von Menschen, lebenden und toten, Christen und Heiden, aber keine Spur von Gewalt und Raub und keine Skrälinger. Nur das Vieh lief überall frei herum, Kühe, Pferde, Schafe und Ziegen. Dies verriet, daß die Bewohner noch nicht lange weg sein konnten, sonst wäre das Vieh längst verreckt gewesen vor Kälte oder vor Durst.«

»Genauso steht es in dem Bericht, den Priester Ivar nach Norwegen sandte«, bestätigte der Fremde. »Steht auch darin, Herr«, fragte Baard voller Wißbegier, »was aus den Menschen geworden ist? Schreibt der Priester, daß sie von den Skrälingern ermordet oder weggeschleppt worden seien? Oder an Hunger und Seuchen gestorben? Dann hätte man doch die Toten finden müssen oder Spuren von Kämpfen.«

»Nein, davon schreibt er nichts. Nicht einmal Vermutungen stellt er auf, und bis heute weiß niemand mehr als er. Ich sagte es schon.«

»Auch bei uns daheim«, sagte Baard, »weiß es niemand. Es war das Gespräch vieler Winterabende, wohin die Leute aus der Westsiedlung so spurlos verschwunden sein könnten. Viele glaubten an Zauberei, an ein Werk der Trolle, wie unser Ole. Die Klügeren aber waren der Meinung, die Leute der Westsiedlung könnten vielleicht in ihrer Not, die beinahe ebenso groß gewesen sein muß wie die unsere heute, keinen anderen Ausweg mehr gewußt haben, als nach Winland zu ziehen – wie auch wir das wollten. Es blieb nur ein Rätsel, wie sie an ein Schiff gekommen sein sollten. Die Westsiedlung war ja für fremde Schiffe noch entlegener und schwerer zugänglich als die Ostsiedlung. Und ein großes Schiff bauen? Das vermochten wir in Grönland nicht mehr.

Einige meinten, die Leute aus der Westsiedlung hätten ganz weit im Norden vielleicht einen Weg gefunden, um über Land nach Winland und den glücklichen Ländern westlich des Meeres zu gelangen. Ohm Lodin glaubte das und die Großmutter noch fester. Sie sprachen selten davon, aber ich glaube nicht, daß die Großmutter den Gedanken je ganz aufgegeben hat.«

»Ganz sicher nicht«, fuhr Birgit fort. »In jener Nacht, da wir beide nicht schlafen konnten, erzählte mir Torun, die es von den Skrälingern wußte, von dem Zuge der Männer, Frauen und Kinder aus der Westsiedlung, der in jenem Frühjahr vor zweihundert Jahren die Küste entlang nach Norden wanderte, den Weg nach Winland zu suchen. Niemals kamen sie dorthin. Nur wenige von ihnen hatten sich im Laufe vieler Jahre so weit in den Norden durchgeschlagen, daß sie kaum noch Skrälingern begegneten. Sie nahmen sich Skrälingerweiber und gewöhnten sich an die Lebensweise der Skrälinger; denn anders, meinte Torun, hätten sie im Norden nicht überleben können. Aber in ihrem Wesen seien sie die alten, rauhen und wilden Nordmänner geblieben, ohne Ehrfurcht vor den Tieren und vor den Seelen der Verstorbenen, wie die Skrälinger sie kennen, kampfwütig, immer bereit, mit Gewalt zu nehmen, was sie brauchen, und sich und das Ihre mit List und Gewalt zu verteidigen.
›Sie töten jeden Fremden‹, erzählte Torun mir schaudernd. Blutig grausame Geschichten wußte sie von ihnen zu berichten. Soviel Skrälingerblut sie auch aufgenommen haben mochten in diesen zweihundert Jahren, Skrälinger seien sie nicht geworden. Und die Skrälinger selbst nannten sie auch nicht mit ihrem eigenen Namen Innuits, was ›Menschen‹ bedeutet, sondern ›Tunnits‹.
Je länger Torun erzählte, desto größer wurde meine Angst vor den Männern aus Mitternacht. Ich weinte und flehte die Alte an, sie möchte doch am nächsten Morgen mit mir fliehen. Ich wollte auch bei ihr bleiben und ihr dienen, den Skrälingern zeit meines Lebens dienen und alles tun, was man von mir verlange. Nur diesen schrecklichen Männern aus Mitternacht wolle ich nicht begegnen.
Torun murmelte, mir würde ja nichts geschehen. Sie meine es nur gut mit mir, und es sei der Wille meiner Großmutter, daß wenigstens ich gerettet würde. Zuletzt aber sagte sie, daß weder sie noch einer der Skrälinger es wagen würde, gegen den Willen der Tunnits zu handeln, die mächtige Zauber besäßen

und dazu stärker und grausamer als irgendeiner von ihnen seien. Da erriet ich, daß die Furcht der wahre Grund war, warum ich diesen Männern aus Mitternacht ausgeliefert werden sollte. Ich verschluckte meine Tränen, bat auch nicht mehr, und am Ende schlief ich doch ein.
Als ich aufwachte, schien die helle Sonne durch das Dach herein. Der Sturm war vorüber. Durch die Türöffnung sah ich blau und golden den Schnee schimmern und sah den Schatten von Torun, die sich mit Schlitten und Hunden zu schaffen machte. Ich rief nach ihr, aber sie hörte mich nicht, und ich weiß nicht, was mich mit einem Male so unruhig machte, daß ich aus dem Fellsack schlüpfte und zu ihr hinauslief.
Da sah ich, daß der Schlitten schon fertig beladen stand und die Hunde angeschirrt waren und Torun, die Leinen in der Hand sammelnd, eben im Begriff war aufzusteigen. Ich schrie laut auf, was, weiß ich nicht mehr. Mit keiner Gewalt hätte ich sie in diesem Augenblick daran hindern können abzufahren. Die Hunde hätten mich einfach umgerannt, und sie trug die Peitsche in der Hand. Das alles ging mir blitzschnell durch den Sinn. Ich versuchte auch gar nicht, sie aufzuhalten. Ich schrie nur, weil ich nicht anders konnte. Ich konnte es nicht stumm hinnehmen, so verraten und verlassen zu werden.
Seltsam aber war, was mein Schrei bewirkte. Torun fuhr auf den Fersen herum, ließ die Leinen fallen. Ihr Gesicht war wohl nicht weniger entsetzt als meins. ›Ich dachte, du schläfst noch!‹ sagte sie. ›Ich habe dir alles dagelassen, was du für viele Tage brauchst‹, fuhr sie fort, ›alle Nahrung, die Lampe, meinen Feuerstahl. Du wärest nicht umgekommen, bis sie dich fänden.‹ Heftig sagte sie: ›Dir wird nichts geschehen! Aber mich werden sie noch geringer achten als eine Zauberin und als eine Abtrünnige der Nordleute. Du kannst nicht verlangen, daß ich bleibe!‹ schrie sie heraus.
Ich sah sie nur an, erschrocken über ihren Zorn, und wußte nicht, was ich sagen sollte als: ›Laß mich nicht allein!‹ Hatte sie es überhaupt gehört? Mit einem Male sah ich, wie die dicken

Fausthandschuhe sich bewegten, um die Leinen zu entwirren und die Hunde abzuschirren. Ich bekam dabei keinen freundlichen Blick. ›Es wird mich das Leben kosten!‹ murrte Torun. ›Aber du willst es ja so!‹ Was hätte ich darauf antworten sollen? Ich nahm mir vor, niemals zuzulassen, daß ihr etwas getan würde, und eher mit ihr zu sterben. Aber zu sagen vermochte ich das nicht. Sie hätte es für kindische Prahlerei gehalten.
›Hilf mir lieber!‹ knurrte sie und lud mir einen Armvoll Felle auf. Gemeinsam schleppten wir das Gepäck wieder in das Haus hinein. Und dann saßen wir vor der Tranlampe, einen Tag lang, eine Nacht und noch einen Tag, und warteten auf die Männer aus Mitternacht. Wir redeten kaum miteinander und horchten auf jedes Geräusch von draußen, jedes Knurren der Hunde, jedes Pfeifen des Windes, jedes Tappen draußen im Schnee. Aber immer wieder waren es nur ein paar hungrige Füchse, die um das Haus herumstrichen.
Als der erste Tag zu Ende ging und die Sonne einen schrägen roten Streifen durch eine Lücke über das Mauerwerk warf, bemerkte ich Linien auf den rauhen Steinen, die nicht von der Verwitterung herrühren konnten. Ich besah sie genauer und erkannte, daß es Buchstaben waren, Runen, mit einem scharfen Stein flüchtig eingeritzt. Ich konnte sie nicht entziffern, nur hier und da einen Buchstaben und Kreuze – Kreuze.
›Da!‹ sagte ich zu Torun und deutete mit dem Finger darauf. ›Runen!‹
Sie sah nicht einmal hin und nickte nur: ›Ich weiß!‹
›Du weißt es schon?‹ fragte ich verwundert. ›Nicht wahr? Dies Haus haben sie gebaut?‹
Wieder nickte sie und antwortete: ›Man erzählt es. Die Innuits fürchten dieses Haus und meiden es, wo sie können. Aber auch für die Tunnits muß es ein schlimmer Ort gewesen sein. Es wundert mich, daß sie dich gerade hierher bestellt haben. Vielleicht, weil der Ort so bekannt ist, daß man ihn nicht verfehlen kann. Sie nennen ihn das Steinerne Grab.‹
Ich kroch näher an die Lampe heran; denn ich fror so sehr, daß

meine Zähne laut aufeinander schlugen. Vielleicht war es auch nicht die Kälte, die mich so zittern ließ. In dieser Nacht schlief ich nicht. Aber erst, als die Sonne wieder in das Gemäuer hereinschien, wagte ich zu fragen: ›Warum ist dies ein schlimmer Ort für die Tunnits gewesen?‹ Torun erwiderte: ›Sieh dir die Kreuze an! Vieles habe ich vergessen. Runen zu lesen, verstehe ich nicht. Aber was ein Kreuz, in einen Stein geritzt, zu bedeuten hat, das weiß ich noch. Frage mich nicht!‹
Ihr Gesicht war längst nicht mehr zornig, nur kummervoll und sehr alt. Manchmal sanken die faltigen Lider über ihre Augen herab. Dann sah sie aus, als wäre sie schon gestorben. Sie erinnerte mich an manche Leute daheim, die ich kurz vor ihrem Tode gesehen hatte. Ich begriff, daß auch Torun, die daheim in der Ostsiedlung ein Kind gewesen war, nun zum Sterben bereit war. Sie sah den Tod vor Augen und hatte sich darein ergeben. Mir zuliebe hatte sie das getan. Ich fühlte Reue darüber, aber ich wußte, daß ich nicht anders gekonnt hatte, als sie um Beistand zu bitten. Dem, was da kam, alleine standzuhalten, hätte ich nicht vermocht. Es wunderte mich nur, warum Torun, die mächtige Zauberin, die alle Skrälinger fürchteten, so gar keinen Gebrauch von ihrer Kunst machte, nun, da es um Tod und Leben ging.
Ich wagte nicht, danach zu fragen. Als aber der zweite Tag zu Ende ging, fing sie selbst davon an. ›Kind‹, fragte sie, ›was meinst du? Wird der Christengott mich in den Himmel einlassen, mich, die ich mein ganzes Leben lang Zauberkünste geübt habe unter den Heiden?‹ Ich sagte, das wüßte ich nicht, aber ich mußte daran denken, daß Priester Hallvard sehr strenge Ansichten über Zauberei hatte und durchaus nichts davon wissen wollte. Vielleicht verstand mich Torun; denn sie seufzte und sagte, auch sie sei doch einmal getauft und Gottes Eigentum geworden. Wenn es denn aber so sei, daß ihr nicht verziehen werden könne und sie nicht in den Himmel hinein dürfe, so sei das für sie doch nicht so schlimm wie für andere Christenmenschen. Die müßten dann ja in die Hölle. Sie aber würde

dann eben bei den Skrälingern bleiben. Da gebe es weder Himmel noch Hölle, sondern für die Toten nur einen Ort unter dem Wasser und einen über den Wolken, und im Wasser sei es weitaus besser als hoch oben in der Luft. ›Nur‹, seufzte sie, ›nachdem ich mein Leben lang unter dem fischstinkenden Volk ausgehalten habe, wäre ich nach dem Tode doch gern zu den Meinen heimgekehrt. Ich dachte, der Christengott könnte es mir vielleicht zugute rechnen, daß ich nun um deinetwillen sterben werde. Aber du meinst also, er wird es nicht tun?‹
Bei diesen Worten sah sie mich so voll Kummer an, daß ich ein großes Mitleid fühlte. Ich fragte, ob ich für sie beten sollte. ›Ja, tu das!‹ nickte sie. Ich faltete die Hände und sprach laut das Vaterunser in der Kirchensprache, wie ich es gelernt hatte. Die Worte verstanden wir beide nicht, aber Torun nickte bei jeder Bitte und faltete die runzligen Hände, und als ich zum dritten Male anfing, murmelte sie mit.
Wir hatten darüber für eine Weile das Warten und Horchen vergessen und erschraken, als draußen die Hunde wütend zu bellen anfingen. Nun heulte einer von ihnen auf, als habe er einen Schlag erhalten. Schritte kamen über den knirschenden Schnee heran, die anders klangen als das Tappen von Hund und Fuchs. ›Ein Bär!‹ flüsterte ich und hoffte einen Augenblick lang, es möchte wirklich einer sein; denn es schien mir leichter, einem reißenden Tier zu begegnen als dem, was da sonst durch die Nacht herantappen mochte. Noch war es nicht ganz dunkel. Draußen vor der Türhöhle schimmerte der Schnee blau in der Dämmerung. Nun verfinsterte ein Schatten die schmale Öffnung. Aber es war kein Bär – ein Mann stand dort und spähte zu uns herein. Gleich darauf tauchten noch einige Männer, mir schienen es viele, neben ihm auf.
Es waren aber doch nur fünf, die endlich nacheinander durch die Türöffnung hereinschlüpften und mit lauernden Bewegungen auf uns zukamen. Daß sie keine Skrälinger waren, konnte man deutlich sehen, obgleich sie so gekleidet waren. Ihre Gestalten hatten selbst in den plumpen Pelzkleidern etwas Hage-

res, Geschmeidiges, das an hungrige Wölfe erinnerte. Spähend wandten sie die dunklen Köpfe nach rechts und links, die Speere stoßbereit in den Händen. Über ihren Schultern ragten wie Hörner die geschwungenen Enden riesiger Bogen auf. Köcher mit langen Pfeilen hingen an ihrer Seite. So kamen sie heran.

Dicht vor uns blieben sie stehen und konnten uns wohl nun erst im Schein der Tranlampe richtig erkennen. Reglos starrten wir einander an. Torun schloß die Augen in Erwartung von etwas Schrecklichem. Da hörten wir einen seltsamen Laut. Torun riß die Augen wieder auf, ganz dumm anzusehen vor lauter Verwunderung. Aber es war so: die Männer lachten. Einer hatte damit angefangen, und nun schrien sie alle fünf vor Gelächter, schlugen sich auf die Schenkel und einander auf die Schultern und lachten, lachten, als wollten sie überhaupt nicht wieder aufhören. Dabei zeigten sie immer wieder auf mich. Einer packte mich schließlich, hob mich wie ein Kind vom Boden auf und schüttelte mich. Er meinte es nicht böse, aber meine Zähne klapperten wie im ärgsten Frost, so heftig schüttelte er mich. Ein anderer zog mir die Kapuze vom Kopf und strich durch mein Haar. Das wollten sie dann alle einmal tun, obgleich mein Haar damals fast schwarz vor Schmutz und ganz verfilzt war, weil ich es hatte weder waschen noch kämmen können, seit ich bei den Skrälingern war. Dennoch schien es ihnen zu gefallen; denn sie zupften und zausten darin herum und streichelten es ungeschickt. Sie streichelten auch mein Gesicht und drehten es zur Lampe, um es genau zu sehen.

Auch ich sah ihre Gesichter und staunte sehr. Es waren wirklich nicht die Gesichter von Skrälingern. Jedes von ihnen hätte mir daheim in der Ostsiedlung begegnen können. Ihre Nasen waren dünn, spitz oder gebogen, ihre Gesichter rot von Frost, mit struppigen Bärten, wie ich sie noch bei keinem Skrälinger gesehen hatte. Nur einer von ihnen trug keinen Bart. Aber der gefiel mir am wenigsten, ganz besonders, als ich merkte, daß er kaum älter war als ich selbst, so alt wie mein Bruder Baard

vielleicht. Ich fand, ihm kam es nicht zu, sich zu benehmen und über mich zu lachen wie diese Männer. Und als er wieder an meinen Haaren zupfen wollte, schlug ich ihn auf die Finger. Da lachten sie alle erst recht.
Aber trotz ihrer rauhen Freundlichkeit und ihres Lachens blieben sie mir doch unheimlich. Ihre Augen schienen mir seltsam. Sie waren klein wie die Augen der Skrälinger, aber doch anders. Vielleicht kam es daher, daß sie hell waren und tief unter Stirn und Brauen saßen wie bei den meisten Menschen bei uns daheim. Dennoch blickten sie nicht wie Menschenaugen. Es lag etwas Gehetztes, Scharfes in ihnen, als lugten sie fortwährend nach irgend etwas aus, nach einer Gefahr, einer Beute oder einem Feind. Selbst beim Lachen verlor sich dieser Ausdruck niemals ganz. In ihm verriet sich die Heimatlosigkeit, der Kampf um ihr Leben, den diese Männer unaufhörlich zu bestehen hatten.
Mit einem Male verfinsterten sich ihre Blicke furchterregend. Sie betrachteten Torun. Sicher hatten sie an ihrer Kleidung, an all den Amuletten und sonstigen wunderlichen Dingen, die sie an Gürtel und Mütze trug, erkannt, daß sie eine Zauberin der Skrälinger war. Ich erschrak, lief zu ihr hin, die mit geschlossenen Augen dasaß, als erwarte sie den Tod, und umschlang sie mit meinen Armen. Ich schrie laut, niemand dürfe ihr etwas tun, sie gehöre zu mir und sei gut und hilfreich. Es war ganz sinnlos, daß ich etwas sagte; denn ich wußte ja, daß die Männer meine Sprache nicht verstehen konnten. Dennoch hoffte ich, irgendeiner von ihnen würde vielleicht auch ohne Worte begreifen – ach, eigentlich hoffte ich kaum irgend etwas.
Da aber sagte einer der Männer in unserer Sprache: ›Gut! Sie soll leben, aber nicht zaubern! Nicht zaubern!‹ Er wiederholte es grimmig und drohte ihr mit dem Spieß in seiner Faust. Ich aber vergaß die drohende Gebärde vor Staunen. ›Du verstehst meine Worte?‹ fragte ich. Er nickte, denn viel zu reden wußte er nicht in unserer Sprache. Später erfuhr ich, daß nur noch wenige unter den Männern aus Mitternacht die Sprache ihrer

Vorväter kennen, die einst von Süden gekommen sein sollen. Diese wenigen sind die Nachkommen der Handvoll Männer, die ihre Frauen mit in den äußersten Norden gerettet hatten. Mütter und Großmütter hatten zuerst dafür gesorgt, daß die Heimatsprache nicht ganz vergessen wurde, während die meisten Sitte und Sprache der fremden Frauen annahmen, mit denen die Nordleute sich nach und nach vermengten. Als heilige Überlieferung aus der Vorzeit hatten die wenigen die alte Sprache und das Wissen von der Herkunft des Stammes bewahrt, und auch bei ihnen war dies Erbe schon im Schwinden begriffen; denn das harte Leben im Norden erlaubt nicht, etwas aufzubewahren, das niemandem Nutzen bringt.
Nun gebot dieser Mann Torun und mir, unsere Sachen zusammenzupacken und aus diesem Hause herauszukommen. Das sei kein guter Ort. Sie würden sogleich ein Schneehaus bauen. Wir hatten wenig Lust, mitten in der Nacht umzuziehen, denn es war bitter kalt. Den Männern aber schien das nichts auszumachen. Auch duldeten sie keinen Widerspruch. Torun, die Zauberin, die ich bei den Skrälingern immer nur hatte befehlen sehen, hatte es nun noch eiliger als ich, den Willen der Fremden zu erfüllen, und trieb auch mich an.
Als wir mit unserem zusammengerafften Gepäck hinaus ins Freie traten, blieben wir staunend stehen. Einen Steinwurf vom Hause entfernt sahen wir im gläsern grünen Mondlicht das Schneehaus schon deutlich emporwachsen. Alle fünf Männer arbeiteten schnell und geschickt daran und lachten, als sie unser Staunen bemerkten. Auch wir hatten auf unserer Reise hierher Abend für Abend den Skrälingern geholfen, eine Schneehütte zu errichten. Das waren aber nur kümmerliche Unterkünfte gewesen gegen diesen Bau aus gleichmäßigen, schimmernden Blöcken, der da vor unseren Augen wie durch Zauberei aus dem Schnee wuchs. Die Männer winkten uns herbei und hießen uns, die Fugen zwischen den Blöcken mit losem Schnee auszufüllen und die Wände mit einem Stück gefrorener Robbenhaut glattzustreichen. So arbeiteten wir alle

zusammen stumm und einträchtig an dem Haus, und der Mond war noch nicht weit über den Nachthimmel gewandert, als der Bau vollendet war. Wir mußten geduckt durch einen langen Gang hineinkriechen. Drinnen aber war es wohnlich, mit Bänken aus Schnee, einem festen Platz für alle Geräte, Gestellen zum Trocknen der Kleider und einem Kochtopf, der über der Tranlampe aufgehängt wurde. Ja, sogar ein Fenster gab es aus durchsichtigem Eis, durch das glitzernd der Mond hereinschien. Als die Lampen brannten, wurde es sogar warm drinnen, und als die Schneebänke und der Boden mit allen Fellen bedeckt und wir in die Schlafsäcke geschlüpft waren, schlief ich schnell ein und schlief so gut und geborgen wie schon lange nicht mehr, in der Hut der fremden, wilden Männer aus dem Lande Mitternacht.

Als ich aufwachte, schien die blanke Sonne durch das Eisfenster herein. Draußen hörte ich die Männer reden und wirtschaften. Ich empfand keine Angst mehr. Der Tag schien mir so hell und froh, wie ich schon lange keinen mehr gesehen hatte. Schnell kroch ich aus den warmen Fellen und lief hinaus in Schnee und Sonne.

Die Männer waren gerade dabei, einen Bären abzuhäuten und zu zerlegen, den sie am Abend zuvor getötet hatten, gerade ehe sie zu uns gekommen waren. Der Alte erzählte es mir und fügte lachend hinzu, der Bär sei anscheinend darauf aus gewesen, Torun und mich in dem Steinhaus zu überfallen, sei aber durch unsere Hunde verscheucht worden und gerade den Männern in den Weg gelaufen, die von Norden herankamen. Ich erschrak noch nachträglich über die Gefahr, die uns so nahe gewesen war, ohne daß wir es geahnt hatten. Die Männer aber lachten nur, als sei das Ganze ein großer Spaß gewesen. Der ohne Bart, der Junge, Freche, machte mir immer wieder vor, wie der Bär hungrig nach dem Hause hinübergelungert hätte, so besessen von Gier, daß er die anschleichenden Jäger nicht bemerkt hätte. Es mußte ein seltsames Leben sein, dachte ich, in dem es Dinge solcher Art waren, über die man lachte!

Erst später fiel mir Torun wieder ein. Ich kroch ins Haus und fand sie vor der Tranlampe, die sie säuberte. Ihre Stimmung schien immer noch nicht besser zu sein. Wie gern hätte ich ihr etwas von meiner Fröhlichkeit abgegeben! ›Sie sind nicht so schlimm, wie wir dachten!‹ sagte ich endlich. Torun sah mich mit schiefgezogenem Munde an und murmelte: ›So? Das muß sich noch zeigen. Mit mir haben sie sicher nicht viel Gutes im Sinn. Aber das macht nichts. Ich weiß mir schon zu helfen. Bring sie nur bald dazu, mit dir zu reden. Dann wissen wir, woran wir sind.‹

Sie hatte mich zur rechten Zeit daran erinnert, daß ich eine Abgesandte war, die Beauftragte einer Toten, der großen Frau auf Brattahlid, deren Ruf bis zum Lande Mitternacht gedrungen war. Ich wußte nicht, wie ich einen solchen Auftrag erfüllten sollte – einen Auftrag, den ich nicht einmal kannte. Wieder wurde mir schwer zumute...«

Pikalu

Am Abend, als der Schnee sich rosig färbte, kamen die Männer einer nach dem anderen in die Hütte gekrochen und suchten sich ihren Platz im Kreis um die drei Tranlampen, die dort aufgestellt waren. Ihre Mienen verrieten, daß sie ein ernsthaftes Gespräch im Sinne hatten.

Es fing damit an, daß Ungartok, der Alte, der unsere Sprache redete, mich fragte, ob ich also wirklich die Tochter der großen Frau Gudveig auf Brattahlid sei. Ich sagte, ich sei die Enkelin, und fügte schnell hinzu, ich wüßte gar nichts von den Plänen meiner Großmutter, nicht einmal von ihrer Botschaft an die Männer im Lande Mitternacht.

Sie erwiderten, es sei ja auch sehr verwunderlich, daß man ihnen als Gesandtschaft in einer so wichtigen Sache nur ein Kind wie mich geschickt habe. Das sei der Grund gewesen, warum sie am Abend zuvor so gelacht hätten, als sie mich sahen. Ich antwortete gekränkt, das sei gar nicht zum Lachen. Von der ganzen Sippe auf Brattahlid sei eben niemand mehr da als ich, nachdem die Großmutter ermordet worden und Vater und Bruder über das Meer nach Winland gefahren seien. Dann fragten sie, warum keiner der Männer aus der Ostsiedlung die Gesandtschaft habe übernehmen wollen, da sie doch wohl wichtig genug für alle sei. Ich sagte, niemand daheim habe von Großmutters Absichten gewußt, und daß man sie getötet habe im gleichen Augenblick, da etwas davon bekannt geworden war, das sage doch wohl genug. Niemand in der ganzen Ostsiedlung habe ihren Weg gehen wollen, und auch ich wäre gewiß nicht gekommen, hätten mich die Skrälinger nicht mit List fortgelockt.

Die Männer sahen mich verwundert an. Dann begann Ungartok mir zu berichten, welcher Art die Dinge waren, über die sie

mit der Großmutter oder vielmehr die Großmutter mit ihnen hätte verhandeln wollen:
Vor einer Anzahl von Wintern war auf weiten Umwegen zu den Männern im Lande Mitternacht die Kunde gekommen, in der Ostsiedlung fern im südlichen Grönland lebe eine kluge und starke Frau auf dem alten Hof Brattahlid, dessen Name auch bei den Männern aus Mitternacht noch nicht vergessen war. Diese Frau wünsche, mit ihnen zu beraten, auf welche Weise sie den Leuten in der Ostsiedlung Rettung bringen könne, wie die Männer der Westsiedlung sie einst gesucht und gefunden hätten. Auf irgendeine Weise mußte sie von dem Überleben einiger der Westsiedlungsleute erfahren haben, wohl über die Skrälinger, mit denen sie erstaunlich gute Freundschaft halten sollte.
Die Männer im Lande Mitternacht berieten sich über den Fall. Die meisten waren der Ansicht, das Schicksal der Kablunaken im fernen Süden gehe sie nichts an. Aber jene wenigen, die immer noch mit den Brocken der Sprache ein Stück Erinnerung an die alte Heimat des Stammes aufbewahrten, drangen mit ihrer Meinung durch. Es wurde beschlossen, diese seltsame und mutige Frau wenigstens kennenzulernen und ihre Fragen anzuhören. Sollten die Männer der Ostsiedlung wirklich entschlossen sein, den Weg einzuschlagen, den die Leute aus der Westsiedlung vor zweihundert Jahren gegangen waren, so würde es wohl besser sein, sie zu Bundesgenossen gegen die Innuits zu haben und nicht zu neuen Gegnern. So schickten sie Antwort an Gudveig auf Brattahlid und ließen ihr sagen, daß sie ihr auf halbem Wege zwischen dem Lande Mitternacht und der Ostsiedlung begegnen wollten, eben bei diesem Steinhaus, das die Innuits das Geisterhaus, die Männer aus Mitternacht aber das Steinerne Grab nennen.
Diese Nachricht war wieder ein oder zwei Jahre unterwegs, aber dann kam aus dem Süden die Botschaft, die Frau werde kommen. Die Männer, die ausgewählt worden waren, mit ihr zu reden, waren schon mehr als ein Jahr unterwegs über ver-

schneites Land und gefrorene Meere, da berichteten ihnen jagende Innuits, die große Frau auf Brattahlid sei von ihren eigenen Leuten erschlagen worden. Das war eine große Enttäuschung. Die Abgesandten aber hatten die weite Reise nicht umsonst machen wollen. Sie hatten den Innuits aufgetragen, jemand anderen aus der Ostsiedlung, Mann oder Frau, am besten aus der Eiriksippe, ausfindig zu machen, der an Stelle der Ermordeten mit ihnen verhandeln wolle. Sie waren nicht auf den Gedanken gekommen, daß so wichtige Pläne, wie diese Frau sie gehegt hatte, nicht auch von der ganzen Siedlung geteilt würden.

›Es ist aber so!‹ sagte ich. ›Großmutter durfte zu niemandem von diesen Überlegungen sprechen, nicht einmal zu uns, ihren Enkeln. Alles, was sie für nötig hielt, mußte sie heimlich und für sich allein bedenken und planen. Vielleicht hat sie gedacht, die Leute würden ihr zuletzt doch zustimmen, wenn sie mit einem wohlüberlegten Plan hervortrat. Als es aber soweit war, wurde sie totgeschlagen von denen, die sie hatte retten wollen. Nein, nein, glaubt nicht, daß auch nur ein einziger aus der Ostsiedlung bereit sein würde, euren Weg zu gehen oder auch nur euren Rat zu hören! Dazu sind sie viel zu stolz auf ihre eigene Art.‹

Mir lag daran, sie ganz und gar zu überzeugen, wie sinnlos es sein würde, mit den Leuten der Ostsiedlung in Verbindung zu treten; denn am allermeisten fürchtete ich, sie könnten mich mit irgendeiner Botschaft heimschicken. Ich wollte nicht wie die Großmutter enden!

Ob sie das wohl errieten? Ungartok übersetzte ihnen meine widerspenstige Rede. Sie nickten ernsthaft. Dann meinte der Alte, dieser Stolz sei wohl zu verstehen. Auch ihre eigenen Vorfahren hätten in ihren guten Tagen gewiß nicht anders gedacht. Der Weg, den sie in ihrer äußersten Not dann doch gegangen seien, der sei so furchtbar schwer, so mörderisch gewesen, daß man wirklich niemandem dazu raten könne, es sei denn wiederum in der äußersten Not, wenn alle andere Hilfe versage.

Ich atmete heimlich auf und war froh, daß ich sagen konnte, wir warteten auf die Heimkehr unserer Schiffe aus Winland. Denn so war es doch. Nur von dort erwarteten wir die Rettung, auch die Großmutter, ja, sie auch, bis sie zuletzt auf diesen anderen, verzweifelten Ausweg verfiel.

›Winland?‹ sagte der Alte und geriet ins Träumen. ›So ist die alte Sage immer noch Wirklichkeit bei euch daheim? Winland! Du mußt wissen, dies Wort stand auch für uns am Anfang unserer großen Wanderung.‹ Halblaut, in singendem Tonfall begann er zu erzählen, genau wie bei uns die Leute alte Mären aus Urvätertagen hersagen mit den alten, heiligen Worten, die niemals verändert werden dürfen:

›Auf den Höfen der Westsiedlung waren Dürre, Hunger und Seuche eingezogen. Nicht von Mittag, nicht von Abend, weder vom Lande noch von der See her kam Hilfe. Da beschlossen die Männer, sich auf den Weg nach Winland, dem Guten, zu begeben. Als der Frühling kam, begruben sie die Toten, ließen das Vieh auf den Weiden frei laufen, luden von ihrer Habe auf die Schultern, was sie tragen konnten, und brachen mit Frauen und Kindern auf, siebenhundert an der Zahl.‹

›Wie wollten sie über das Meer kommen?‹ fragte ich dazwischen; ich konnte nicht anders.

›Nicht über das Meer!‹ widersprach der Alte. ›Sie hatten nicht Schiffe genug, sie alle aufzunehmen. Aber eine uralte Kunde der Skrälinger war zu ihnen gedrungen, man könnte trockenen Fußes nach Markland gelangen, wenn man nur weit genug nach Norden zöge. Von Markland aber, das weiß jeder, der die Sage von Leif und Torfinn kennt, ist es nicht mehr weit nach Winland, dem Guten. Die Skrälinger selbst sind vor Zeiten auf diesem Wege weit aus dem Westen an unsere Küste gekommen. Warum sollte den Nordmännern nicht das gleiche gelingen?‹

›Gelang es?‹ fragte ich.

Der Alte schüttelte schwer den Kopf. ›Nein. Es gelang nicht. Die Saga, die von diesem Zug berichtet, ist sehr lang und so traurig und voller Schrecknisse, daß sie in unseren Hütten

schon lange nicht mehr gesungen wird. Aber mein Urgroßvater hat sie noch gekannt und mich gelehrt. Es war ein Zug des Todes. Wohl bahnten die Männer mit Spieß und Schwert ihren Weg, gegen feindliche Skrälinger und wilde Tiere. Aber gegen Hunger, Kälte und Mühsal half ihr Mut nicht viel. Frauen und Kinder starben dahin. Das Steinhaus da drüben, Mädchen, das war der schlimmste Ort. Sie bauten es als Winterhaus. Hier und da im hohen Norden wirst du solche Häuser, auf Nordmännerweise gebaut, finden. Dies aber war das größte, das sie je errichteten. Alle Frauen und Kinder blieben hier zurück, als die Mehrzahl der Männer noch tief im Winter, aber schon bei wachsender Helle, weiter nach Norden vorstieß, den Weg zu erkunden und zu sichern. Nach Wochen kehrten sie zurück, die Ihren zu holen. Frage nicht, was sie fanden! Kein Skrälinger hatte das Haus betreten, kein Bär und kein Wolf. Hunger und Kälte allein hatten die Schwachen in Scharen dahingerafft. Nur wenige lebten noch. Sie begruben die Toten im Hause und deckten den Boden mit Steinen zu. Ihre Namen aber ritzten sie in die Wände, zum Gedächtnis und zur Versöhnung der dahingeschiedenen Seelen. Dann verließen sie den Ort, ohne sich umzuwenden. Das Steinerne Grab heißt er noch heute, und die Skrälinger nennen ihn das Geisterhaus.‹
Mich überlief es kalt. Auch die Männer blickten düster drein.
›Und dann?‹ fragte ich leise.
›Die zuletzt am Leben blieben‹, fuhr Ungartok fort, ›das waren dreihundertachtzehn Männer und sechs Frauen. Nach Jahren waren sie so hoch in den Norden hinaufgekommen, daß nicht mehr Sommer und Winter, sondern nur noch Tag und Nacht wechselten, und jeder dauerte fast ein halbes Jahr. Dort schienen keine Menschen mehr zu leben. Endlich aber stießen die Nordleute dennoch auf welche. Diese dreihundertachtzehn aber waren in den Jahren der Wanderung stark und wild geworden und an das Land gewöhnt. Sie überfielen den fremden Stamm, töteten die Männer und nahmen sich die Weiber. Von ihnen stammen wir ab.

Du begreifst nun, Mädchen aus Brattahlid, was dich zu wundern schien: daß wir so wenig von Sprache und Sitte der Nordmänner bewahrt haben, die doch unsere Väter waren. Aber siehst du, die Mütter sind es, die die Kinder sprechen lehren und die Sitte im Hause üben. Die fremden Weiber aber brachten ihre Sprache und Sitte mit und lehrten die Kinder so. Die Männer hatten niemals Zeit, sich um dergleichen zu kümmern; denn ihr Leben blieb hart bis zum heutigen Tage. Nur mit Härte bestehen sie in der Einöde und unter Menschen, die ihnen um ihrer Fremdheit willen immer feindlich geblieben sind. Siehst du, das alles hat uns grausam gemacht, zum Schrecken für jeden, der sich uns nähert. Wer unseren Weg gehen und unser Leben leben will, der soll sich wohl überlegen, ob er die Kraft dazu hat.‹

›Die haben sie nicht in der Ostsiedlung!‹ mischte sich da Torun plötzlich ein. Die Männer sahen sie alle an. Ja, es schien, als ob sie dies hagere, verhutzelte Wesen zum ersten Male genauer betrachteten und bemerkten, daß sie nicht wie ein Skrälingerweib aussah. ›Warum soll ich es nicht sagen? Ich gehöre selbst dahin! Am Isafjord, nicht weit von Brattahlid, wurde ich geboren. Als ich noch ein Kind war, raubten die Innuits mich. Gudveig auf Brattahlid wußte genau, was sie tat, als sie die Freundschaft der Skrälinger suchte. Ich war es selbst, die oft genug heimlich zu ihr nach Brattahlid kam. Ich war es, die ihre Botschaft an euch Männer im Lande Mitternacht weitergab. Vielleicht hoffte sie damals wirklich noch, die stärksten und mutigsten Männer der Ostsiedlung nach Norden zu retten; denn die Hoffnung auf Winland hat sie schon bald aufgegeben, schon am Ende des zweiten Sommers nach Einars Ausfahrt, als die anderen alle noch davon redeten. Eins aber weiß ich gewiß: Ihre Enkel wollte sie retten, dies Mädchen Birgit hier und deren Bruder Baard. Sie wußte genauso gut, wie ich und wie jeder Einsichtige es weiß: daß Rettung nur im Norden zu finden ist. Aber niemand gibt sich die Mühe, darüber nachzudenken, wie es denn kommt, daß die Innuits da leben und gedeihen, wo die

Nordleute seit mehr als hundert Jahren nur langsam zu sterben fertigbringen.‹

›Wenn du das weißt, Zauberin‹, sagte der alte Ungartok, ›so weißt du wirklich mehr als gewöhnliche Menschen.‹

›Ich hatte mein Leben lang Zeit‹, erwiderte Torun, ›darüber nachzudenken, wenn ich von den Sommerzelten der Innuits aus den Herdrauch von den Höfen meiner Heimat aufsteigen sah; denn im Laufe der Jahre waren wir immer näher an die Ostsiedlung herangewandert. Meint ihr, ich hätte nicht zurückkehren können, wenn ich wirklich gewollt hätte? O ja, ich habe manchmal daran gedacht heimzukehren. Das seltsame aber war: Ich wollte es gar nicht. Und es dauerte viele Jahre, bis ich begriff, warum ich nicht wollte. Daheim war der Tod, das Leben aber war da draußen in der freien Wildnis, bei dem Volk, das dort zu Hause war. Das muß es sein, was auch Gudveig klar erkannt hatte. Darum suchte sie die Freundschaft der Innuits – darum mußte sie sterben.‹

›Du meinst also‹, fragte Ungartok, ›von den Leuten der Ostsiedlung würde keiner bereit sein, unserem Wege zu folgen?‹

›Nicht einer!‹ sagte Torun, die Skrälingerhexe. ›Der Tod der Frau auf Brattahlid ist Antwort genug. Auf den Höfen der Ostsiedlung sind Hunger und Not, aber auch der Hochmut zu Hause. Noch heute gelten die Innuits dort nur als Wesen niederer Art. Wie habe ich diese Verachtung gespürt die wenigen Male, da ich dort unter Leute kam! Aber vielleicht ist es gut, daß sie wenigstens diesen Stolz haben. Das wird ihnen das Sterben leichter machen; denn auch wenn sie wollten, heute könnten sie nicht mehr anders. Ob sie gehen oder bleiben, sie sind ein sterbendes Volk.‹

Grausam klang es, was Torun da vor diesen Fremden über uns sagte. Noch nie hatte ich das so aussprechen hören und hätte gern widersprochen. Da aber kam mir so manches in den Sinn, was ich längst gewußt hatte, ohne viel darüber nachzudenken: die vielen Gräber in jedem Frühjahr, die verödeten Höfe. Torun und die fremden Männer sprachen von diesen Dingen, als sähen sie sie aus der unendlichen Ferne dieses Eisland, ohne daß es sie berührte. Ich aber, ich gehörte ja zu diesem sterbenden Volk und schauderte vor Verlassenheit.

Torun fuhr fort: ›Gudveig auf Brattahlid hat das alles gewußt. Oft genug hat sie mit mir darüber gesprochen, nachts in der Halle auf Brattahlid oder bei heimlichen Begegnungen draußen auf den Schären oder im Gebirge. Wenn sie auch immer von der Rettung für *alle* sprach, so bin ich doch sicher, daß es ihr vor allem am Herzen lag, die beiden Kinder, ihre Enkel, nicht mit den anderen sterben zu lassen.‹

Ein Schweigen trat ein. Fünf Augenpaare blickten mich an. Eine trockene, alte Stimme fragte: ›Glaubst du, sie ist stark genug?‹

Da verlor ich die Geduld. ›Das ist ja alles Unsinn!‹ sagte ich laut und heftig. ›Ich komme nicht mit euch! In diesem Sommer werden die Schiffe aus Winland in der Ostsiedlung ankommen. Dahin will ich zurück und nirgendwo anders hin!‹

Ich mußte es wohl sehr entschieden gesagt haben; denn diesmal lachte keiner über mich. Als der Alte meine Worte übersetzt hatte, nickten alle ernsthaft, und Ungartok sagte für sie alle: ›Wie du willst, Mädchen!‹ Torun knurrte: ›Niemand wird dich zwingen!‹ Aber es war zu merken, daß sie ärgerlich war. Sicher fand sie mich undankbar und töricht. Ich aber war stolz darauf, meinen Willen gezeigt und durchgesetzt zu haben, und fügte schnell noch hinzu, um ihn zu bekräftigen: ›Keinen Tag länger will ich mehr warten. Morgen brechen wir auf!‹ Niemand widersprach. Damals hatte ich noch nicht gelernt, wie wenig der Wille des Menschen in diesem Lande vermag.

Denn am nächsten Morgen brachen wir nicht auf und auch nicht am übernächsten. Draußen tobte ein Unwetter mit Schnee und Hagel, daß keiner sich auch nur ein paar Schritte von der Hütte fortwagen durfte. Ich aber lag in meinem Fellsack und weinte vor Zorn. Am dritten Tage war es mir gleichgültig geworden, und ich verschlief ihn fast ganz. Am vierten Tage aber weckten mich die helle Sonne und ein leiser Rippenstoß.

Neben mir hockte der ohne Bart, der Junge, und lachte so frech, wie er immer lachte, und sagte rauh in meiner Sprache: ›Komm jagen!‹ Ich war so erstaunt, ihn plötzlich reden zu hören, daß ich auch zu lachen anfing, bis mir wieder einfiel, daß ich gerade ihn ja nicht leiden mochte. Als er sah, daß ich zu lachen aufhörte, machte auch er ein ernstes Gesicht; denn mehr als diese zwei Worte wußte er wohl nicht zu reden und war nun ratlos, wie er das Gespräch fortsetzen sollte. Da half ihm der alte Ungartok, sein Großvater, wie ich schon wußte, und sagte zu mir: ›Pikalu will, daß du mit ihm auf die Robbenjagd gehst. Wir alle brauchen frisches Fleisch, auch für eure Reise.‹ Ich sagte, ich verstände nichts von der Robbenjagd. Aber der Junge lachte mich wieder an und sagte: ›Komm! Komm!‹ Und diesmal schien mir sein Lachen nicht mehr so frech. Vielleicht kam es daher, daß ich nun seinen Namen wußte: Pikalu. Ich fand ihn scheußlich, wie den Schrei einer hungrigen Möwe, aber es war doch ein Name, mit dem man ihn rufen konnte. Ich sagte: ›Pikalu!‹ Da lachte er und zog mich aus meinen Fellen heraus und mit sich ins Freie.

Draußen zeigte er mir stolz seine Waffen, mit denen wir auf die Jagd gehen wollten. Sie schienen mir kümmerlich genug. Eisen oder auch nur Kupfer war an keinem Stück zu finden. Alles war von Holz, Knochen oder Muschelschalen, aber geschickt gearbeitet und sehr hübsch verziert. Erst später lernte ich, wie tüchtig und gut diese Lanze mit der feingeschnitzten Knochenspitze, die kunstreich ausgedachte Harpune mit der Leine von Algen, dies Messer aus Stein waren. Damals aber nahm ich spöttisch den Speer, den er mir gab, in die Hand und dachte, das sei doch nicht mehr als Spielzeug für Kinder.

Wirklich erlegten wir an diesem Tage auch nichts. Aber das war meine Schuld. Weit waren wir über die weißen Hügel gewandert bis zu einem dunklen Flecken im frischen Schnee.

Darunter war ein Loch im Eis, das Atemloch eines Seehundes, wie ich später merkte. Ich begriff nicht, wie Pikalu es gefunden hatte, aber er schien von weitem zu spüren, wo unter dem Schnee Land oder Meer zu finden war. Vor diesem Loch im Eis nun warteten wir viele, viele Stunden lang. Jedesmal wenn ich mich etwas bewegte, sah Pikalu mich böse an. Ich versuchte, so regungslos dazustehen wie er und nirgendwo anders hinzublicken als auf diesen feuchten, runden Flecken im Schnee, aus dem manchmal etwas aufstieg wie ein leises, leises Singen. Ich brachte es nicht fertig. Immer wieder wanderten meine Gedanken und Blicke frei umher, einem Vogel nach, der kreischend über uns hinstrich, zu den fliegenden Wolken hinauf oder zur Sonne, die langsam über den Himmel zog und unsere Schatten um uns wandern ließ.

So geschah es, daß ich zusammenfuhr, als Pikalu plötzlich die Harpune hob und lautlos vorglitt. Ich wollte ihm folgen, rutschte aus, stolperte und erriet zu spät, was ich angerichtet hatte. Der Seehund, auf dessen Erscheinen wir so viele Stunden lang gelauert hatten, war im gleichen Augenblick wieder verschwunden. Die Harpune stieß ins Leere.

Pikalu zog sie zurück und wandte sich nach mir um. In diesem Augenblick hatte ich Angst vor ihm. Sein Gesicht war das eines Teufels, dunkel, unmenschlich wild, mit weißen Zähnen und Augäpfeln. Aber er gab keinen Laut von sich. Auch ich sagte nichts. Was hätte das für einen Sinn gehabt? Er verstand mich ja doch nicht. Nach einer Weile wandte er sich von mir ab, bückte sich, las seine Waffen zusammen und machte sich auf den Rückweg, ohne sich ein einziges Mal nach mir umzublikken. Ich folgte ihm, so rasch ich konnte; denn nun fiel die Dämmerung ein, und ich fürchtete mich in dieser entsetzlichen Einöde. Doch ging ich leise und hielt meinen Atem an, um Pikalu nicht an mich zu erinnern.

Wie ich aber so in der wachsenden Dunkelheit hinter ihm her keuchte, kam mir allmählich ein anderes Gefühl als Furcht. Ich fing an, mich zu schämen. Der Rücken des Jungen im Kapu-

zenrock, der so stolz von mir abgewendet blieb, drückte so viel Enttäuschung aus, wie er da, ohne Jagdbeute, nur mit den leeren Waffen beladen, vor mir hügelab, hügelauf wanderte. Vielleicht würde Pikalu von den Männern gescholten oder ausgelacht werden, weil er nichts erlegt hatte. Meine Schuld war das. Wäre es doch aus bösem Willen oder aus Schwäche geschehen! Aber es war nichts als Unachtsamkeit gewesen. Ungeschick, wie es in diesem Lande kaum einem Kinde erlaubt sein mochte. Hatte ich nicht schon daheim beim Fischen gelernt, mich still zu verhalten und geduldig zu warten? Wie hatte mir dies nur geschehen können? Es war wohl nicht nur Unachtsamkeit gewesen, sondern Mißachtung. Ja, so war es! Mißachtet hatte ich den Eifer des Jungen, wie er da Stunde um Stunde vor dem Eisloch ausgeharrt hatte mit seinem kümmerlichen Spieß aus Holz und Knochen, der mir wie ein Spielzeug erschienen war. Nun sah ich zu spät ein, wie sehr ihm alles Ernst gewesen war. Ich begriff die wütende Verachtung, mit der Pikalu mir davonlief. Und ich begriff noch mehr: Hunger würden wir wohl heute abend nicht leiden müssen; denn ein wenig würde noch von dem Bären übrig sein. Wie oft aber, mußte ich nun denken, mochte von so einem Speerstoß in das Eisloch Nahrung und Leben für Tage, für viele Menschen abhängen! Nein, was ich begangen hatte, mußte Pikalu und den Seinen als ein unverzeihlicher Frevel erscheinen.
Pikalu blieb nicht ein einziges Mal stehen und lief so schnell, daß ich Mühe hatte, ihn nicht aus den Augen und damit den Weg zu verlieren. Als ich bei der Hütte ankam, war es schon fast Nacht. Pikalu war längst drinnen und hatte wohl schon alles berichtet; denn mir kam es vor, als blickten alle mich streng an und wären noch schweigsamer als sonst. Vielleicht war das gar nicht so. Niemals war in der Hütte viel geredet worden, außer an jenem ersten Abend. Die Männer waren schon zu lange miteinander unterwegs, um sich noch viel zu sagen zu haben, und ich verstand ihre Sprache nicht. An diesem Abend aber erschien ihr Schweigen mir feindlich, und ich kam

mir fremd und armselig, ja wie ausgestoßen in ihrer Gesellschaft vor.

Nie hätte ich das für möglich gehalten. Bis heute morgen war ich noch Gast und Botschafterin eines fremden Volkes unter ihnen gewesen, wie ich vorher Gefangene und Gast in den Hütten der Innuits gewesen war. In dieser ganzen Zeit aber hatte ich weder mit den einen noch mit den anderen irgendeine Gemeinschaft gehabt, mit den Heiden, den Wilden, den Halbmenschen, über die ich mich heimlich immer noch hochmütig erhaben fühlte, mochten sie mir mit Gewalt oder mit Gastfreundschaft begegnen. Heute aber, in jenem einen Augenblick vor dem Eisloch, war das anders geworden. Schuldig an ihnen war ich geworden, nach ihren Bräuchen, und hatte mir ihre Verachtung zugezogen. In dieser Nacht wünschte ich mir nichts so sehr, als unter ihnen geachtet zu sein, unter diesen fremden, wilden Männern aus Mitternacht, als eine ihresgleichen!

Am nächsten Morgen brach Pikalu wieder zur Jagd auf, aber diesmal bat er mich nicht mitzukommen. Ich stellte mich schlafend, und als er eine Weile fort war, schlich ich mich hinaus und lief ihm nach. Bald sah ich ihn vor mir über das Schneefeld wandern, denselben Weg wie gestern. In weitem Abstand folgte ich ihm. Ob er mich bemerkte? Ich erriet es nicht. Er sah sich nicht einmal um. Als er wartend neben dem Eisloch niederkauerte, blieb ich auf einem nahen Hügel stehen und wartete mit ihm, Stunde um Stunde, den ganzen Tag lang, und regte mich nicht und wurde nicht ungeduldig. Der Tag war beinahe herum, und die Dinge verschwammen im Grau, als ich Pikalu zustoßen sah. Danach geriet er in heftige Bewegung. Ich erriet, daß er die erlegte Robbe an der Leine, die mit der Harpunenspitze in ihrem Leibe festsaß, auf das Eis zu ziehen bemüht war und mit dem schweren, noch zappelnden Tier hart zu kämpfen hatte. Da schrie ich vor Freude laut auf, rannte hinunter und packte mit zu. Pikalu duldete meine Hilfe, vielmehr, er schien sie kaum zu bemerken. Wir hatten beide schwere Arbeit, bis wir das Tier mit unseren Lanzenstößen ganz getötet und auf das Eis gezogen hatten, eine riesige Bartrobbe. Da sahen wir uns lachend an, und Pikalu lachte noch einmal laut auf, als er mein Gesicht sah, und wies mit dem Finger darauf. Da erst merkte ich, daß ich weinte. So froh war ich, weil er nicht mehr böse auf mich war.

An diesem Abend wurde es spät für uns. Ich mußte zur Hütte laufen und die andern herbeiholen, damit sie halfen, die Jagdbeute heimzuschleifen. Sie wurde sogleich mit den steinernen Messern zerlegt. Die Männer lobten Pikalu und mich sehr, und nie hat mich ein Lob so stolz gemacht, obgleich ich es kaum verdiente.

Von diesem Tage an waren Pikalu und ich immer zusammen. Manchmal gingen wir mit den andern zur Jagd oder zum Fischen, öfter aber allein. Pikalu machte es Freude, mich alles zu lehren, was er von seinem Großvater und den älteren Jägern gelernt hatte: Harpune und Speer zu gebrauchen, mit dem Bogen auf Vögel und kleineres Wild zu schießen oder auch Vögel mit der Schleuderkugel aus der Luft herunterzuholen. Ich aber hatte nichts mehr im Sinn, als es ihm in allen Dingen gleichzutun und von den Jägern Lob zu ernten. Ich glaubte selbst ganz fest daran, daß es nichts anderes sei, was ich im Sinne hatte – glaubte daran bis zu dem Abend, als sich der Frühling ankündigte und Torun sagte: ›Für uns beide ist nun die Zeit gekommen, wieder südwärts zu reisen.‹ Als sie dies sagte, da wußte ich mit einem Male, woran mir einzig gelegen war: nicht an dem wilden und freien Jägerleben, nicht an dem Lob der Männer aus Mitternacht, sondern einzig und allein an Pikalu, meinem Gefährten. Mich von ihm zu trennen, schon zu trennen – dünkte mich allzu schwer. Ich widersprach Torun mit allerlei Gründen, bat sie, die Heimreise noch zu verschieben, um einen Monat, um wenige Tage nur. Sie aber beharrte auf ihrem Entschluß. Die Ihren brauchten sie, nicht einen Tag länger könne sie noch verweilen. Wolle ich nicht morgen schon mit ihr aufbrechen, so müsse ich eben bei den Tunnits bleiben.

Die Männer sahen unserm Streit lachend zu. Wenn sie auch die Worte nicht verstanden, so errieten sie doch sicher, um was wir stritten. Am Ende aber half mir wieder der alte Ungartok. Er riet, ich sollte zunächst mit ihnen ziehen. Sie würden noch einmal hierher zurückkehren. Um Mittsommer solle Torun mich hier am Steinernen Grab erwarten. Bis dahin seien es noch mehr als zwei Mondwechsel. So lange würde unsere Reise wohl dauern, und auch Torun würde inzwischen Zeit genug haben, nach den Ihren zu sehen. So lange auch sollte ich mir meinen Entschluß noch überlegen. Wollte ich dann noch immer nicht heim, dann sei es mir wohl bestimmt, eine Tunnit zu werden. Aber mein Wille sei frei. Niemand werde mich zurückhalten, wenn ich im Sommer mit Torun heimzukehren wünsche. So sagte der alte Ungartok lächelnd, und ich war ihm dankbar für seinen weisen Rat, der mir, wie ich glaubte, alle Freiheit ließ.

Erst viel später begriff ich, daß ich mit diesem Rat klug überlistet worden war. Sie alle, Torun, der alte Ungartok und am meisten wohl Pikalu, wollten ja, daß alles so kommen sollte, wie es dann gekommen ist – oder beinahe gekommen wäre. Sie waren listig genug, diese Absicht zu verbergen, und fingen mich gerade damit, daß sie mir scheinbar die Wahl ließen. Aber das ahnte ich nicht, und so schieden wir am nächsten Morgen fröhlich voneinander. Die Zauberin lenkte ihren Schlitten südwärts, und wir zogen nach Norden – zu Fuß und mit leichtem Gepäck, denn die Tunnits kennen keine Schlitten. In ihrer Heimat gibt es nicht einmal Treibholz.

Wir jagten den ganzen Sommer und waren froh. Niemals in meinem Leben bin ich so glücklich gewesen«, seufzte das blinde Mädchen, in Erinnerung versunken. Sie lächelte unbewußt, und ein feines Rot färbte ihr blasses Gesicht.

Mit Verwunderung sah es der Bruder und fragte: »Schwester, wie konntest du glücklich sein, allein mit diesen fremden wilden Männern, in einem Land, so weit von der Heimat?«

»Frage nicht zuviel!« bat sie. »Seit jenem Sommer weiß ich, wie

denen zumute ist, die ins Reich der Trolle entrückt gewesen sind. Nie wieder, an keinem Ort der Erde, können sie mehr glücklich sein.«
»Es waren aber keine Trolle, Mädchen, die dich entführt hatten«, sagte der Fremde. »Nach allem, was du von ihnen erzählt hast, waren diese Männer doch eine Art von Menschen, ohne übernatürliche Kräfte. Sprich also nicht in Märchen und Rätseln, sondern sage uns, warum du so außergewöhnlich glücklich warst. Wenn ein Frauenzimmer dergleichen behauptet«, setzte er spottend hinzu, »so ist der Grund nicht schwer zu erraten. Dieser trollhafte Bursche mit dem seltsamen Namen wird wohl am Ende dein Liebster geworden sein.«
Das Gesicht des Mädchens flammte wie blühender Mohn, aber ihre Stimme hielt sich tapfer ohne Schwanken, als sie erwiderte: »Ja, Herr, so war es.«
Baard aber rief entsetzt: »Nein, Schwester! Das kann ich nicht glauben! Du warst ja noch ein Kind!«
»Nicht so sehr, wie du meinst!« erwiderte die Blinde. »Du sollst wissen, es fehlte nicht viel, so wäre ich für immer bei ihm geblieben. Vielleicht wäre ich dann heute glücklicher, als ich bin, wahrscheinlich aber wäre ich nicht blind geworden. Wer kann das wissen! Es ist anders gekommen.
Viel zu spät, als schon der Winter kam, wanderten wir den weiten, mühseligen Weg zurück zu unserm alten Lagerplatz am Steinernen Grab. Erst als wir dort standen und den frischen Schnee vom vorigen Frühling über den Resten unseres Schneehauses sahen, dachte ich wieder an Torun, die zu Mittsommer wohl lange vergeblich auf mich gewartet haben mochte. Aber ich empfand nichts bei dem Gedanken daran, so voll war mein Herz von Pikalu. Wenn es nach mir gegangen wäre, so hätten wir gleich weiterwandern können in die Heimat der Tunnits. Denn nichts wünschte ich so sehr, wie da zu Hause zu sein, wo Pikalu es war, und ganz und gar sein Leben zu teilen.
Auch die andern trieb es heimwärts. Sie wollten die Reise vollenden, ehe die lange Winternacht kam. Dann aber geschah es

um Ungartoks willen, daß wir länger an diesem Ort verweilen mußten und am Ende doch die dunkle Zeit dort verbrachten. Der Alte war seit einiger Zeit nicht gut zu Fuß. Er hatte einmal einen schweren Sturz auf das Eis getan, und wenn er es auch verbarg, so konnte man doch merken, daß er Schmerzen litt. Das Gehen fiel ihm von Tag zu Tag schwerer. So wurde beschlossen, einige Zeit auf dem alten Lagerplatz zu rasten und die Zeit zum Ausbessern der Kleider und Geräte und zum Sammeln von Mundvorrat für die Weiterreise zu nutzen. Wir alle hatten viel zu tun. Pikalu und ich waren jeden Tag unterwegs zu Jagd und Fischfang, und es dauerte lange, bis ich merkte, daß es dem kranken Ungartok eigentlich nicht besserging, eher schlimmer als vorher. Regungslos lag er unter seinen Fellen in der Hütte, redete kaum und nahm an nichts Anteil. Eines Nachts, als alle schliefen, hörte ich ihn stöhnen und wimmern. Da begriff ich, daß er sehr krank sein mußte, schlimmer als einer von uns geglaubt hatte.
Am Morgen sagte ich es den Männern und daß etwas für ihn geschehen müsse. Ich sagte es in ihrer Sprache, so gut ich es fertigbrachte, und sie hörten mir geduldig und aufmerksam zu, während ihre Gesichter immer finsterer wurden. Einer von ihnen kroch hinein zu dem Kranken, kam bald wieder heraus und zuckte die Achseln. Sie gingen zur Seite und berieten lange miteinander. Ich konnte aber nicht sehen, daß irgend etwas für Ungartok getan worden wäre, und ärgerte mich. Als ob von klugen Reden jemals eine Krankheit besser würde!
Jedenfalls ich wollte Ungartok helfen, so gut ich es vermochte. Ich ging an diesem Tage nicht mit Pikalu zur Jagd, so sehr er mich drängte. Zornig lief er endlich allein weg. Ich kroch in die Hütte, wärmte ein Stück Fell über der Lampe und legte es dem Kranken auf die Stelle im Rücken, die ihn vor allem zu schmerzen schien. Er dankte mir mit den Augen, aber viel zu helfen schien es nicht, denn er stöhnte wieder. Ich kochte ihm einen kräftigen Sud aus einem Stück Robbenfleisch. Davon trank er ein wenig, dann konnte er auch das nicht mehr.

Ich kauerte mich neben den Kranken und sagte ihm allerlei Tröstliches, an das ich selbst kaum glauben konnte. Wie sehnte ich in diesem Augenblick Torun, die heilkundige Zauberin, herbei.
Ungartok hörte mir mit einem feinen, bitteren Lächeln zu, wie ich es noch nie an ihm gesehen hatte. Es war, als wisse er insgeheim alles besser. Mit einem Male wußte ich gar nichts mehr zu sagen. Da sprach er leise: ›Ich danke dir, Kind! Sicher meinst du es so, wie du sagst. Aber bei uns ist das alles anders. Für mich ist das Ende gekommen, so oder so.‹
›Wie meinst du das?‹ fragte ich, und es schauderte mich, noch ehe ich begriff, warum.
Da flüsterte der Kranke: ›Sie wären schlechte Jäger, versäumten sie auch nur einen Tag länger hier, wenn es keinen Nutzen mehr bringt. Und mir hilft auch die Zeit nicht mehr. Ehe sie aufbrechen, werden sie mich hinaus auf das Eis bringen und mich dort zurücklassen. Warum erschrickst du, Kind? So ist bei uns das Ende der Alten, die nicht im Kampfe fallen.‹
Ich sagte zitternd, dies sei zu furchtbar, als daß ich es von meinen Freunden glauben könnte.
›Frage sie doch!‹ erwiderte Ungartok. ›Meinst du, es wird ihnen leicht, einen alten Freund in den Tod zu schicken? Aber es ist Gesetz – das Gesetz des Nordens, das einzige, das wir kennen. Wer nicht mehr behende genug ist, Unfälle zu vermeiden, wer nicht nach jedem Sturz leicht wie im Spiel wieder aufspringen kann, der tut besser daran zu sterben, ehe er den andern zur Last wird.‹
Da schrie ich laut auf und umklammerte Ungartok, den Jäger aus dem Lande Mitternacht, als wäre er mein eigener Vater. Das war er mir ja gewesen in dieser ganzen Zeit. Nun, da ich ihn verlieren sollte, wußte ich das. Mit wem sollte ich in meiner Sprache reden, wenn er nicht mehr da war? Mit Pikalu? Er verstand nicht mehr als ein paar dürftige Worte davon und, das begriff ich wohl, würde niemals mehr lernen, weil ihm das nicht wichtig war.

Aber ich war froh, daß er mir einfiel. Sicher würde er nicht dulden, daß seinem Großvater etwas angetan wurde – er, der ganze Stolz des Alten! Er würde mir helfen, das Schreckliche zu verhindern. Ich lief hinaus, ihn zu suchen. Zum Glück traf ich ihn allein. In der hereinbrechenden Dämmerung sah ich ihn, einen Steinwurf von der Hütte entfernt, eine Robbe häuten. Ich rannte zu Pikalu und rief ihn schluchzend beim Namen. Er blickte auf und lachte mir zu, wie immer, wenn er mich sah. Ich sagte ihm alles, was mich so heftig bewegte, wie unmöglich es mir sei, das zu dulden, was dem alten Ungartok angetan werden sollte. Ich sei bereit, ihn zu pflegen, solange es nur anginge, und sollte ich Jahre in dieser Schneehütte am Steinernen Grab verbringen. Er, Pikalu, solle mir helfen und zu mir halten. Ich redete und weinte gleichzeitig.
Pikalu erwiderte nichts. Er hatte wieder zu arbeiten angefangen. Als ich verstummte, blickte er auf und lachte wieder. Er zeigte auf meine Tränen, die ihn immer sehr belustigten, und machte scherzend Miene, sie mit seinen von Blut und Fett beschmierten Händen abzuwischen. Er hatte nicht ein Wort begriffen! Wie hatte ich nur vergessen können, daß er meine Sprache nicht verstand! Irgend etwas in mir hatte wohl geglaubt, in einer solchen Sache müßten wir einander auch ohne Worte verstehen. Mich schauderte vor soviel Fremdheit.
Am Abend aber in der Hütte bekam ich zu fühlen, daß etwas von dem, was ich gesagt hatte, auf unbegreifliche Weise unter den Männern bekannt geworden war. Vielleicht hatte Pikalu doch mehr verstanden, als er hatte merken lassen? Er war der einzige, der so tat, als wäre nichts. Die andern blickten böse zu mir hin und murmelten untereinander. Dann winkten sie mir und hießen mich, bei Ungartok niederzukauern. Der Alte bemühte noch einmal seine schwachen Kräfte, um zu mir zu reden. Sie hatten es wohl von ihm verlangt.
›Du bist noch fremd unter uns, Kind‹, sagte er röchelnd, kaum hörbar, ›sonst wäre dir dein Verhalten heute schlecht bekommen. Wenn du erst länger unter uns lebst, wirst du begreifen,

daß nur solche Härte uns am Leben erhält in der harten Welt des Nordens. Für Mitleid hat unsere Sprache kein Wort. Es wäre gefährlich für uns, trügerisch wie morsches Eis oder wie eine schleichende Krankheit. Vielleicht ist es gut‹, sagte er mit einem Aufblitzen seiner schalkhaften Klugheit, ›daß es nun gerade mit mir so kommt. So lernst du beizeiten, was du wissen mußte willst du als Frau und als Mutter unter den Tunnits leben: das harte Gesetz des Nordens nicht nur zu ertragen, sondern auch zu erfüllen, das Schwache dem Tode zu überliefern, und sei es dein eigenes Kind. Glaube mir, solche Härte kann milder sein als das, was du Mitleid nennst. Jedenfalls ist es nicht Frauensache, andere Bräuche einzuführen. Vergiß das nie!‹

Ich konnte nichts erwidern. Der Hals war mir wie zugeschnürt vor Schauder. Ja, ich hatte diese Lehre begriffen und würde sie gewiß niemals vergessen! Ich dachte an die vielen Toten, die wir in jedem Frühjahr auf dem Kirchhof von Brattahlid begruben. Von ihnen war keiner gestorben, ohne daß die Seinen alles versucht hatten, ihn am Leben zu erhalten oder doch sein Leiden zu lindern. Wie viele Gänge hatte die Großmutter in der Winternacht zu den Kranken auf den Höfen ringsum getan! Und Priester Hallvard, das wußte jeder, scheute kein Unwetter, wenn irgendwo sein Trost verlangt wurde. Das aber war Menschengesetz, nicht das Gesetz des Nordens, der Wildnis – der Tiere, nach dem diese Männer hier lebten.

Als ich vom sterbenden Ungartok weg an meinen Platz in der Hütte zurückkroch, wußte ich, wohin ich in Wahrheit gehörte und was mir einzig zu tun übrigblieb …«

Die Flucht

In dieser Nacht ging ich heimlich fort. Es war eigentlich ganz sinnlos. Wie konnte ich daran denken, mich im Ernst zu Fuß auf den Heimweg zu machen, ohne ein Stück Ausrüstung, ohne Waffen! Denn ich hatte nicht gewagt, die Tunnits zu berauben, und trug nur mit mir, was mir wirklich gehörte: meine Fellkleider und den schön geschnitzten Speer aus Narwalzahn, den mir Pikalu gefertigt hatte, damals im Sommer. Wie glücklich war ich damals gewesen! Nun war ich aus dem Traum erwacht und mußte diesen harten, dunklen Weg allein gehen. Daß ich weit kommen würde, glaubte ich im Grunde nicht. Die Männer würden mich bald genug wieder einfangen. Pikalu vor allem würde nicht ruhen, bis er mich wiederhatte. Hoffte ich das nicht heimlich? Wenn er aber nicht kam, wenn niemand mich einholte, dann mußte ich bei der ersten Rast erfrieren, oder Bär und Wolf spürten mich schon früher auf. Das alles wußte ich wohl. Dennoch war es mir, als müßte ich wenigstens versuchen fortzugehen, um zu zeigen, daß der Weg dieser Männer nicht der meine war. Mir war, als könnte ich nur so meine Seele retten.

So wanderte ich in die graue Nacht hinein, dorthin, wo Süden sein mußte. Ich ging und ging, und als ich meinte, nun müßte doch bald der Morgen dämmern, da war es immer noch Nacht. Als ich von einem Hügel Umschau hielt, erkannte ich die Ursache: Ein schweres Unwetter zog hinter mir auf und verfinsterte den Himmel. Da wußte ich, daß ich doch nicht so bald verfolgt werden würde. Der Schneesturm würde meine Spur verwehen und die Männer in der Hütte zurückhalten.

Während ich das dachte, fing ich wieder zu gehen an. Solange ich weiterging, wußte ich, würde ich nicht sterben. Es kam nur darauf an, auf den Füßen zu bleiben, sich nicht hinfallen zu

lassen in den weichen, lockenden Schnee – in den Schlaf, in den Tod. Ich ging und ging. Im Anfang machte der Sturm es mir leicht. Ich hatte ihn im Rücken, er schob mich voran, so heftig, daß meine Füße kaum Schritt halten konnten. Dann aber wurde er stärker, sprang mich heulend von der Seite an und biß mit Schneewirbeln in mein Gesicht. Ich mußte die Augen schließen, aber ich ging weiter, stolperte, fiel und stand wieder auf und wußte, daß der Augenblick immer näher kam, da ich liegenbleiben würde. Kein lebendes Wesen konnte diesem Wetter standhalten.
Als ich wieder einmal stürzte, fiel ich weich, und um mich herum sprang etwas zappelnd und winselnd auf. Ich war zwischen eine Meute Hunde gefallen, die sich unter dem Schnee zum Schlafen hingelegt hatte. Ehe ich zur Besinnung kam, rief mich eine menschliche Stimme an, taumelte eine Gestalt auf mich zu und zog mich in einen kümmerlichen Windschutz – eine Höhle im Schnee, mit Fellen verhängt. Als ich wieder sehen und hören konnte, wunderte ich mich gar nicht, Torun zu sehen, die mir Hände und Füße mit Schnee rieb, während sie leise vor sich hin murrte. Es war, als wären wir kaum einen Tag getrennt gewesen. Lange danach, als ich an einer heißen Brühe gelabt und wieder imstande war, zu sprechen und zu denken, fiel mir ein zu fragen: ›Wie kommst du denn hierher?‹ Sie aber hieß mich schweigen, mit einer ängstlichen Hast, die mich wunderte.
Erst später, auf der langen mühseligen Schlittenreise gen Süden, erfuhr ich, wie es kam, daß sie im rechten Augenblick zur Stelle gewesen war, um mich zu retten. Sie hatte im vorigen Mittsommer lange auf mich am Steinernen Grab gewartet, viele Tage lang, bis sie glauben mußte, wir würden nicht mehr kommen. Dann erst war sie heimgekehrt. Sie war froh gewesen; denn sie glaubte, es sei besser für mich, bei den Tunnits zu bleiben, und ich hätte eine kluge Entscheidung getroffen. Das glaubte sie lange. Aber als die Nächte zu wachsen begannen, wurde das anders. ›Ich träumte von dir‹, sagte Torun, die Skrälingerhexe,

›nicht einmal, viele Male, und immer dasselbe. Ich sah dich nicht. Aber ich hörte deine Stimme. Du riefst nach mir, du riefest um Hilfe. Da habe ich mich auf den Weg gemacht.‹
›Aber wie kam es, daß ich dich fand?‹
›Das mußt du eine Zauberin nicht fragen!‹ erwiderte Torun, und zum ersten Male seit unserer Begegnung ging das alte verschmitzte Lachen über ihr Gesicht. Ich verstand, daß sie irgendeinen Zauber angewandt hatte, um mich von Pikalu fortzulocken und meine Schritte zu der Mulde im Schnee zu lenken, in der sie mit ihrem Gespann Schutz vor dem Unwetter gesucht hatte. Sie fragte mich auch nicht, was mich auf meinen Weg getrieben habe. Als ich es ihr sagte, begriff sie mich nicht. ›Das ist nun einmal so‹, sagte sie. ›Auch die Innuits haben diese Sitte. Anders ertrügen sie das Leben nicht. Du hast unrecht, es ihnen zum Vorwurf zu machen.‹ Ich sagte, ich machte es ihnen nicht zum Vorwurf, nur könne ich nicht so leben und die Lehren meiner Kindheit vergessen. Da nickte sie und erwiderte: ›Dann kannst du auch nicht unter ihnen leben, und es war richtig, daß du fortgegangen bist. Man muß wissen, wohin man gehört.‹
Heimlich wunderte ich mich, daß sie mir heute recht gab, sie, die sich doch anders entschieden und mir früher immer zugeredet hatte, den gleichen Weg zu gehen. Sie erschien mir überhaupt anders als früher, unruhig, sorgenvoll und nur darauf bedacht, schnell voranzukommen, fort, weit fort von dem Steinernen Grab und den Jägern aus Mitternacht. Wir reisten täglich vom Morgengrauen an, solange das Tageslicht schien und die Hunde noch Kräfte hatten. Zur Nachtruhe wühlten wir uns eine Höhle in den Schnee. Manchmal erwachte ich davon, daß Torun sich aufrichtete und hinaushorchte.
Eines Tages hieß sie mich, meine Mütze mit der ihren zu tauschen. Ich mochte ihre abgeschabte, fettige Fellhaube mit den vielen Zauberzeichen daran nicht sehr, aber weil sie es so wichtig damit nahm, gehorchte ich, denn ich glaubte, es sei ihr um irgendeinen schützenden Zauber zu tun. Ich fragte sie, ob sie

fürchte, daß wir immer noch verfolgt würden. Ganz tief in meinem Herzen glaubte ich noch und hoffte es beinah, Pikalu werde mich nicht so ziehen lassen. Ach, hatte ich nicht einmal vor langer Zeit, ganz im Anfang unserer Freundschaft, davon geträumt, er werde mit mir heimkommen in die Ostsiedlung und uns dort helfen, die Not zu überwinden? Es waren Kinderträume gewesen, fern der Wirklichkeit, aber ein Rest davon lebte immer noch in mir.

›Verfolgt? Wenn es nur das wäre!‹ murmelte Torun rätselhaft und fuhr mich an: ›Glaubst du denn, sie ließen dich ungestraft laufen, nachdem du schon eine der Ihren gewesen bist!‹ Zum hundertsten Male fragte sie mich, ob ich auch nichts mitgenommen hätte, was ihnen gehörte, und auch nichts zurückgelassen hätte, was mein wäre. Da erriet ich endlich, daß sie fürchtete, die Tunnits könnten mir einen Zauber nachsenden, mächtiger und schädlicher, als wenn sie mich wirklich verfolgten. Ich war froh, daß ich ihnen nichts weggenommen und auch, wie ich glaubte, nichts zurückgelassen hatte.

Als aber am vierten Tage unserer Reise über dem frischgefallenen Schnee endlich wieder die Sonne aufging, da merkte ich, daß ich doch etwas in der Schneehütte der Tunnits vergessen hatte: meinen Augenschirm. Es fiel mir ein, als das blendende Licht mich schmerzte, und ich sagte es Torun. ›Mach sie zu!‹ riet sie mir. ›Oder binde diesen Fellstreifen davor! Du brauchst nichts zu sehen, solange ich den Schlitten lenke. Wenn wir Zeit haben werden zu rasten, will ich dir einen neuen Augenschirm schnitzen, aber so lange mußt du dich behelfen.‹

Aber oft genug mußte ich mit zufassen, wenn es hügelauf oder über Eisschollen ging. Dann schob ich den Fellstreifen auf die Stirn und vergaß die Vorsicht. Am Abend schmerzten und tränten die Augen. Torun schalt. ›Wenn wir nur erst Zeit dazu haben‹, sagte sie, ›will ich deine Augen baden und mit guten Mitteln heilen. So lange mußt du dich in acht nehmen!‹

Als wir wiederum einige Tagesreisen weiter waren, verlor sie etwas von ihrer Unruhe. Wir konnten nun wohl glauben, ent-

kommen zu sein. An diesem Abend, ich vergesse ihn nie, lagerten wir am Fuße eines hohen Berges nahe am Meer, das zu riesigen, weißen Schollen erstarrt dalag. ›Es ist dasselbe Meer‹, sagte Torun, ›das weiter im Süden jetzt schon mit offenen Wellen an eure Insel schlägt. Wir brauchen nur der Küste zu folgen, um heimzukommen.‹ Wir hatten zum ersten Male zeitig Rast gemacht, eine richtige Schneehütte gebaut und eine warme Mahlzeit aus einem Fisch bereitet, den ich gefangen hatte. Zum ersten Male hatte Torun vom Heimkommen gesprochen, das machte mich froh und voller Zuversicht. Wie früher plauderten wir noch lange bei der Tranlampe. Torun erzählte mir den Traum ganz, der sie dazu gebracht hatte, mir zu Hilfe zu eilen.
Sie hatte geträumt, sie sei eine Möwe und jage nach Fischen, daheim über dem Isafjord, nahe der Kate, in der sie geboren war. Da habe sie mein Rufen gehört und sich gleich hoch in die Luft geschwungen, um über Berge und Meer mir zu Hilfe zu kommen. Schon habe sie mich unten auf einem Schneefeld entdeckt und herunterstoßen wollen, mich zu packen, da sei sie, von einem Pfeil getroffen, hinunter in den Schnee gestürzt, der sich sogleich weithin blutrot gefärbt habe. Aus diesem Traum habe sie geschlossen, daß meine Rettung sie selbst in große Gefahr bringen würde. Dennoch habe sie nicht anders gekonnt, als sich auf den Weg zu machen und mir zu helfen.
Am nächsten Morgen ließen wir uns zum ersten Male mehr Zeit mit dem Aufbruch. Rot brannte der Himmel über den blauen Schneebergen im Osten. Es würde ein klarer, windstiller Tag und eine mühelose Fahrt werden, hofften wir. Als die Hunde schon angeschirrt waren, stieg Torun ein Stück den Hang hinauf und spähte unter vorgehaltenen Händen nach Süden, den besten Weg zu erkunden. In diesem Augenblick fiel der erste Sonnenstrahl über die Berge und erleuchtete die weiße Welt. Da schrie ich auf: Rings um Torun war der Schnee so rot wie Blut, den ganzen Hang hinauf. Sie blickte sich um, als sie mich schreien hörte, und ich merkte, wie auch sie erschrak. ›Mein Traum!‹ sagte sie. Dann stürzte sie herab.

Sie überschlug sich im Fallen und blieb vor meinen Füßen liegen. So unerwartet kam es, daß ich mich bückte, um ihr aufzuhelfen. Da erst sah ich den Pfeil. Er stak ihr im Nacken und drang an der Kehle heraus. Ich erkannte ihn auf den ersten Blick, das Zeichen am Schaft, die Lummenfedern, die auf besondere Weise angebracht waren. Oft genug hatte ich genau so einen Pfeil selbst auf den Bogen gelegt und auf Vögel und Hasen abgeschossen, bei Jagd und Spiel. Dies aber war kein Spiel! Ich begriff sogleich, was es bedeutete, diesen Pfeil dort wiederzufinden, wo er saß. Dic Flucht war aus, wir waren gestellt. Größer noch als mein Schrecken war die schmerzliche Verwunderung darüber, daß dies die Art war, in der Pikalu mich verfolgt hatte. Aber wenn er es so wollte, nun, dann sollte er auch sein Werk vollenden. Ich legte den Kopf auf die Knie und wartete auf den zweiten Pfeil.
Nichts geschah. Als ich endlich wieder aufblickte, schien die Sonne schon weit über den Hang herunter. Aber so weit ich mich auch umsah in dem hellen Morgenlicht, weder auf dem Hang noch draußen auf dem Schollenfeld rührte sich etwas. Der den Pfeil abgeschossen hatte, zeigte sich nirgends.
Da regte sich Torun und ächzte leise. Die Mütze – meine Mütze mit dem Futter von Schneehasenfell – fiel ihr vom Kopf, als sie sich aufzurichten versuchte. Ich sah es – und plötzlich fiel mir unser Mützentausch ein. Hatte sie vielleicht damals schon diesen Morgen vorausgesehen und den Pfeil von mir ablenken wollen? Ich beugte mich über sie und wollte sie fragen. Sie bemühte sich zu sprechen und vermochte es nicht. ›Fort!‹ röchelte sie. ›Fort, fort!‹ Mir fiel ein, sie könnte vielleicht noch zu retten sein. Ich versuchte, den Pfeil aus ihrem Halse zu ziehen, aber sie verwehrte es mir. Blut quoll aus ihrem Munde, sie konnte nicht mehr sprechen. Nur ihre Augen redeten deutlich genug. ›Laß mich nicht allein!‹ flehten sie, und ich begriff. Es war das einsame Ende der Alten, der Tod nach dem Gesetz des Nordens, den Torun, die Zauberin, fürchtete. Sie wollte nicht allein sterben. Und plötzlich vergaß ich mein Grauen, riß ein Fell vom

Schlitten, wickelte sie ein wie ein Kind, zerrte sie auf den Schlitten und band sie auf den Fellbündeln fest. Wenn in diesem Augenblick noch Leben in ihr war, so muß sie Schreckliches dabei ausgestanden haben. Aber ich hörte keinen Laut von ihr. Sie war wohl schon tot.

Von jenem Morgen an wurde meine Reise eine Flucht in blinder Angst, ohne Besinnen, fast ohne Rast – und ohne Hoffnung zu entkommen.«

»Sie verfolgten dich?« fragte Baard gespannt.

»Ein paar Tage lang glaubte ich das«, erwiderte Birgit, »und schrak bei jedem Windstoß und jedem Möwenschrei zusammen. Dann aber, als es Nacht und Tag und wieder Nacht und wieder Tag wurde und keine schnellen Jäger aus Mitternacht, weder einzeln noch zu vieren, über den Schneefeldern auftauchten, da wurde meine Angst noch größer.«

»Das verstehe ich nicht«, sagte Baard.

»Ist das so schwer?« erwiderte Birgit. »Vielleicht sollte ich nicht davon reden. In dieser Stadt Kopenhagen ist es gefährlich, von solchen Dingen zu wissen. Ich glaubte nicht mehr, daß Pikalu mir wirklich gefolgt war und daß sein Pfeil Torun aus der Nähe getroffen hatte. Vielleicht war er viele Meilen entfernt abgeschossen worden. Torun hatte fest daran geglaubt, daß die Tunnits solche Künste verständen. Das war das Schlimmere, das sie gefürchtet hatte, die Strafe, die mich ereilen würde. Von nun an glaubte ich mich mitten auf freiem Felde nicht sicher und fühlte jeden Augenblick schon den Pfeil im Genick.«

»Wie bist du nur dennoch entkommen?« fragte Baard verwundert, und Jon der Grönländer brummte halb beifällig: »Du spinnst da ein tolles Garn, mein Mädchen!«

Der Fremde aber ließ sich spöttisch vernehmen: »Wahrhaftig, dies zu glauben fällt schwer! Ich würde dich für die geschickteste Märchenerzählerin halten, Mädchen, käme nicht in deiner Geschichte so manches vor, was man nicht am Spinnrocken erfinden kann. So habe ich bisher versucht, dir zu glauben.

Nun aber mutest du uns allzuviel zu. Wie konnte ein Kind wie du, ein schwaches Mädchen, aus einer solchen Lage heil entkommen, ohne fremde Hilfe? Das ist unmöglich, oder – es ging nicht mit rechten Dingen zu!«
»Das mögt Ihr wohl glauben, Herr!« erwiderte die Blinde, die bei seinen letzten Worten zusammmengeschreckt war. Sie kannte den heimlichen Verdacht, der in diesen Worten wie eine Schlinge ausgeworfen war. »Wenn Ihr mich fragt, wie es möglich war, so kann ich Euch nicht antworten; denn Sinn und Verstand waren mir vor Angst ganz abhanden gekommen, und ich habe kaum eine Erinnerung an die Tage, die nun folgten. Es ist wahr, nicht meine eigene Kraft, nicht mein Verstand retteten mich. Die Hunde taten es. Toruns treue und kluge Hunde. Sie fanden den Weg zurück, den ich niemals gefunden hätte. Sie wärmten mich, wenn ich nachts zwischen ihre zottigen Leiber kroch, zu müde und verzagt, um mir eine Hütte zu bauen oder auch nur eine Höhle im Schnee. Sie scheuchten mehr als einmal mit ihrem Gebell Bären und Wölfe fort, die uns hungrig umschlichen. Und sie hielten durch und liefen weiter, immer nach Süden, an der Küste entlang, auch als ich zu schwach wurde, die Peitsche zu schwingen, und vor Schmerzen in den Augen den Weg nicht mehr sehen konnte; denn nun war keine Torun mehr da, die mich anhielt, die Augen zu schützen. Ich hätte ihren Augenschirm nehmen können, den sie ja nun nicht mehr brauchte. Aber daran dachte ich nicht, wenn ich auch keinen Augenblick vergaß, daß sie immer noch bei mir war, ein regloses Bündel hinter mir auf dem Schlitten. Es kam mir nicht in den Sinn, sie irgendwo zurückzulassen. Ich hatte es nicht von Anfang an vorgehabt, aber eines Tages wußte ich, daß ich die Tote mit heimnehmen und auf dem Friedhof von Brattahlid in geweihter Erde begraben wollte, damit sie bei ihren Eltern und Vorvätern und unter Christen liege. Vielleicht war es dieser Gedanke, der mich am Leben erhielt und mich zwang, an jedem Morgen von neuem aufzubrechen.«
»Wovon lebtest du denn?« fragte der Fremde.

Die Blinde zuckte die Achseln. »Herr, ich weiß es nicht. Vielleicht war noch etwas Mundvorrat in Toruns Beuteln, vielleicht habe ich den Hunden manchmal ein Stück von einem Hasen oder Fuchs abgejagt, den sie sich fingen; denn abends band ich sie immer los, damit sie sich Nahrung suchen konnten. Vielleicht habe ich auch viele Tage lang gehungert. Ich weiß es nicht mehr.

Wir waren inzwischen so weit in den Süden gekommen, daß ich den Frühling spürte. Wenn die Sonne hervorbrach, wärmte sie schon, der Wind roch anders als zuvor, und wenn wir im Schutz der Klippen nahe der Küste übernachteten, hörte ich die Schmelzwasserbäche von den Hängen stürzen. Noch trug das Meereis, aber es war besser, sich nahe am Land zu halten. Die klugen Hunde wußten das. Dann hörte ich eines Morgens die Schneeammer singen – weißt du noch, Baard, wie sie daheim auf der Insel sang? Dann wußten wir, der Winter war zu Ende –, und als ich sie nun hörte, habe ich laut geweint und gelacht; denn ich ahnte zum ersten Male, daß ich heimkommen würde von dieser Fahrt, aber ich begriff auch, wie völlig ohne Hoffnung ich bis zu diesem Tage gewesen war.

Der Weg wurde nun immer mühsamer. Das Eis war nicht mehr sicher, wir zogen am steinigen Strand entlang, über immer schlechteren Schnee, durch den oft schon Steine und Gestrüpp stießen. Dann, eines Abends, saßen die Kufen fest in Geröll und Schlamm. Die Hunde konnten nicht weiter und warfen sich mit hängenden Zungen nieder. Ich erstieg eine Klippe, die am Wege lag, um Ausschau zu halten.

Da blickte ich in eine weite Talmulde, die sich vom Ufer landeinwärts streckte. Sie war frei von Schnee und schon grün. Schafe weideten da und dort, und hoch am Hang, unterhalb der Berge, die das Tal umschlossen, lag ein Hof, groß und stattlich, mit vielen steinernen Häusern, unter dem bläulichen Rauch von Holzfeuern. Ich rieb mir die Augen und kniff mich in den Arm; denn ich glaubte, es müßte ein Traum sein. Langsam stieg ich von der Klippe hinunter, die nach dieser Seite mit

einem sanften Rasenhang abfiel. Aber Hof und Tal verschwanden nicht, und die Schafe kamen auf mich zu und leckten an meinen Händen, und ihr Fell war warm und fettig und roch wie daheim.
Ein Mann kam vom Hof herunter, blieb stehen und sah mich verwundert an. Als ich ihn anredete, bekreuzigte er sich und antwortete: ›Noch nie, so lange ich denken kann, sind fremde Leute unseresgleichen hierhergekommen, und nun kommst du, ein Mädchen, allein und in der Tracht eines Skrälingerweibes.‹ Er faßte mich plötzlich an der Hand und sagte: ›Komm, wer du auch sein magst! Du brauchst Hilfe, das sehe ich.‹
Er führte mich hinauf zum Hof und in das Wohnhaus. Da waren die geschnitzten Türbalken mit Runen und Tiergestalten, da standen Wasserfaß und Milchtrog, da hing all das wohlbekannte Hausgerät, Schöpfkelle, Löffel und Eßbretter, schön geschnitzt wie daheim, und eine blonde Frau im langen Kleid stand von der Wiege auf und legte den Spinnrocken beiseite. ›Wen bringst du denn da?‹ fragte sie in höchster Verwunderung. Weiter hörte ich nichts mehr; denn ich fiel der Länge nach in die Stube und wußte nichts mehr.
Als ich wieder zu mir kam, lag ich auf einer Bank, mit einem Wollkissen unter dem Kopf, und die Frau hielt mir einen Becher mit warmer Milch an den Mund und ermahnte mich, ganz langsam und vorsichtig zu trinken. ›Denn du mußt lange Hunger gelitten haben, das kann ich sehen‹, sagte sie freundlich. Sie hatte mir die Pelzkleider ausgezogen, und ich erschrak und schämte mich vor ihr, als ich sah, wie schmutzig und verlaust ich darunter war. ›Laß nur!‹ sagte sie. ›Mein Mann heizt draußen schon die Badestube für dich. Du mußt Schweres durchgemacht haben.‹
In dieser Nacht schlief ich nach langer Zeit zum ersten Male wieder rein gewaschen in einem Bett wie daheim. Erst am nächsten Morgen fiel mir alles wieder ein, was ich erlebt hatte, als ich, noch halb schlafend, den Mann von draußen hereinkommen und zu seiner Frau sagen hörte, drüben jenseits des

Tales hinter der Klippe heule es wie ein ganzes Rudel Hunde oder Wölfe. Er wolle nur seinen Spieß holen und hinübergehen, um nachzusehen, was es dort gebe. Da setzte ich mich auf und sagte, das seien meine Hunde, ich selbst wolle gehen.

Der Mann und die Frau sahen mich verwundert an, und nun endlich fragten sie. Da berichtete ich, so kurz und in so guter Ordnung, wie ich es fertigbrachte, nicht alles, aber das Wichtigste. Sie hatten Torun gut gekannt, die Skrälingerhexe. Oft war sie bei ihnen eingekehrt und hatte zwischen ihnen und den Skrälingern Frieden und Freundschaft hergestellt. Seit Torun da war, hatten sie auf ihrem Hofe nichts mehr von den Feindseligkeiten der Schlitzäugigen zu fürchten gehabt, die ihren Eltern früher das Leben schwergemacht hatten. Es war schlimm, daß sie nun tot war.

›Aber‹, fragte der Mann, ›wie lange hast du denn die Leiche nun schon mitgeschleppt? Warum tust du das?‹ Ich erwiderte, daß ich ihr im Sterben versprochen hätte, sie mit heimzunehmen und daheim in Brattahlid in geweihter Erde zu begraben.

›In Brattahlid! Das ist noch viele Tage weit, und es ist Frühling‹, sagte der Mann. ›Sie muß in die Erde, geweiht oder nicht!‹

Da sagte die Frau: ›Du brauchst nicht so weit zu reisen, um einen Friedhof zu finden. Nur eine halbe Tagesreise südwärts von hier steht eine Kirche aus Vorvätertagen. Sie ist verfallen und ihr Kirchhof auch. Aber geweiht ist der Boden auch dort. Ich habe niemals gehört, daß sich so etwas verliert. Begrabe sie dort, und ihre Seele wird zufrieden sein!‹

Der Mann sagte, das sei ein kluger Rat. Er selbst wolle mich am nächsten Tage in aller Frühe mit der toten Torun im Boot hinüberfahren und mir helfen, sie zu begraben. Auch ich konnte nichts gegen diesen Vorschlag sagen und dankte den beiden von Herzen. Dann aber nahm ich meinen Mut zusammen und fragte den Mann, ob er mich, wenn er mir nun schon helfen wollte, nicht in seinem Boot gleich weiter die Küste entlang und heim nach Brattahlid bringen könnte.

Der Mann lachte kurz auf und fragte mich, ob ich denn wüßte, wie weit ich von daheim sei. Ich sei im äußersten Norden der Gegend, die vorzeiten die Westsiedlung geheißen habe und längst von Menschen verlassen sei. Man würde viele Tage und Nächte brauchen, um im Boot an öder, gefährlicher Felsenküste und drohenden Eisbergen vorbei nach dem Eiriksfjord zu kommen. ›Aber‹, setzte er finster hinzu, ›auch wenn dein Brattahlid im nächsten Fjord läge, nicht weiter als eine Tagesfahrt von hier, ich würde dich nicht dorthin bringen. Die Männer der Ostsiedlung haben vor vielen Jahren meinen Großvater auf ihrem Thing zu Gardar geächtet, so daß er hierher in den äußersten bewohnbaren Norden flüchten mußte und sich zeit seines Lebens nicht mehr unter den Menschen sehen lassen konnte. Auch mein Vater durfte das noch nicht wieder wagen, und ich, nun – ich wollte es dann nicht mehr und will auch jetzt nichts mit dem hochmütigen Volk in der Ostsiedlung zu tun haben.‹

Er erzählte mir, daß sie nicht immer so einsam hier gelebt hätten. Auch seine Frau stamme von Geächteten ab. Es seien immer mehrere gewesen, die sich hier in den verlassenen Höfen der Westsiedlung niedergelassen und Kinder und Kindeskinder aufgezogen hätten. Denn in alten Zeiten, als sie sich noch mächtig fühlten, seien die großen Leute in der Ostsiedlung, zumal die Priester, schnell bei der Hand gewesen mit der Ächtung, wenn irgend jemand ihnen nicht paßte. Nicht immer seien es Gewalttäter oder schlechte Menschen gewesen, die aus dem Lande gewiesen worden seien. Sie seien hier ein kleiner, aber rauher und zäher Stamm gewesen, schlechte Christen sicher, da wolle er sie nicht rühmen, aber mit dem Leben im Norden seien sie wohl besser fertig geworden als die Frommen der Ostsiedlung. Dort solle es ja nicht zum besten stehen, wie man höre. Und er lachte wieder voll bitterer Schadenfreude.

›Du solltest bei uns bleiben!‹ riet die Frau freundlich. ›Hier würdest du es besser haben als daheim. Ich habe noch einen Bruder, der hoch oben in den Bergen als Jäger lebt, auch auf einem schönen Hof, und nur den Winter über bei uns ist. Er sucht schon lange nach einer Frau, denn mit den Skrälingerweibern hat er nicht viel im Sinn. Du wärest gerade die Richtige für ihn, wenn nur die Hälfte deiner Geschichte wahr ist.‹

Als die Frau das sagte, erschrak ich sehr und wußte nicht, warum. Tief in mir rührte sich etwas, was ich vergessen hatte und vergessen wollte. Mir war, als schliefe da drinnen ein tödlicher Schmerz, den wollte ich nicht wecken – mich nicht erinnern. So erwiderte ich laut und heftig, ich wolle keinen Mann haben, sondern heim in die Ostsiedlung.

Aber die Frau gab es noch nicht auf und fragte: ›Heim in die Ostsiedlung? Sicher weißt du nicht, wie schlimm es dort steht. Ein großes Sterben soll eingezogen sein. Was willst du dort, du junges Kind?‹

Ja, was wollte ich dort? Mit Worten hätte ich es der Frau nicht sagen können, ich wußte es selbst kaum mehr. In diesen beiden Wintern war ich so weit umhergetrieben worden, hatte so viel erlebt, daß ich fast vergessen hatte, wo ich daheim war. Ich dachte nach, ich versuchte, mich zu erinnern, und mit einem Male fiel es mir wieder ein: Die Großmutter war tot, Baard und der Vater außer Landes gezogen, nach Winland – Ole und das Schiff, das Schiff aus Winland! Vielleicht war es längst gekommen und wieder abgefahren. Vielleicht kam es heute oder morgen im Eiriksfjord an. Dort im Süden mußte es schon Frühling sein.

Da erzählte ich den beiden von dem Winlandschiff, von Vaters Ausfahrt vor vielen Jahren, von dem fremden Schiff, das vor einigen Jahren im Eiriksfjord überwintert hatte und im Frühling darauf mit meinem Bruder an Bord nach Winland abgesegelt war, um Hilfe zu holen. Vielleicht war es schon im vorigen Sommer heimgekehrt. Aber die beiden Leute meinten, davon würden sie sicher durch die Skrälinger erfahren haben, wie sie auch schon von dem fremden Schiff und von Baards und des Vaters Ausfahrt Gerüchte gehört hatten. Ich merkte, daß die Frau nachdenklich geworden war und ihren Mann so ansah, als wolle sie ihm etwas sagen.

Nun aber winkte mir der Mann, mit ihm hinauszukommen und nach den Hunden zu sehen. Wir hörten sie die ganze Zeit heulen, während wir durch die Talmulde und über den Hügel gingen. ›Was willst du mit ihnen tun?‹ fragte der Mann. ›Mitnehmen kannst du sie doch nicht; denn wie wolltest du sie ernähren?‹ Er hatte recht. Aus diesem Grunde wurden bei uns daheim schon lange keine Hunde mehr gehalten. ›Wir sollten sie totschlagen‹, fuhr der Mann fort, ›denn sonst werden sie vor Hunger zu reißenden Tieren werden und über meine Schafe herfallen. Ich will es für dich tun!‹ Ich gab ihm keine Antwort. Wie konnte ich es zulassen, daß meinen treuen Rettern etwas angetan würde! Bergab kam ich schneller als der Mann und war um ein paar Schritte eher bei den Hunden, die mich gleich umdrängten. Schnell durchschnitt ich ihre Leinen und ließ sie laufen, wohin sie wollten.

›Bist du toll!‹ schrie der Mann. ›Was tust du da?‹ Er wußte genau wie ich, daß er den Hunden nichts anhaben konnte, solange sie frei umherliefen. Ich bot ihm den Schlitten an und alles, was an Gerätschaften darauf war, all die schöne, kunstvolle Skrälingerarbeit, dafür, daß er meinen guten Freunden nicht länger nachstellte. ›Wenn sie nur meine Schafe in Ruhe lassen!‹ murrte er, schon halb versöhnt. Vielleicht begriff er im Grunde doch, warum ich seinen Wunsch nicht erfüllen konnte.

Wir nahmen die Leiche in ihrer Fellhülle auf und trugen sie über den Hügel zum Boot des Mannes, das auf dem Strande lag. Die Hunde begleiteten uns auf unserem Wege und blieben noch lange und die ganze Nacht hindurch bei dem Boot, als wüßten sie, daß nun der letzte Abschied von ihrer Herrin gekommen war.

Danach trugen wir die Sachen Stück für Stück zum Hause hinauf, zuletzt den Schlitten. Die Frau bewunderte alles sehr, und vieles von den Dingen konnte ihnen gewiß sehr nützlich sein, vor allem der Schlitten.

Am Abend sagte die Frau zu mir: ›Deine Augen scheinen mir

sehr krank, Mädchen. Du solltest hierbleiben, bis sie geheilt sind. Ich weiß gute Mittel dafür.‹ Ich aber dachte daran, daß auch Ole sehr geschickt im Heilen kranker Augen war, und fand, das sei kein Grund, länger hierzubleiben, wenn – ja, wenn der Mann mich wirklich nach Hause bringen wollte. Ich hatte aber schon einige Worte der Frau aufgefangen, die mir Hoffnung machten. Ihr ließ das keine Ruhe, was ich von den Winlandfahrern berichtet hatte. Sie wollte gern, daß ihr Mann in die Ostsiedlung reiste, um zu erfahren, was an dieser Geschichte sei. ›Denn wenn sie wirklich alle zu Schiff gingen und Grönland verließen, so wäre es doch seltsam, in diesem Lande ganz allein zurückzubleiben, so wenig wir auch je von dieser Nachbarschaft bemerkt haben. Wir müssen an unsere Kinder denken, Mann!‹ Der Mann brummte, aber ich konnte merken, daß er gewonnen war, und als ich ihn gegen Abend Decken und Beutel voller Mundvorrat zusammenpacken sah, da war ich meiner Sache sicher.

In der Nacht lag ich wach, weil meine Augen in der rauchigen Wärme der Stube schmerzten. Da hörte ich die Frau in dem großen Pfostenbett auf der anderen Seite der Stube leise mit ihrem Mann reden. ›Das Kind tut mir leid‹, sagte sie, ›so jung, schön und mutig und so froh, daß sie nun heimkehren kann. Aber von dort ist noch keiner ohne ein Zeichen wiedergekommen, wenn er überhaupt wiederkam!‹ Der Mann brummte: ›Nun, sie scheint mir lebendig genug und sehr genau zu wissen, was sie will!‹ Aber die Frau beklagte mich weiter: ›Sieh sie dir genauer an! Sie ist eine Gezeichnete. Die Augen machen mir Sorge, aber vielleicht ist es auch etwas anderes!‹ Dies Gespräch in dem dunklen fremden Haus dünkte mich unheimlich und rätselvoll. Als ich aber im Morgengrauen geweckt wurde, glaubte ich, geträumt zu haben. Erst später wieder sind mir die Worte der fremden Frau eingefallen, und da war kein Rätsel mehr darin.

Durch Frühnebel und über bereiftes Gras trugen wir drei das Gepäck zum Boot, beluden es und schoben es ins Wasser. Der

Mann sagte zur Frau, er werde sich beeilen und so bald wie möglich heimkehren. Sie möge den Bruder benachrichtigen, wenn sie nicht allein bleiben wolle. Noch lange winkte sie uns vom Ufer, ihr Kind auf dem Arme, ehe wir sie zum Haus zurückgehen sahen. Sie hatte mir von ihren eigenen Kleidern geben wollen. Aber ich hatte ihr gedankt und mein Fellkleid wieder angezogen. Ich war so daran gewöhnt, daß ich in gewebten Kleidern fror. Auch war es der letzte Besitz, der mir aus dem fremden Leben geblieben war, und ich konnte mich nicht so schnell davon trennen wie von den anderen Dingen.
Wir segelten hinaus in den Fjord und ein Stück über offene See die Küste entlang, bis wir gegen Abend in eine Bucht steuerten, wo eine Kirche hoch von einem Hügel im letzten Tageslicht schimmerte. Erst als wir am Ufer anlegten, sah ich, daß sie ohne Dach, ohne Türen und Fenster war, umgeben von einer verfallenen Friedhofsmauer und den Trümmern verlassener Höfe und Häuser. Wir wateten durch das flache Wasser an Land und stiegen zur Kirche hinauf. Es waren wirklich nur noch die kahlen Mauern da. Aber auf dem Friedhof zwischen Gras und Gestrüpp standen unversehrt die Grabkreuze aus Holz und verwitterte Steine mit Schrift und Kreuz. Wir fanden ein eingesunkenes Grab, aus dem Steine und Erde leicht herauszugraben waren, so daß eine nicht sehr tiefe Grube entstand. Dann trugen wir das Fellbündel aus dem Boot herauf, und im letzten Tagesschimmer bestatteten wir Torun.
Dann suchten wir unser Nachtquartier im Schutz der dicken Kirchenmauern. Früh am Morgen stiegen wir wieder ins Boot und segelten südwärts, viele Tage lang, immer in Sicht der Küste, oft in Angst wegen der riesigen Eisblöcke, die von den Gletschern an der Küste mit Donner und Gischt ins Meer stürzten. Zu unserem Glück aber blieb das Wetter klar und still bei stetigem Wind, der uns nach Süden trieb. Am Abend des vierzehnten oder fünfzehnten Tages trafen wir weit draußen zwischen den Schären ein kleines graues Boot, darin saß ein kleiner grauer Mann, und das war Ole...«

Gezeichnet

Danach muß manches geschehen sein, von dem ich nichts mehr weiß. Als ich wieder zu mir kam, lag ich auf meiner alten Schlafbank daheim in unserer Hütte auf der Insel. Ole sagte mir, ich hätte lange Zeit krank und ohne Besinnung gelegen, und er sei in großer Sorge gewesen, ob ich am Leben bleiben würde. Von meiner Heimkehr sprach er nicht und auch nicht von dem Mann, der mich gebracht hatte. Niemals fragte er mich nach dem, was ich erlebt hatte, und ich war noch lange viel zu schwach, um davon zu reden oder mich auch nur zu erinnern. Es war, als hätten Leib und Seele sich aufgebäumt gegen das, was ihnen zugemutet worden war, weit über ihr Vermögen. Meine Augen schmerzten schlimmer als je zuvor, ja dieser Schmerz war das erste, was ich in meiner Bewußtlosigkeit wieder fühlte. Ole tat alles, was er konnte, versuchte Bäder und Salben, umsonst. Es kam der Tag, da er kopfschüttelnd sagte: ›Das hat nicht die Sonne allein getan. Da muß ein mächtiger Zauber mit im Spiele sein. Helf dir Gott, du armes Kind!‹

In diesem Augenblick fielen mir die Worte ein, die ich irgendwann und irgendwo in einem dunklen, fremden Hause hatte sagen hören, und ich erwiderte: ›Ja, Ole, sie haben mich gezeichnet. Niemand entkommt ihnen heil.‹

Ein paar Nächte später wachte ich davon auf, daß ich im Schlaf laut schrie. Ole hielt mich umfaßt und redete mir zu wie einem Kinde. ›Sei ruhig, sei ruhig! Es ist nichts. Du hast nur schlecht geträumt!‹ Als ich ihn fragte, sagte er, ich hätte Worte geredet, die er nicht verstand, und immer wieder das gleiche gerufen. Nun gab ich keine Ruhe, bis er endlich sich zu erinnern vorgab und das Wort aussprach, das ich im Traum gerufen haben sollte: Pikalu.

Da zerriß das Dunkel, das Schwäche und Krankheit mitleidig über das Vergangene gelegt hatten. Die Erinnerung war erwacht und der tiefe, tödliche Schmerz, den ich hatte vergessen wollen. Ich schrie und weinte und wollte mich nicht trösten lassen. Ob Ole erriet, was dies Wort, dieser Name mir bedeutete? Ich glaube es wohl, denn danach hat er mich nie gefragt. Was hätte ich ihm auch antworten sollen, wenn er hätte wissen wollen, wer Pikalu sei: mein Jagdgefährte, mein Freund, mein Liebster – und mein grimmigster Feind, der nur durch einen Zufall an meiner Statt Torun getötet hatte, die kluge und treue Zauberin? Wie hätte ich ihn nennen sollen nach all diesem? Aber ich konnte es nicht verhindern, daß mein Herz zerrissen war vor Sehnsucht nach ihm und nach dem Lande Mitternacht, nach dem wilden, starken Glück des vergangenen Sommers. Nie wieder, das fühlte ich, konnte ich so sein wie damals, so frei und stark und froh.
Dazu kam, daß meine Augen nicht mehr den geringsten Sonnenstrahl vertrugen. Ole erlaubte mir nicht hinauszugehen, solange es Tag war. Nur abends und in den hellen Nächten, die nun kamen, durfte ich Meer und Himmel sehen. Das war hart. Mehr als je verlangte es mich nach Sonne, Gras und Blumen, nach dem Summen der Mücken und dem Vogelsang. Nun hockte ich den ganzen Tag in der halbdunklen Hütte nahe am Eingang, wo ich wenigstens manchmal einen sommerlichen Hauch oder einen Vogelschrei erhaschen konnte. Nicht einmal spinnen oder sonst etwas mit den Händen tun durfte ich. Da blieb mir nur das Grübeln über das Verlorene. Sehr einsam war ich in diesem Sommer daheim.
In der Mittsommernacht saß ich oben auf unserer Klippe und blickte auf den stillen Fjord hinaus, der das blasse Dämmerlicht der Nacht widerspiegelte. Ole hatte meiner Augen wegen nicht erlauben wollen, daß wir wie in früheren Jahren nach Brattahlid hinüber segelten, wo nun wohl Festfreude und Tanz auf der Wiese hinter der Kirche sein würde. Zum ersten Male seit meiner Heimkehr sehnte ich mich, die Verwandten und

Freunde daheim wiederzusehen. Ich fühlte mich gesund. Ole, dünkte mich, sei härter zu mir, als er sein dürfe, und die Tränen waren mir nahe. Ole fühlte wohl, wie mir zumute war. Er ist uns ja immer ein guter Freund gewesen. Nun kam er heraufgestiegen und setzte sich stumm neben mich.
Nach einer Weile fing er an: ›Glaube doch nicht, daß du etwas versäumst, weil du nicht dabeisein kannst! In Brattahlid wird diesmal nicht viel Freude und Lustbarkeit sein.‹
›Warum glaubst du das?‹ fragte ich.
Er schwieg lange, als überlege er, was er mir sagen solle. Dann sprach er: ›Schon im vorigen Sommer war es nicht weit her damit. Der vergangene Winter war besonders schlimm. Es sind nicht mehr viele da, die tanzen und sich freuen mögen.‹
Da dachte ich zum ersten Male seit langer Zeit wieder an die bittere Not im Lande und fühlte Reue, daß ich sie so hatte vergessen können. War nicht gerade mir auf eine dunkle, geheimnisvolle Weise der Auftrag zugefallen, den Meinen Rettung zu bringen? Ich schämte mich meiner Vergeßlichkeit und sprach voller Vorwurf zu Ole: ›Warum redest du zu mir wie zu einem Kinde? Warum sagst du mir nicht die Wahrheit, wie es mit Brattahlid steht? Und warum willst du nichts von dem wissen, was ich erlebt habe? Glaubst du nicht, daß dies alles vielleicht miteinander zu tun hat? Ole, guter alter Freund! Begreife doch, daß ich kein Kind mehr bin und in diesen zwei Jahren manches erfahren habe, was uns allen vielleicht ein wenig helfen kann. Laß uns in dieser Nacht endlich wahrhaftig miteinander reden!‹
›Gerade das wollte ich dir ersparen!‹ brummte Ole. ›Es ist viel besser, du vergißt alles wieder. Denn an der Wirklichkeit wirst du nichts ändern. Das alte Mißtrauen im Lande ist noch groß. Ich denke, du weißt, was deiner Großmutter geschehen ist.‹
›Und du weißt es auch! Hast du es immer gewußt?‹
Er nickte. ›Geahnt habe ich es lange und endlich auch Gewißheit bekommen. Aber was sollte es für einen Nutzen bringen, davon zu reden? Willst du es tun und Klage führen?‹

Ich schüttelte den Kopf. ›Wer würde meine Klage anhören, und wer würde richten? Nein, aber ich will das, was die Großmutter für uns gewollt hat, weiterführen, so gut ich kann. Ich will wenigstens versuchen, etwas zu tun, was alle oder doch einige retten könnte.‹ Ole riet mir ab, es werde sinnlos sein und nur uns beide in Gefahr bringen. Ich aber bat ihn anzuhören, was ich zu berichten hätte, und danach zu urteilen.
Die ganze helle Sommernacht hindurch blieben wir auf der Klippe sitzen, und ich erzählte Ole, was ich auf meiner langen Reise in das Land Mitternacht erlebt hatte. Während der einsamen Wochen in der Hütte war mir alles wieder eingefallen, wenn es mir auch seltsam und kaum zu fassen schien, daß ich es sein sollte, die diese wundersamen Dinge erlebt hatte.
Ole hörte mir still zu, ohne mich zu unterbrechen. Am Ende sagte er: ›Daß noch Nachkommen der Westsiedlungsleute weit im Norden leben, hätte wohl niemand gedacht. Schade, daß wir es nicht früher gewußt haben!‹
›Die Großmutter wußte es!‹ rief ich nicht ohne Vorwurf dazwischen.
›Ja, sie wußte mehr, als irgend jemand ahnte‹, gab Ole zu. ›Das war es, was ihr den Tod gebracht hat. Zuviel zu wissen ist niemals gut.‹
Ich war anderer Ansicht und glaubte – damals glaubte ich noch daran! –, das rechte Wissen zur rechten Zeit habe wohl die Macht, Unheil abzuwenden. Ole schüttelte den Kopf dazu. Nun aber war ich mit meinem frischen Mut die Stärkere und überredete ihn, mit mir die Fahrt fjordeinwärts nach Stockanes, zu Ohm Lodin, zu wagen.
In der folgenden Nacht schoben wir das Boot ins Wasser und machten uns auf den Weg. Wir fuhren bei Nacht, um meiner Augen willen. Wir glitten an den öden Felsenhängen vorbei, die der milchweiße Schein der Sommernacht taghell beleuchtete. Nie waren sie mir so menschenverlassen erschienen wie auf dieser Fahrt. Ich wußte, da lagen überall Höfe und Fischerhütten, Ställe und Hürden voller Schafe. Aber nichts Lebendes

war zu sehen oder zu hören. Es war, als wäre die ganze Welt ausgestorben. Bei Sonnenaufgang steuerte Ole ans Ufer. Er wollte, daß wir Rast machten bis zum Abend, und ging mir voran zu einer Hütte nahe am Ufer. Fischereigeräte hingen darin, und ein Haufen trockener Tang mochte schon früher jemandem zum Lager gedient haben. Die Tür fehlte.

›Leg dich nieder und schlaf!‹ befahl Ole und breitete Felle und Decken aus, die wir mitgebracht hatten. Die Augen schmerzten mich mehr, als ich mir zu sagen getraute. Ich legte mein Tuch darüber, um sie selbst vor dem gedämpften Licht in dieser fensterlosen Hütte zu schützen. Das Tanglager roch nicht gut, aber kaum lag ich darauf, so schlief ich auch schon.

Als Ole mich weckte, lag draußen auf Felsen und Fjord der purpurrote Schein der Stunde nach Sonnenuntergang. Wir ruderten noch zwei Stunden und hatten harte Arbeit damit; denn der Wind war eingeschlafen.

Gegen Mitternacht endlich legten wir an der Landestelle vor Stockanes an. Von dort war es nicht mehr weit nach Brattahlid, bei Tage hätten wir die Häuser deutlich sehen können.

Aber wir wollten ja zu Ohm Lodin. Wir gingen an Land und stiegen die Hauswiese hinauf zum Hof. Kein Mensch war zu sehen, kein Tier bewegte sich. Es war ja auch mitten in der Nacht. Dennoch rührte mich diese Stille sonderbar unheimlich an. Ich war froh, als im Hause eine Tür ging und ein Licht aufleuchtete. Man mußte unsere Schritte auf dem Geröll von weitem gehört haben.

Unter der Tür stand ein gebückter Mann mit grauem Haar. Erst an dem langen dunklen Rock, der ihm bis auf die Füße reichte, erkannte ich Priester Hallvard und erschrak, ihn hier zu sehen. Stand es so schlimm mit dem Oheim, daß der Priester die Nacht hier verbrachte? Auch er erschrak, als er die Lampe seitwärts hielt, um besser zu sehen; denn die helle Nacht machte sie überflüssig. Er schlug ein Kreuz. Ole lachte kurz und sagte: ›Nein, nein, Priester Hallvard, wir sind es in Fleisch und Blut, du kannst es glauben!‹

›Gott sei gedankt!‹ erwiderte der Priester. ›Und herzlich willkommen! Es geschieht heute nicht oft, daß jemand noch am Leben ist, von dem man lange nichts gehört hat. Kommt herein!‹

Aus der Stube rief Ohm Lodin mit schwacher Stimme: ›Wer ist da draußen? Mit wem sprichst du, Hallvard?‹

›Du wirst es nicht glauben, Lodin!‹ rief der Priester, während er uns durch den Vorraum leuchtete. ›Endlich einmal eine gute Nachricht!‹ Er schob mich in die Stube hinein und hob die Lampe. Ohm Lodin saß in dem großen Bett an der Giebelwand unter den alten, bunten Bilderteppichen, die ich immer so sehr bewundert hatte. Es war ganz behaglich um ihn her. Auf einem Schemel stand ein Brettspiel mit einer aufgesetzten Partie. Ohm Lodin war ein Meister darin! Auf dem Tisch lag eins von Priester Hallvards Büchern aufgeschlagen. Die beiden hatten offenbar still besinnlich beieinander gesessen. Da konnte es doch nicht schlimm mit dem Oheim stehen. Freilich sah er elend aus, so klein und zusammengeschrumpft, daß ich ihn kaum erkannt hätte, wären wir nicht auf Stockanes gewesen. Aber seine Augen leuchteten auf, als er mich erkannte. ›Birgit! Du bist es leibhaftig?‹ Ich ging zum Bett und faßte seine dürren, kalten Hände mit meinen warmen.

›Ich bin es wirklich, Ohm Lodin!‹ sagte ich. ›Aber was ist nur mit euch hier geschehen? Bist du krank? Wo sind die Leute auf deinem Hof denn alle?‹

Lodin wehrte mit den Händen ab, als könnte er so viele Fragen auf einmal nicht vertragen. ›Setzt euch!‹ sagte er zu uns. ›Jaja, ich bin ein wenig krank, aber es hat nichts zu sagen. Priester Hallvard vertreibt mir die Zeit, ich schlafe so schlecht in der Nacht. Und wo meine Leute sind? Ach, was schert es mich, wo sie sind! Ihr aber werdet hungrig und durstig sein. Hallvard, wir werden doch noch einen Trunk Milch oder Molke haben?‹

Der Priester brummte, es sei nichts mehr da. Ich wunderte mich, daß er mit solchen Dingen befaßt wurde. Er wurde überall, wo er auch zu Gast war, als ein angesehener und gelehrter Mann behandelt, obgleich er keinen Besitz und überhaupt nichts zu eigen hatte, außer ein paar alten Büchern und Handschriften aus dem Nachlaß des Klosters am Ketilsfjord, dessen letzter Mönch er gewesen war. Er war der einzige, der sie noch zu lesen verstand, seit Priester Paal auf Gardar nicht mehr lebte, der einzige, der auf diese Weise von vergangenen Zeiten, fernen Ländern und von den Dingen jenseits der Welt Kunde hatte. Und nun hieß man ihn hier einen Becher Milch holen, und Ohm Lodin redete ihn nicht einmal mit seinem Titel an!

›Nichts mehr da? Nun, dann hole einen Krug frisches Wasser!‹ befahl Lodin. ›Das Wasser auf Stockanes war ja immer besonders gut, nicht wahr, und für den Durst ist es noch besser als Milch.‹ Wir sagten, daß Wasser uns viel lieber sei und daß wir auch nicht hungrig seien. Priester Hallvard kam mit einer hölzernen Kanne und goß uns hölzerne Becher voll mit dem kühlen, bergklaren Wasser aus dem Brunnen von Stockanes. Wir tranken einander zu, wie es seit den uralten Tagen, da es noch Bier oder Met im Lande gegeben hatte, bei uns Brauch war.

Als wir getrunken hatten, war es Ohm Lodin, der zu fragen begann, wo ich geblieben sei seit jenem Herbstmorgen, da man die Haustür von Brattahlid weit offen, halb verwehte Schlittenspuren am Hofzaun, aber nirgends mich gefunden habe. Da faßte ich mir ein Herz und berichtete mit schnellen Worten das Wichtigste, wie ich es mir auf der langen Bootsfahrt zurechtgelegt hatte. Es war ja nicht wichtig, was ich Seltsames erlebt, was ich gelitten oder da und dort gefühlt und gedacht hatte. Wichtig war nur, das Werk der Großmutter zu vollenden oder mindestens ihr letztes Wissen und Wollen so kundzutun, daß ihr Andenken wieder zu Ehren kam.

›Du weißt, Ohm Lodin‹, sagte ich, als ich vom Auffinden ihres Grabes berichtet hatte, ›auf welche Weise sie zu Tode kam und warum!‹

Der alte Mann erschrak und sah mich ängstlich an. ›Ich – hörte so etwas‹, murmelte er, ›aber wenn du diese Dinge heute wieder aufrühren willst...‹

›Nicht aufrühren will ich sie, wie du denkst!‹ erwiderte ich. ›Aber du mußt wissen, was ihre wahre Absicht gewesen ist.‹

Priester Hallvard mischte sich ein: ›Ich will die nicht rechtfertigen, die sie erschlugen. Aber sie hat mit Heiden und Zauberern mehr Umgang gehabt, als gut sein konnte. Das hat den Männern, die dort in den Einöden mit ihr allein waren, so viel Angst eingejagt, daß sie den Verstand verloren. Sie haben es später ehrlich bereut und gebüßt, ich weiß es!‹

›Gebüßt!‹ rief ich und weiß nicht, was mir den Trotz eingab zu sagen: ›In alten Zeiten hätte dergleichen anders gebüßt werden müssen! Warum nennt ihr Menschen Heiden und Zauberer, von denen ihr weniger als nichts wißt?‹

›Menschen?‹ fragte Priester Hallvard zurück. ›Ich finde nichts Menschliches an ihnen!‹

Es wäre sinnlos gewesen, den alten Streit in dieser Stunde von neuem anzufangen. Ole hätte mich kaum anzustoßen brauchen, um mich daran zu erinnern.

›Ich habe unter ihnen gelebt‹, sagte ich bescheiden, ›und darum denke ich vielleicht etwas anders über sie. Aber davon wollte ich nicht reden. Wißt ihr, wer die Männer waren, an die meine Großmutter Botschaft geschickt hatte und von denen sie Hilfe erwartete? Die Nachkommen der Leute aus der Westsiedlung!‹

Nun hatte ich sie doch zum Staunen gebracht. Jeder Mensch kannte ja das Rätsel um den Untergang der Westsiedlung. Ich mußte alles erzählen, was ich von den Männern aus dem Lande Mitternacht wußte, und auch alles, was sie mir erzählt hatten, von dem Todeszuge ihrer Vorväter in den Norden hinauf. Ohm Lodin und der Priester lauschten gespannt und fragten mich mehr, als ich beantworten konnte. Als ich zu Ende war, schien die Sonne durch das Rauchloch unter dem Dach herein.

Da sprach Lodin: ›Und diesen Weg, meinst du, hätte Gudveig auf Brattahlid, die Weise, uns gehen lassen wollen zu unserer Rettung?‹
›Vieles hat sie ja noch nicht gewußt‹, erwiderte ich, ›und wer weiß, ob sie bei ihrem Plan geblieben wäre, wenn sie wie ich mit den Männern selbst gesprochen hätte. Aber sage selbst, Ohm Lodin, wäre es nicht die einzige Rettung, die Lebensweise dieser Menschen anzunehmen und mit ihnen Freundschaft zu schließen?‹
›Du weißt nicht, was du da redest, Kind!‹ unterbrach mich Priester Hallvard rauh.
Aber mir war über dem Erzählen die Zeit im Lande Mitternacht wieder so recht lebendig in den Sinn gekommen; ich mußte davon reden. ›Ohm Lodin!‹ rief ich. ›Ich habe in den zwei Wintern und den ganzen Sommer dort im hohen Norden nicht einmal Hunger gelitten, ich habe nicht gefroren und keine Angst empfunden, so dunkel es oft war, so bitter die Kälte und die wilden Tiere so nah. Diese Männer haben es gelernt, in diesem Lande zu leben und es zu meistern. Könnten wir nicht von ihnen lernen?‹
›Sicher könnten wir von ihnen lernen‹, erwiderte Hallvard, ›aber das hieße, Dinge aufzugeben, die uns in all unserer Armut doch über sie erheben. Es gibt Vorrechte, auf die ein Christ nun einmal nicht verzichten darf, will er das bleiben, was er ist: ein Kind Gottes.‹
Ich aber rief in all dem Trotz, den die Erinnerung an die wilde und schöne Zeit unter den Menschen, die keine Christen waren, in mir wachgerufen hatte: ›Was liegt dran! Wir sterben hier an Hunger und Seuchen. Schöne Vorrechte!‹ Noch nie hatte ich gewagt, Priester Hallvard so eine Antwort zu geben. Ich erschrak selbst darüber und sah seinem Gesicht an, wie nahe er daran war, mir heftig zu antworten, so ruhig zu erscheinen er sich bemühte.
Da hob Ohm Lodin die Hand und unterbrach den Priester. ›Komm her, Kind!‹ sagte er mit seiner zittrigen Stimme. ›Komm

und sieh mich an! Sage mir: Warum bist du denn von dort wiedergekommen, wenn es dir bei ihnen so gutging?‹

Ich fand nicht gleich die Antwort. In meinem Bericht war manches verschwiegen worden, ohne böse Absicht, nur weil es in das Bild nicht paßte, das ich geben wollte. Nun hätte ich ja sagen können, ich sei gekommen, um denen daheim meine Botschaft zu bringen und ihnen zu helfen oder auch nur aus Heimweh.

Aber zu lügen vermochte ich nicht. ›Da war so ein alter Mann...‹, fing ich an und stockte wieder. Dann aber berichtete ich ganz ehrlich von Ungartok, seiner Krankheit, seinem Ende und von meiner Flucht.

Als ich fertig war, blieben alle drei eine Weile still. Ohm Lodin nickte, als wolle er sagen: Siehst du! Noch einmal widersprach ich ihm: ›Wir könnten ja das Gute und Nützliche annehmen, was die Männer uns zu lehren hätten, und doch unsere christlichen Sitten bewahren.‹

Ohm Lodin aber wußte es besser: ›Ich glaube, das könnten wir nicht. Diese Männer haben wahrscheinlich recht. Sie können nicht anders sein als hart und grausam, wollen sie am Leben bleiben. Und weil das so ist, ist es kein Leben für uns.‹

Und Priester Hallvard setzte hinzu: ›Selbst wenn wir dir glauben wollen, daß es Menschen sind und keine Trolle, so hat Gott sie doch so verschieden von uns geschaffen, daß wir keine Gemeinschaft mit ihnen haben können. Uns hat er es nicht bestimmt, in Schneehütten zu wohnen und allein von der blutigen Jagd zu leben. Sagtest du nicht sogar, ihr hättet das Fleisch oft roh verschlungen? Das ist nicht Menschenweise nach unserer Sitte.‹

›Das meine ich auch!‹ sagte Ohm Lodin. ›Wenn Gott es so bestimmt hat, will ich ruhig sterben, aber in dem Bett und auf dem Hof meiner Väter, umgeben von den schönen alten Dingen, die mein sind, und beim Gebet meines alten Freundes Hallvard. Das dünkt mich ehrenvoller, als auf andere Weise noch viele Jahre zu leben. Du wirst in der ganzen Ostsiedlung kaum einen Menschen finden, der anders denkt.‹ Da wußte ich keine Antwort mehr und verstummte. Ich dachte an die Worte, die Torun zu den Männern aus Mitternacht gesagt hatte: Sie sind ein sterbendes Volk. Aber ihr Stolz wird ihnen das Sterben leichter machen.

Danach gab es nichts mehr zu reden. Ole bat für uns beide um ein Ruhelager. Am Abend wollten wir uns dann wieder auf die Heimfahrt machen. ›Wollt ihr nicht noch nach Brattahlid hinüber?‹ fragte Lodin. Ole erwiderte, er selbst wolle hinübergehen und nach dem Rechten sehen. Ich aber dürfe nur bei Nacht oder Dämmerung ins Freie, meiner Augen wegen, und solle lieber den Tag über schlafen. ›Ja, deine Augen!‹ sagte Priester Hallvard. ›Was ist damit?‹ Er zog mich ins helle Licht an der Tür, faßte mein Gesicht zwischen seine Hände und betrachtete meine Augen, während ich ihm erzählte, wie es damit gekommen sei. Ich konnte ihm ansehen, was er darüber dachte, als er endlich sagte: ›Das tat nicht die Sonne allein!‹ Ich fragte, ob er glaube, daß meine Augen jemals wieder ganz heil würden; denn Priester Hallvard war ein geschickter Arzt. Er schwieg eine Weile mit sehr ernstem Gesicht. Dann legte er mir die Hand auf den Kopf und sagte: ›Du hast Leben und Verstand heil mit heimgebracht aus der Unwelt. Du darfst nicht zu viel verlangen!‹ Von dem Tage an ahnte ich, was mir bevorstand.

Auf der Heimfahrt in der folgenden Nacht bedrängte ich Ole mit Fragen nach Brattahlid. Er war den ganzen Tag über dort geblieben und erst nach Stockanes zurückgekehrt, als es Zeit wurde aufzubrechen. Er ließ mich fragen. Endlich sagte er: ›Es war gut, daß du nicht mitgekommen bist. Du würdest auch dort alles verödet finden. Wir hatten im vergangenen Sommer ein großes Sterben unter den Schafen überall in der ganzen Ostsiedlung. Raupen kamen in Scharen und fraßen Gras und Laub. Die Tiere fanden keine Weide, und Heu konnte nirgends eingebracht werden. Was den Sommer noch überlebt hatte, mußte im Herbst geschlachtet werden. Darum fanden wir bei Ohm Lodin keinen Tropfen Milch mehr, und darum sind die

Leute von seinem Hof fortgezogen, so viele von ihnen im Frühjahr noch lebten; denn im Winter folgte dem Sterben der Tiere der Hungertod der Menschen, das konnte nicht ausbleiben. Priester Hallvard hat auf Brattahlid auch keinen mehr, der ihn versorgt, darum wohnt er auf Stockanes.‹ Er erzählte das alles mit eintöniger Stimme wie eine längst vergangene Sache.
›Aber unsere Schafe auf der Insel leben doch auch noch?‹ fragte ich.
›Dorthin kamen die Teufelsschmetterlinge nicht, die die Raupenplage brachten‹, erwiderte Ole. ›Ich habe im Frühjahr von unseren Lämmern abgegeben, soviel ich nur konnte, auch ein paar Mutterschafe, eins an Lodin. Auch sonst mag es hoch oben im Gebirge einzelne grüne Flecken gegeben haben, die nicht zerstört wurden. Wer sie kannte, hat das genützt. Aber es reichte bei weitem nicht aus für alle.‹
›Und Brattahlid?‹ fragte ich.
›Die beiden alten Frauen taten, was sie konnten‹, fuhr Ole in seinem traurigen Bericht fort. ›Im Herbst zogen sie mit den letzten Schafen hinauf in die Berghütte weit oben im Flußtal, weißt du, die von den alten Zeiten her immer noch der Kuhstall heißt. Dort haben sie noch ein wenig Weide gefunden und Spreu und Gestrüpp als Winterfutter sammeln können. Ich wußte nicht, wie sie durch den Winter gekommen waren. Heute war ich zum ersten Male wieder dort. Die eine der Frauen lebte noch, die Schafe nicht mehr.‹
›Du hättest sie mitnehmen sollen!‹ rief ich.
›Sie wollte nicht‹, erwiderte Ole. ›Sie konnte auch nicht mehr gehen. Ich habe Priester Hallvard Bescheid gesagt.‹
Danach fragte ich nichts mehr.
Den ganzen Sommer über hatte ich kein Verlangen mehr, nach Brattahlid oder zu einem der andern Höfe hinüberzurudern. Zu sehr fürchtete ich mich davor, alte Freunde nicht mehr anzutreffen. Den Gedanken, ihnen Hilfe und Rat zu bringen durch das, was ich erlebt hatte, den hatte ich aufgegeben. Ich mußte Ohm Lodin recht geben, und doch lehnte ich mich tief in

meinem wilden, ungebärdigen Herzen auf gegen diese Bereitschaft zu sterben. Damals fing ich an, Treibholz und trockenen Tang auf der Klippe zusammenzutragen und aufzuschichten. ›Was willst du damit?‹ fragte Ole. ›Mittwinter ist noch weit!‹ Da sagte ich trotzig, diesen Holzstoß wollte ich anzünden, wenn die Schiffe aus Winland kämen, um ihnen die Einfahrt zu weisen und ihre Ankunft weithin kundzutun. Ole erwiderte nichts, und ich fühlte deutlich, was er davon hielt. Jeden Sonntagmorgen aber stand ich am Strande und lauschte über den Fjord landeinwärts. Wenn der Wind günstig stand, hörte ich dann die Glocke von Brattahlid läuten und wußte, daß Priester Hallvard noch lebte und seine Gemeinde zusammenrief, so groß oder so klein sie immer sein mochte. Dann hoffte ich wieder und sah nach meinem Holzstoß.

Diese Hoffnung war das einzige Licht in dem stillen, einförmigen Leben, das Ole und ich den Sommer und den Herbst und auch noch den Winter über auf unserer Insel führten. Ole versorgte wie immer die Schafe, molk und schor sie, und ich hatte nach und nach wieder meine früheren Arbeiten übernommen, die Wolle zu waschen und zu spinnen, unsere Kleider zu flicken und das Haus sauberzuhalten. Aber bald fing ich auch an, auf Fischfang und Jagd auszugehen, und die halbvergessenen Künste fielen mir wieder ein. Ole staunte bald, was ich an Beute heimbrachte, Dorsche und Lachse, so groß, wie wir sie früher nie gefangen hatten, Enten, Lummen und einmal sogar einen Seehund. ›Ist auch keine Hexerei dabei?‹ fragte er mißtrauisch. Vielleicht hätte er mir nicht geglaubt, wenn er nicht so hungrig gewesen wäre. So lebten wir in diesem Sommer ganz gut und konnten noch einen kleinen Wintervorrat sammeln und dörren.

Ich würde noch mehr erlegt haben, wären nicht meine Waffen – dein alter Jagdspieß, Baard, und dein Bogen – so schlecht gewesen. Ja, hätte ich noch all die Geräte besessen, die ich den Leuten in der Westsiedlung als Dank gelassen hatte! Aber dann hätte Ole sie wahrscheinlich längst verbrannt als zauberisches

Unzeug, wie er meine Fellkleider und mein Federhemd verbrannt hatte.

Bei all diesen Arbeiten achtete ich immer weniger auf meine Augen. Ich hatte mich daran gewöhnt, daß sie schmerzten. Bei trübem Wetter konnte ich das viele Tage lang wohl ertragen, bei Sonne und auf dem blinkenden Wasser aber wurden sie oft so schlimm, daß ich heimgehen und mich im Dunkeln niederlegen mußte. Dann schalt Ole mich und hieß mich, vorsichtig zu sein. Aber sollte ich die Sorge für uns beide ihm ganz allein überlassen? Ich bemerkte wohl, daß Beine und Rücken ihm krumm geworden waren und daß er nicht mehr so flink war wie früher. Manchmal kam mir der Gedanke, was wohl aus mir werden sollte, wenn der treue Alte mich allein ließ auf dieser Insel, mit meinen kranken Augen. Aber was sollte es helfen, darüber nachzudenken, ehe es wirklich so kam?

So verbrachten wir still den Winter miteinander. Dann kam der Frühling, und wieder setzte ich den Holzstoß instand und lauschte auf die Glocke von Brattahlid. Sie läutete immer noch, jeden Abend und am Sonntagmorgen, und ich hoffte wieder, so sehr auch Ole den Kopf über mich schüttelte. Aber der Sommer mußte erst kommen und fast wieder vergehen, ehe sich meine Hoffnung erfüllte...«

Das Schiff

Das Kraut der Beeren an den Felshängen färbte sich schon rot, aber noch waren die Tage lang und die Nächte hell, da hörte ich eines Mittags, als ich irgendeine Arbeit in der Hütte tat, Ole laut rufen. Seine Stimme klang so sonderbar, daß ich schnell hinauslief. Er stand auf halbem Wege zwischen Hütte und Klippe und wies mit steifem Arm auf die See hinaus. Da war es: *das Schiff*.

Es schien mit seinen geschwellten Segeln still zu stehen vor der dunkelblauen See und dem hellen Himmel. Erst später erkannte ich die weiße Bugwelle und die langsam stetige Bewegung, mit der es auf uns zu, fjordeinwärts, strebte. Da sah ich auch, daß die Segel weiß wie Schwanenflügel und nicht rot waren. ›Das ist ein fremdes Schiff!‹ sagte ich zu Ole. Ich bekam keine Antwort, und als ich mich nach ihm umsah, kam er eben aus der Hütte gestolpert, eine Steinschale voll glühender Holzkohle in beiden Händen. Sie war sicher schwer, aber nicht das allein konnte seine Schritte so taumelnd machen, als er den Weg die Klippe hinauf einschlug. Ich lief hin, um ihm zu helfen, aber ich kam zu spät. Er stürzte schon, die Schale krachte auf die Steine, die glühende Holzkohle weithin verstreuend. Ich versuchte, ihm aufzuhelfen, aber es war umsonst. Dieser Augenblick war zuviel für ihn gewesen. Wohl war er bei Bewußtsein, aber die Glieder gehorchten ihm nicht, und er vermochte nicht zu sprechen.

Verzweifelt nahm ich seinen Kopf auf die Knie, damit er nicht auf den harten Felsen liegen mußte, und rief ihn immer wieder bei Namen, als könnte das ihm helfen. Endlich brachte er hervor: ›Das Feuer! Rasch!‹ Ich verstand ihn sogleich. Für einen Augenblick hatte ich alles außer ihm vergessen und war nun ganz ratlos. Sollte ich ihn so liegenlassen? Wütend und hilflos stieß er mit dem Kopf. ›Das Feuer! Feuer!‹ Ich gehorchte endlich, legte ihn vorsichtig auf die Steine nieder, las eine Scherbe der Steinschale auf und rannte zur Hütte, um neue Glut zu holen.

Da sah ich, daß das Schiff schon auf der Höhe unserer Insel war und daran vorbei, an den blauen Felswänden entlang, in den Fjord hineinsegelte. Es war zu spät geworden, das Feuer anzuzünden. Aber das Schiff war uns jetzt so nah, daß ein Ruf es hätte erreichen können. Ich riß meine Schürze ab und rannte an den Strand hinunter, laut rufend und winkend. Deutlich konnte ich jede Planke erkennen, jedes Tau der Takelung und die Männer an Bord. Sie aber hörten und sahen mich nicht; sie segelten vorbei, in den Eiriksfjord hinein.

Ich rannte zu Ole zurück und berichtete ihm. Wieder mühte sich der Arme, zu denken und zu reden. ›Nach, nach! Einholen!‹ brachte er endlich hervor. Ich dachte das gleiche. Aber ich wollte Ole nicht so allein lassen und suchte nach Gründen zu bleiben. ›Ist es nicht gleich, ob ich sie einhole?‹ fragte ich. ›Wenn sie nach Brattahlid kommen, werden sie doch uns allen helfen oder keinem. Können wir nicht abwarten?‹

Ole schaute ärgerlich. ›Wenn, wenn! Weißt du das?‹ Er hatte recht. Das Schiff konnte auch nur zufällig hierher verschlagen sein und gar nicht bis nach Brattahlid hinaufsegeln. Vielleicht suchte es nur einen Landeplatz, um frisches Wasser einzunehmen, und würde wieder hinaussegeln, ohne an Land nach Menschen zu suchen. Wirklich, es gab nichts anderes, als es im Fjord einzuholen. ›Schnell!‹ drängte Ole ungeduldig. Gern hätte ich noch wenigstens versucht, ihn in die Hütte und auf sein Lager zu bringen. Aber er duldete es nicht. So ließ ich ihn dort liegen und schob ihm nur meine Schürze unter den Kopf. Nun würde er es wohl bis zum Abend aushalten, dachte ich noch.

Wunderbarerweise schaffte ich es allein, das Boot ins Wasser zu schieben, setzte das Segel und folgte dem Weg des fremden Schiffes, das längst hinter der Biegung des Fjordes verschwunden war. Wenn es wirklich nach Brattahlid segelte, dachte ich, so würde ich es wohl erst dort einholen, und dann mußte Ole tagelang auf mich warten. Es war ein klarer, windiger Tag, das Wasser glitzerte in der Sonne, und meine Augen schmerzten schlimmer als je. Aber das war mir gleich, heute mußten sie noch einmal ihre Pflicht tun.

Ich hatte Glück. Als ich die Felsenecke umschiffte, sah ich das große Schiff gar nicht weit von mir in einer Bucht vor Anker liegen. Ganz still lag es da auf dem spiegelglatten Wasser. Hier wehte kein Windhauch mehr, und ich mußte rudern. Als ich nahe herangekommen war, blickte ein Mann auf mich herunter. Er schien sich sehr über mein Kommen zu wundern; denn er rief die anderen, die herbeiliefen und sich neugierig über die Reling beugten. Was ich hinaufrief, verstanden sie nicht und redeten eine Weile miteinander. Dann warfen sie ein Fallreep herunter und winkten mir hinaufzukommen. Aber ich war zu schwach, um daran hochzuklettern, und fing endlich ratlos zu weinen an.

Da stieg einer zu mir herunter, ein großer Mann – wie ein Riese schien er mir! –, nahm mich wie ein Kind auf den Arm und trug mich hinauf. Oben starrten mich alle neugierig an, aber was ich auch sagte, niemand verstand mich. Dazu kam das Seltsame, das mich ganz hilflos machte: Ich konnte ihre Gesichter nicht erkennen. Sie verschwammen vor meinen Augen, als bräche die Dämmerung herein, und doch war es eben noch heller, allzu heller Tag gewesen.

Endlich trat ein gebieterischer Mann hinzu, vor dem sie zurückwichen. Es war wohl der Schiffer selbst, und nun begann er zu fragen. Aber das verstand ich ebensowenig wie er meine Worte. Mit Gebärden versuchte ich, ihm unsere Not zu schildern und ihn zu bitten, weiter in den Fjord hinein, nach Brattahlid zu segeln. Er nickte ein paarmal, sprach freundlich zu mir und legte mir die Hand auf den Kopf. Ich glaubte, er hätte mich nun verstanden und verspräche mir Hilfe. Darin irrte ich mich, aber das erfuhr ich erst viel später. Denn als ich zu ihm

aufblickte und sein Gesicht, das freundlich sein mußte, zu erkennen versuchte, da geschah etwas Schreckliches: Ich sah es nicht. Ich sah nichts mehr.
Mein Entsetzen darüber war so groß, daß ich lange Zeit nichts von allem merkte, was um mich her geschah. Ich habe wohl geschrien und um Hilfe gerufen, vielleicht bin ich auch ohnmächtig gewesen. Das erste, von dem ich wieder weiß, ist, daß jemand mir gute, heiße Suppe einlöffelte. Ich fragte, warum es so dunkel sei, aber ich bekam keine Antwort und wußte im Grund schon, daß die Dunkelheit nirgendwo anders als allein in meinen Augen war. Später erkannte ich noch etwas anderes, das beinahe ebenso schrecklich war. Der Boden, über den ich gehen wollte, die Wände, an denen ich mich festhielt, bewegten sich, und ein leises Rauschen und Klatschen unter meinen Füßen verriet mir, was ich lange nicht glauben wollte: Das Schiff segelte, wir waren auf dem Meer.
Das war noch schlimmer, als blind zu sein! Ich dachte an Ole, der hilflos auf der Insel zurückgeblieben war, auf den Steinen am Fuß der Klippe, meine Schürze unter dem Kopf. Eine Weile tröstete ich mich noch mit dem Glauben, wir segelten vielleicht nur weiter in den Fjord hinein, nach Brattahlid. Als aber die Stunden vergingen, wußte ich, daß ich umsonst gehofft hatte. Schon die Bewegung des Schiffes hätte mir sagen müssen, daß wir nicht mehr im Fjord waren. Es waren die langen Berge und Täler der hohen See, die das Schiff wiegten. Vielleicht war es gut, daß ich von dem Schwanken krank wurde und mich so elend fühlte wie noch nie in meinem Leben. Das half mir für ein paar Tage über die Verzweiflung hinweg. Als es mir wieder besserging, flehte ich die Männer an, mich zurückzubringen. Sie verstanden mich nicht und mochten mein Klagen bald nicht mehr hören. Ich wurde viel gescholten und herumgestoßen. Nur der Riese, der mich auf seinen Armen an Bord getragen hatte, war immer gut zu mir. Ihn erkannte ich immer, an seinen großen, warmen Händen und an seiner Stimme, obgleich ich keins seiner Worte verstand. Er brachte mir zu essen, hatte mir

ein Lager aus Decken in einer Ecke gemacht und hütete mich wie ein Kind.«

Die Blinde verstummte und schien verwirrt zu grübeln. »Weiter! Wohin brachten sie dich?« fragte der Bruder. Sie bewegte ratlos Kopf und Schultern.

»Ich weiß es nicht. Es war alles sehr seltsam. Du mußt bedenken, ich war blind und verstand kein Wort von ihrer Sprache, kannte nichts von ihrer Welt. Eines Tages war mein Riese fort, aber die anderen auch. Fremde Männer waren da, und die verstanden ein wenig von dem, was ich sagte. Sie brachten mich schließlich in diese Stadt. Aber wie das gekommen ist, weiß ich nicht.«

Da mischte sich unerwartet der Kaufherr ein und sagte: »Ich glaube, ich kann ein wenig dazu beitragen, diese unglaubliche Geschichte aufzuklären. Sag, Mädchen, bist du nicht Schiffer Jörgensens Meermaid?«

Die Blinde schrak zusammen. »Das – habe ich schon gehört!« stammelte sie.

»Du brauchst nicht zu erschrecken!« beruhigte der Kaufherr sie und wandte sich an seinen Gast: »Ich erinnere mich gut an diesen Fall. Er liegt ein paar Jahre zurück. Da gab es im Kirchspiel Sankt Nikolai ein großes Gerenne und Gerede um eine Meermaid, die ein Bergenfahrer heimgebracht haben sollte. Weiße Haare sollte sie haben und sehr schön, aber blind und stumm sein, wie diese Geschöpfe gemeinhin sein sollen. Überdies habe sie statt der Beine einen Fischschwanz und sitze in Schiffer Jörgensens Küche in einer Wasserbütte, weil sie sonst eingehen müsse. Alle Welt rannte herbei, um durch das Küchenfenster der Schiffersfrau einen Blick auf das Wesen aus der Tiefsee zu werfen. Die Frau hätte reich werden können, wäre sie auf den Gedanken gekommen, einen Teller herumzureichen. Aber so groß auch die Neugier war, die Furcht war noch größer. Die meisten glaubten, es müsse Unglück über die Stadt Kopenhagen bringen, wenn ein solches Unding darin gefangengehalten werde. Furcht gebiert Haß, und so waren wir nahe daran, in unserer guten Stadt das zu erleben, was anderswo schon eine Kette von Unheil nach sich gezogen hat: ein Hexengericht.

Daran aber war allen Einsichtigen nicht gelegen, und der Pfarrer von Sankt Nicolai wurde beauftragt, der Sache ganz im stillen auf den Grund zu gehen und sie, wenn irgend möglich, gütlich zu ordnen. Der Pfarrer war ein wackerer und kluger Mann. Er fand schnell heraus, daß die Meermaid keinen Fischschwanz hatte und daß sie zwar blind, aber nicht stumm war, sondern eine fremde Sprache redete, die das Gassenvolk von Kopenhagen nicht verstand, wenn sie auch gebildeten Männern nicht ganz fremd war. Der Pfarrer meinte, es klinge wie Isländisch oder so, wie auf den Färöern gesprochen werde. Das stimme auch mit dem überein, was Schiffer Jörgensen über die Herkunft seines seltsamen Fanges zu berichten wußte.

Es war wenig genug, und lange wollte der Schiffer nicht einmal damit heraus. Es fand sich, daß er selbst auf einen Schelmenstreich hereingefallen war, und wer gesteht das gerne ein! Ein paar Leute von einer hansischen Kraweel hatten ihm im Hafen von Bergen das Ding regelrecht verkauft als eine glückbringende Meermaid, der sie allerlei übernatürliche Kräfte in bezug auf Wind und Wetter und sonstiges seemännisches Glück, daheim und an Bord, andichteten. Übrigens muß er dabei schon ziemlich betrunken gewesen sein, denn er hat weder gemerkt, daß die Meermaid, die ihm in einem Sack mitgegeben wurde, keinen Fischschwanz besaß, noch daß sie blind war. Als er das am nächsten Morgen auf hoher See entdeckte und aus den Worten des Mädchens immerhin so viel verstehen konnte, daß es durchaus kein übernatürlich begabtes Wesen, sondern nichts als ein unglückliches Menschenkind war, da war es zu spät, den Handel rückgängig zu machen. Die rohen Gesellen hatten wohl versucht, das Mädchen, das ihnen unheimlich oder sonst ein Zankapfel an Bord war und dem sie aus Aberglauben nichts anzutun wagten, an einen andern abzuschieben, ohne Rücksicht auf sein Schicksal. Aber durch des törichten Jörgensen Gutmütigkeit schlug der böse Streich dem Mädchen nicht zum Schlimmen aus. Der Schiffer brachte es nicht fertig, es für den Betrug büßen zu lassen, und nahm es mit nach Hause zu seiner Frau. Um aber nicht als der betrogene Dummkopf dazustehen, ließ er es bei der Geschichte von der Meermaid – was denn beinah doch für alle Beteiligten schlimm hätte enden können. Nun aber war er froh, dem Pfarrer die Wahrheit eingestehen zu können und seine Meermaid auf gute Art wieder loszuwerden, denn er und seine Frau hatten genug von dem Aufruhr vor ihrem kleinen Haus.

Soviel ich mich erinnere, nahmen die Schwestern von Sankt Annen sich des Mädchens an, wie auch anderer Waisen und Krüppel, womit der Fall für den Rat glücklich abgeschlossen war.«

»Hast du es gut bei den Klosterfrauen?« fragte Baard leise.

«O ja, es war schön bei ihnen. Sie lehrten mich Dänisch sprechen und lehrten mich singen, auch Flachs spinnen und allerlei Handarbeit sonst, die Blinde tun können. Im Klostergarten lernte ich Blumen und Kräuter kennen und die Stimmen der Vögel und vieles sonst. Ich bin gern dort gewesen.«

»Bist du denn nicht mehr im Kloster?«

Die Blinde zögerte kurz mit der Antwort. »Nein«, sagte sie dann. »Nein. Ich bin nicht mehr dort. Ich mußte weg.«

»Weg? Haben sie dich hinausgeschickt, dich armes, blindes Kind, in diese fremde Stadt?« polterte Baard los.

»So war es nicht, Baard. Niemand hat mich gehen heißen. Ich bin gegangen. Siehst du, als ich etwas mehr von ihrer Sprache gelernt hatte, da kam es so, daß ich den Kindern dies und das erzählte, nicht oft, nicht viel. Aber ich merkte bald, daß die Schwestern es nicht gern hatten, und eines Tages wurde ich sogar zur Ehrwürdigen Mutter gerufen, die noch nie mit mir gesprochen hatte. Nun befragte sie mich über alles, über meine Heimat, über unser Leben daheim und wie ich in diese Stadt gekommen sei. Sie wunderte sich sehr, und mehr und mehr entsetzte sie sich. Zuletzt sagte sie, es sei kaum glaublich, daß ein

Mädchen solche merkwürdigen und schrecklichen Erlebnisse lebend überstehen könne. Auch habe sie gehört, daß die Bewohner Grönlands Heiden oder, schlimmer noch, abtrünnige Christen seien. Ob ich nun Lügen oder die Wahrheit berichtet habe, sei gleich schlimm. Jedenfalls dürfe ich in diesem Hause nie wieder von solchen Dingen reden und solle darum beten, daß ich alles vergessen möge. Siehst du, Bruder, und das konnte ich nicht. Schweigen hätte ich mein Leben lang können, von allem, was gewesen ist und was mir lieb war, aber darum beten, es zu vergessen, das konnte ich nicht. Da bin ich fortgegangen.«

»Aber wohin denn konntest du gehen?« fragte Baard.

»Zu Aase, der Fischfrau. Sie kam jede Woche ins Kloster und brachte Fische. Oft hatte ich mit ihr gesprochen, denn sie stammte von den Färöern und sprach fast so wie wir daheim. Nun bat ich sie heimlich, mich mitzunehmen aus dem Kloster. Sie wollte es zuerst nicht. Aber als ich sie sehr bat, fand sie doch einen Weg, mich draußen auf der Gasse zu treffen und mich mitzunehmen in ihr Dorf am Sund. Sie war sehr arm, aber bei ihr fühlte ich mich zum ersten Mal wieder wie zu Hause, seit ich von unserer Insel fort war. In ihrer Hütte war vieles wie bei uns, und es roch auch so, nach Fischen, Reisigfeuer und nasser Wolle. Oft kamen Männer, Fischer und Seeleute, zu ihr, um Branntwein zu trinken, den sie heimlich braute. Die waren neugierig und wollten wissen, wer ich sei. Als sie aber hörten, daß ich aus Grönland sei, lachten sie und sagten, das sei die merkwürdigste Geschichte, die sie je gehört hätten, und eigentlich könnte ich sie nicht selbst erfunden haben. Da müsse irgendwo ein Irrtum sein. Sie redeten so viel über die Sache hin und her, daß Aase am Ende Angst bekam, auch andere Leute könnten auf mich und meine Geschichte aufmerksam werden. Sie verbot mir, von Grönland zu reden, und ich habe ihr gehorcht, solange sie lebte.«

»Lebt sie denn nicht mehr?«

»Sie starb im vorigen Jahr an der großen Seuche.«

»Und wo lebst du seitdem, und wovon?«
Birgit stockte schamvoll einen Augenblick. Dann sagte sie trotzig: »Vom Betteln! Wovon denn sonst? Aase hatte gesagt, als sie im Sterben lag, ich könnte ihre Hütte behalten. Aber nach ihrem Tode kamen Leute, die sagten, sie hätten das Recht darauf, und es entstand ein Gerede, als sei ich schuld an ihrem Tode und an der Seuche überhaupt. Da bin ich fortgegangen. Ich schlafe in Ställen und auf Kirchenschwellen. Manchmal spinne ich für Lohn, und manchmal hüte ich die Kinder der Marktleute oder der armen Frauen am Hafen, die ihrer Arbeit nachgehen müssen. Dann singe ich die Lieder, die ich bei den Schwestern gelernt habe, und manchmal erzähle ich den größeren Kindern auch von Grönland und vom Lande Mitternacht. Auf diese Weise habt Ihr mich ja gefunden.«
Die Blinde verstummte. Das Abenteuer ihres Lebens war erzählt. Die Wirklichkeit war wieder da mit Armut und Demütigung und den ausgetretenen Türschwellen im Petrikirchspiel, auf denen sie ihr Leben als trauriges Bettellied zum besten gab. Keiner von den vieren, die sie da sitzen sahen in ihrem ärmlichen Kleid, den Kopf auf die gefalteten Hände gesenkt, konnte sich der Trauer erwehren um das schöne, mutige Kind, das sie einst gewesen sein mußte. Aber – war sie es nicht immer noch? Ihre Blindheit ließ sie hilflos erscheinen und weckte Mitleid. Während ihrer Erzählung aber war etwas Wildes und Starkes um sie her gewesen, das ihr Gebrechen oft vergessen ließ. Sie schien nicht so hilflos und ganz gewiß nicht so demütig sanft zu sein, wie man es von einem blinden Bettelmädchen erwartete.
Der vornehme Fremde lächelte fast wider Willen, während er mit ungewohnt milder Stimme sprach: »Komm her zu mir, Mädchen!«
Birgit gehorchte, tastete sich auf ihren Holzschuhen über den glatten Fliesenboden zu ihm hin, stand demütig vor ihm. Er blickte lange in ihr blindes Gesicht. Dann hob er die Hand und segnete sie.

»Weißt du auch, Kind«, fragte er leise, »daß deine Blindheit dich vielleicht vor großem Unheil bewahrt hat? Hochmut, unbändige Wildheit des Blutes, das sind gefährliche Eigenschaften für ein Mädchen, das so schön ist wie du. Vielleicht hat es Gott nur gut mit dir gemeint.«
Das verstand das blinde Mädchen nicht. »Vielleicht, Herr«, erwiderte es spröde, »aber ich glaube nicht, daß Gott dies tat. Ich weiß, daß Ole einen Fluch über mich und meinen Bruder ausgesprochen hat, wenn wir denen daheim nicht die Rettung brächten. Der hat sich erfüllt. Sagt mir, Herr«, und hier erhob Birgit zum ersten Male ein wenig die Stimme, nur wenig, aber es klang wie ein Aufschrei, »daß ich wieder sehend werde an dem Tage, da Eure Schiffe im Eiriksfjord ankern, dann will ich an Gottes Gnade glauben!«
Ihr Bruder saß, den Kopf in beiden Händen, und wagte nicht, sie anzublicken.

Die Winlandfahrer

Er schrak verwirrt auf, als ihn der Fremde plötzlich hart und spöttisch anredete: »Nun, und du, Freund Baard! Wo warst denn du in all der Zeit? Was hielt dich in Winland solange fest?«

Baard sah sich um, wie aus einem Traum erwachend, das Flachshaar wirr um den Kopf, jungenhaft anzusehen, nicht mehr der seebefahrene Prahlhans, sondern ein Junge, der für dumme Streiche und vertane Zeit Rede stehen soll.

»Winland?« Baard senkte den Kopf, zuckte die Achseln. »Wir sind nie dahin gekommen«, gestand er leise.

Ungläubig blickten die anderen ihn an. Selbst die Schwester wandte sich so heftig nach ihm um, als könnte sie ihn sehen. Jon der Grönländer jedoch polterte los: »Ja, aber wohin, zum Teufel, seid ihr denn gesegelt mit dem ›Dod von Lübeck‹?«

Baard zuckte die Achseln. »Im Anfang hatte Finn Breklum wohl ernstlich im Sinn, nach Winland zu fahren. Dann aber kam schweres Wetter auf, Stürme und Eisberge packten unser Schiff. Die Mannschaft murrte. Breklum hat wohl nicht gewartet, bis sie offen meuterten. Er steuerte südwärts. Als ich das endlich merkte, der Seefahrt unkundig, wie ich war, da war es längst zu spät. Da lagen die Küsten von Markland und Winland weit abseits von unserem Weg. Über uns war ewig blauer Himmel und warme blaue See, und vor uns lagen die reichen Küsten von Neuspanien. Ich konnte klagen und wüten, soviel ich wollte. Die Männer lachten mich nur aus. Später gaben sie mir Messer und Beil in die Hand und hießen mich, mit ihnen auf das Deck der spanischen Hulk zu springen, die sie auf hoher See enterten. Ich lernte ihr Handwerk so schnell und so zu ihrer Zufriedenheit, daß ich bald vollen Anteil erhielt. Ja, ich wurde einer der Ihren und nicht der schlechteste!«

Baard sagte es trotzig mit einem finsteren Blick auf die beiden Herren am Kamin. Mochten sie es nur wissen! Aber sie bemerkten nichts dazu, und er fuhr fort:
»Den ganzen Sommer lang und einen Winter hindurch – was sie dort so Winter nennen! – jagten wir in der Westindischen See und schöpften den Überfluß vom Reichtum des spanischen Königs. Es war meine schönste Zeit, und ich vergaß alles anderes darüber. Im Frühjahr darauf gelang uns mit einem Male nichts mehr. Die Spanier paßten auf. Wir durften uns nicht mehr in die Nähe der reichen Hafenplätze wagen, wo die Forts, verstärkt und mit Kanonen bestückt, uns im Auge behielten, und auch nicht auf die hohe See hinaus, wo die spanischen Kriegsschiffe unter einem neuen, gefürchteten Admiral uns auflauerten. Noch hielten wir uns versteckt in den Buchten einiger armseliger Inseln, wo nur Wilde lebten und nichts zu holen war als Trinkwasser und Früchte – kümmerliche Kost für Piraten! Unsere Aussichten konnten wir uns an den Fingern abzählen.
Da sagte Breklum eines Tages zu mir: ›Baard Einarsson, jetzt bist du unser letzter Trumpf!‹ Ich verstand nicht, was er meinte, bis er es mir sagte. Er hatte dem spanischen Admiral mich und mein Wissen von Winland und Markland zum Preis angeboten, wenn er den ›Dod von Lübeck‹ entkommen ließe. Ich dachte gleich, es müsse sehr schlecht um uns stehen, wenn Breklum einen solchen Vorschlag zu machen wagte. Aber der Admiral beantwortete Breklums Botschaft nicht einmal und ließ den Boten hängen. Danach brachen wir aus und schlugen den Spaniern eine Seeschlacht, an die sie wohl noch denken werden. Als es aus war, der ›Dod von Lübeck‹ brennend gesunken, Finn Breklum mit den meisten gefallen und nur ein klägliches Häuflein, darunter ich, gebunden im Kielraum des Admiralsschiffs dem Galgen entgegensah, da kam einer zu uns und fragte herum, ob der Mann aus Grönland noch lebe und unter uns sei. Ich hätte mich nicht gemeldet, wund und zerschlagen an Leib und Seele, wie ich war. Aber die anderen zeigten auf

mich und riefen mir nach, als die Spanier mich fortschleppten: ›Kamerad, denk an uns!‹
Es blieb das einzige, was ich für sie tun konnte: an sie denken. Denn lange Zeit änderte sich nichts für mich. Ich blieb gebunden und gefangen, nur in einem dunklen Loch für mich allein, wenn auch auf demselben Schiff wie sie. Endlich, als ich schon glaubte, ich sei vergessen worden oder zu einem besonders schrecklichen Schicksal aufgespart, wurde mein Gefängnis geöffnet. Ein paar Männer kamen herein, lösten meine Fesseln, stellten mich auf die Füße und führten mich zum Admiral.
Der Admiral saß in einem prächtigen Gemach, wie ich es noch nie auf einem Schiff gesehen hatte. Ich meine nicht allein die Täfelung von kostbarem Holz, die silbernen Leuchter und Becher, die herumstanden, und die Reihe von blinkenden Fenstern, die ringsum an den Wänden auf die blaue See hinausblickten. Noch wunderbarer schienen mir die seltsamen Geräte, die auf allen Tischen lagen und standen: Karten, auf denen die Länder und Meere der Welt in Farben abgebildet waren, Instrumente, mit denen man die Sterne messen und in die Ferne sehen konnte, und sogar eine Nachbildung der Weltkugel selbst stand da, die mir als das Wunderbarste von allem erschien.
Der Admiral stand an einem Schreibpult nahe am Fenster und las in einem Schriftstück. Er war nicht groß, mit schwarzem Haar und Bart und schwarzer Kleidung, nicht mehr jung, aber auch noch kein alter Mann. Als ich hereinkam, blickte er auf, nicht unfreundlich, aber ohne besondere Aufmerksamkeit, und las ruhig weiter. Dennoch schien er zu bemerken, daß ich mich kaum aufrecht halten konnte. Er rief nach seinem Diener, der mir einen Schemel hinschob und einen Becher Wein und ein Stück Brot reichte. Als ich damit fertig war, legte der Admiral die Papiere beiseite, setzte sich in einen Sessel in der Mitte des Raumes und befahl mir in englischer Sprache, die ich inzwischen von einigen Männern auf dem ›Dod von Lübeck‹ gelernt hatte – denn dort war in allen Zungen der nördlichen Seefahrer

geflucht worden –, ich möge nun, in guter Ordnung und ohne zu lügen, die Geschichte meiner Herkunft erzählen, und was an dem Gerede um Winland sei, von dem ich wissen sollte.
Der Piratenhauptmann habe ihm einen Handel vorgeschlagen, auf den er als Admiral der spanischen Majestät nicht gut habe eingehen können. Nun aber habe er es mit mir allein zu tun, und weil er an solchen Dingen, wie ich sie vielleicht erzählen könnte, sofern es keine Lügen seien, ein gewisses Interesse habe, schlage er mir jetzt einen Handel vor: ›Ich schenke dir dein Leben – gegen dein Geheimnis!‹
Es dauerte eine Weile, bis ich das begriff, und staunte dann, wie einfach es sein sollte. Also ich sollte wirklich nur meine Geschichte erzählen und was ich von Winland wußte, und dafür leben? Aber das war wirklich alles, was von mir verlangt wurde. Da erst dämmerte in mir die große Hoffnung, dieser kluge und mächtige Mann sei vielleicht der Rechte, der von meinem Geheimnis guten Gebrauch machen und denen daheim in der Ostsiedlung Rettung bringen, mir aber meine Ehre wiedergeben werde; denn in meinem dunklen Gefängnis, als ich den Tod nahe glaubte, hatte mich mehr als alles andere der Gedanke gequält, wie leichtsinnig ich die letzte Hoffnung der Meinen verspielt hatte.
Ich besann mich nicht lange und berichtete alles, was ich zu sagen hatte, nicht in guter Ordnung, das war zuviel verlangt, eher in überstürzten Worten und in verschiedenen Sprachen, und manches auch zwei- oder dreimal, wenn es mir wichtig schien: von unserm Leben in der Ostsiedlung, unserer Hoffnung auf Winland, den Fahrten dorthin und nach Markland und von allem, was über diese Länder durch die alten Sagen bei uns bekannt war.
Der Admiral ließ mich reden wie ich wollte und hörte mir sehr aufmerksam zu, das Kinn in die Hand gestützt. Manchmal nur unterbrach er mich durch eine Frage, die verriet, wieviel er von den Ländern und Meeren des Nordens schon wußte. Ab und zu stand er auf, trug etwas auf einer Karte ein oder fingerte auf der

Weltkugel herum. Manchmal murmelte er ein paar Worte in einer fremden Sprache, die ich nicht verstand, aber endlich sagte er zu mir: ›Es könnte stimmen. Dein Markland, das könnte die Insel sein, die mein Vater im nordwestlichen Meere fand: Wälder, riesige Ströme, Reichtum an Fischen – sieh hier!‹ Er winkte mich an eine Karte heran, zeigte mir Flecken und Linien, die ich nicht verstand. Ich staunte: ›Ihr kennt Markland? Und habt es auf Eurer Karte eingezeichnet?‹ Der Admiral lächelte, als wolle er sagen, das sei noch gar nichts.
Dann rief er seinen Diener herein und gab ihm Anweisungen für mich, die ich nicht verstand. Es schien aber, daß er ihm befohlen hatte, mich anständig zu kleiden, mir Quartier und zu essen zu geben und mir alles beizubringen, was ein Diener niederer Art, eher eine Art Laufbursche, in der Umgebung eines solchen vornehmen Herrn zu tun habe; denn der Admiral wünschte, mich bei sich zu behalten, und da mußte ich doch Tagewerk und Stellung in seinem Haushalt haben.
Der Diener tat, wie ihm befohlen war. Aber ich bekam zu fühlen, daß er es ungern tat. Er und seine Kameraden behandelten mich schlecht, schlugen und verspotteten mich, wo sie nur konnten, und spielten mir jeden schlimmen Streich; denn für sie blieb ich nichts als ein Piratenhund, der nur durch einen Kniff dem Henker aus der Schlinge geschlüpft war. – Manchmal kam ich mir selbst so vor. Daß der Admiral mich bisweilen rufen ließ und stundenlang in seinem Arbeitszimmer ausfragte, verübelten sie mir erst recht. Nun, auch das ging vorbei. Ich lernte, mich zu wehren, und lernte ihre Sprache, und eines Tages ließen sie mich in Ruhe und nahmen mich für einen der Ihren.
Nach und nach erfuhr ich von ihnen mancherlei über unseren Herrn, so: daß er kein Spanier war, sondern Genuese wie der große Seefahrer Christobal Colon, und daß schon sein Vater ein berühmter Seefahrer gewesen sei, der in englischen Diensten die westlichen Meere befahren habe, um einen neuen Weg nach dem reichen Lande Cathay zu finden. Dabei soll er im

Nordwesten eine fischreiche Insel entdeckt haben. Aber sonst hat er wenig Glück gehabt, und auch den Weg nach Cathay hat er niemals gefunden.«

»Nun sage nur noch«, warf der Fremde spöttisch dazwischen, »du wolltest uns weismachen, du hättest in den Diensten des Herrn Sebastiano Caboto gestanden!«

»So hieß mein Herr«, erwiderte Baard. »Ihr kennt ihn? Er ist ja auch inzwischen berühmt genug geworden und in England zu hohen Ehren aufgestiegen. Vielleicht findet er den Weg nach Cathay, wenn auch andersherum auf der Weltkugel. Aber mir gegenüber hat er sein Versprechen nicht gehalten.«

»Dir hatte er ein Versprechen gegeben?« fragte der Fremde mit einem kurzen Lachen.

»Nun ja, man kann es so nennen«, fuhr Baard fort, »wenn man die törichte Hoffnung eines armen Teufels zu wecken weiß und sein ganzes Vertrauen gewinnt, so wie es mein Herr Caboto mit mir getan hat.

Bald darauf nahm der Herr uns alle mit auf eine große Seereise. Wir fuhren zuerst über das Weltmeer nach Spanien und dann nordwärts nach England. Unser Herr wollte in englische Dienste treten wie einst sein Vater, das wußten wir, und mir hatte er bei unseren langen Gesprächen sogar etwas über seine Pläne gesagt. Auch er wollte den Weg nach Cathay durch das Nordmeer finden – die Nordwestpassage, wie er sagte. ›Gib acht, Baardo‹ – so nannte er mich –, ›nun kommst du bald nach Hause!‹ verhieß er mir. Das hat er dann in London sehr bald vergessen.

Vergessen ist wohl nicht das rechte Wort. Es war nicht seine Schuld. Auch für ihn ist alles ganz anders gekommen, als er es sich in seiner Admiralskajüte vor seinen Karten und seiner großen Weltkugel ausgedacht hatte. In England waren die großen Kaufleute ganz erfüllt von neuen Nachrichten über die reichen Küsten, an denen entlang der Weg nach Cathay durch das nord*östliche* Meer führen sollte. Dieser Weg war anscheinend viel besser zu befahren als der nach Nordwesten, auf dem schon Herrn Sebastianos Vater des Eises wegen hatte umkehren müssen. Von Markland und Winland wollte mein Herr nun nichts mehr hören. Er ließ mich nicht mehr rufen, sondern empfing andere Gäste, hochmögende Herren, die ihm von Gewinnen redeten, die schon auf dem Wege nach Cathay sicher zu erreichen waren, vom Pelzreichtum der moskowitischen Länder.

Mein Herr bekam viel zu tun und zu bedenken; denn es sollte eine große Expedition ausgerüstet werden. Dennoch vergaß er mich nicht ganz. Eines Tages ließ er mich rufen und sagte: ›Du kannst mit mir kommen als mein Diener oder als Matrose, wie du willst. Du kennst das Leben im Norden und könntest wertvolle Dienste leisten.‹ Ich aber wollte nicht. Niemandem, so meinte ich, kämen meine Dienste zu als allein meiner Heimat. Ließ mich mein Herr im Stich, so mußte ich anderswo ein Schiff finden, daß Hilfe nach Grönland bringen konnte. Herr Sebastiano sah das ein und versuchte sogar, mir zu raten. Nach Bristol solle ich gehen, von wo alljährlich Hunderte von Fischerbooten zum Fang nach Island ausfuhren. Auf Island aber, so meinte mein Herr, müßte es doch ein leichtes sein, ein Schiff und hilfreiche Männer zu finden, die bereit waren, etwas für ihre stammverwandten Nachbarn im Nordmeer zu tun.

Das leuchtete mir ein. Im folgenden Frühjahr musterte ich im Hafen von Bristol auf einem Islandfahrer an. Wir segelten nordwärts, fischten wochenlang vor der felsigen Islandküste und beluden unser Schiff mit Kabeljau und Heringen. Als wir aber an Land kamen, war es auf Island durchaus nicht leichter als anderswo, die Herzen der Leute für Grönland zu gewinnen oder gar ein Schiff dahin zu finden. Als ich dort erzählte, woher ich stammte und was ich suchte, wurde ich laut ausgelacht. In Grönland lebe heute niemand mehr, wurde ich belehrt. Mehr als hundert Jahre sei es her, seit die letzten Schiffe hinüber- und herübergesegelt seien. Inzwischen hätten die Skrälinger und das Eis ganze Arbeit gemacht. Ob ich denn im Trollberg verzaubert geschlafen hätte? Denn es sei ganz unmöglich, daß ich vor wenigen Jahren von Grönland abgesegelt sein wollte. Vielleicht stammte ich von den Färöern oder sonst einer gottverlassenen Insel im Nordmeer? Ich solle es mir nochmals überlegen.

Ein alter Mann hatte endlich ein Einsehen und sagte mir, selbst wenn ich die Wahrheit spräche, so sei ich bei ihnen auf Island doch ganz am unrechten Ort; denn das Land sei viel zu arm, um irgendeine Hilfe leisten zu können, und schon allein mit Schiffen sei es schlecht bei ihnen bestellt. Nach Bergen müsse ich reisen, wo große Kaufleute säßen, die von alters den Handel mit Grönland gepflegt hätten, oder besser noch nach Kopenhagen zum König selbst, dem das Land als Kronkolonie gehöre. Er redete auch vom Erzbischof von Drontheim, der überall auf Island nach alten Urkunden und neuen Nachrichten über Grönland habe forschen lassen und – wie man erzähle – ein großes Unternehmen plane. Ja, wahrscheinlich sei der Erzbischof überhaupt der Mann, von dem am ehesten...«

Baard stutzte und blickte auf die Hände des Fremden, die auf den Lehnen des Sessels ruhten, weiß und schön, mit dem mächtigen Ring geschmückt.

»Weiter!« sagte der Fremde ungeduldig und zog die Hände fort, so daß sie nicht mehr zu sehen waren.

»Nun ja...«, Baard, ein wenig verwirrt, redete weiter, »wahrscheinlich war dies der klügste Rat, den ich je in meiner Angelegenheit bekommen habe. Aber von Island nach Bergen oder Kopenhagen kommt man nicht so schnell. Vielleicht hätte ich mit dem Amtmann des Königs auf Island reden sollen, aber der saß um Tagesreisen entfernt am anderen Ende der Insel auf seinem Hof. Auch hatten wir Fischer aus Bristol Grund genug, ihm lieber nicht gerade absichtlich unter die Augen zu kommen; denn fremde Fischer und Kaufleute sind an Islands Küsten nicht gern gesehen, jedenfalls nicht von Amtspersonen. So eifersüchtig hütet der König seine Rechte im Lande.

All dieses aber kam zusammen, um mir mein Vorhaben immer schwieriger erscheinen zu lassen, so schwierig, daß ich ganz

daran verzagte. Je länger ich draußen in der Welt herumgetrieben wurde, desto weiter erschien sie mir, desto wilder die Meere, desto feindlicher die Menschen und desto schwerer das ganze Leben. Was sollte ein armer Hund wie ich, dem man nicht einmal seine Herkunft glaubte, in einer solchen Welt ausrichten? Ich hatte nun gelernt, wie wenig ich samt meinem ganzen Anliegen darin galt. Aber das Leben unter den Fischern mit harter Arbeit, Gefahr und blankem Lohn, mit Saufen und Tanzen, das war nah und wirklich und darum Freude. Da galt ich etwas und meine Geschichte auch. Denn in den dunklen Nächten an Bord und im Hafen beim Bier galt sie als das beste Garn, das je eine Teerjacke gesponnen hatte.
Immer wieder mußte ich sie erzählen, und es kam immer mehr hinzu, auch manches, was ich nicht gerade selbst erlebt hatte, aber darauf kam es nun auch nicht mehr an. Manchen Freitrunk brachte mir die Geschichte unseres Elends ein, und sie wurde davon nur immer bunter und prächtiger. Wenn damals einer mir geglaubt und mich plötzlich zur Fahrt nach Grönland angeheuert hätte, ich glaube, ich wäre nicht schlecht erschrokken. Damals fingen die Leute an, mich Lügenbaard zu nennen. Aber das war kein Schimpfname, bei Gott, ein Schimpfname war es nicht!
So fuhr ich mit den Bristolfischern heim und wieder nach Island, zwei Frühlinge hintereinander. Am Ende der zweiten Fangzeit, die gut gewesen war, veranstalteten wir auf einem Hof nahe der Küste ein großes Trinkgelage. Wir hatten ein Faß gutes englisches Bier und auch Branntwein mitgebracht; denn die Leute auf Island waren arm, beinahe so arm wie wir daheim in Grönland, nur daß es hier nicht ganz so einsam, daß mehr Kommen und Gehen war und daß sie die Hand ihres Königs spürten mit Gesetz und Ordnung. Aber sonst wurde ich auf Schritt und Tritt so sehr an die Heimat erinnert, schon durch die Sprache, daß es mich ganz traurig stimmte. Besonders auf dem Hofe, auf dem wir an diesem Abend das Gelage feierten, war vieles so ganz wie zu Hause. Die alte Hausfrau sah meiner

Großmutter allzu ähnlich, und vieles von dem Gerät am Feuerplatz und auf den Wandborden hätte auf Brattahlid stehen können. Auch roch es überall wie daheim, nach Fischen, Schafen und Holzrauch. Vielleicht war dies alles der Grund, warum ich mich in jener Nacht so betrank wie in meinem ganzen Leben noch nicht, und das will etwas heißen.

Ich wachte davon auf, daß einer der Islandmänner mich schüttelte und mir erzählte, in der Bucht liege eine hamburgische Kraweel, die suche einen Lotsen für Grönland. ›Ach, geh zum Teufel!‹ sagte ich. ›Du willst mich nur zum besten halten!‹ und schlief weiter. Ich weiß nicht, wieviel Zeit vergangen war, da stand derselbe Mann wieder da und erzählte mir noch einmal dasselbe und sagte, es sei dringend, der Schiffer wolle mich sprechen. Nun war ich aber auf dem Punkt, da mich der Rausch zu verlassen anfing, was, wie jeder weiß, der allerschlimmste Punkt ist. Ich begriff gar nicht, was für einen Schiffer er meinte, sagte, er könne ja warten, und schlief weiter.

Als ich zum dritten Male aufwachte, standen mehrere Männer da, drei oder vier, und redeten alle auf mich ein, es sei die höchste Zeit, die Kraweel wolle mit der Flut auslaufen, und wenn ich nicht gleich käme, würde sie ohne mich segeln. Diesmal begriff ich wohl, aber ich glaubte, die Männer hielten mich zum besten, und wollte ihnen nicht den Spaß machen, ihnen zu glauben. Ich sagte hochmütig, es sei gut, und ich würde gleich kommen. Wenn sie fortgegangen waren, dachte ich, würde ich heimlich hinterherschleichen, um zu sehen, ob wirklich ein Schiff in der Bucht lag. Sie standen noch eine Weile da und redeten, aber am Ende müssen sie es wohl aufgegeben haben. Inzwischen war ich wieder eingeschlafen.

Als ich danach erwachte, mußte viel Zeit vergangen sein; denn ich fühlte mich zwar elend, aber doch ziemlich klar im Kopf. Dunkel erinnerte ich mich an irgend etwas, was da gewesen war, und dann, mit einem Schlage, fiel mir alles ein: eine hamburgische Kraweel in der Bucht – ein Lotse nach

Grönland – es eilt – die Flut! Ich war schon aus der Tür und rannte zum Hafen.
Der Weg war viel weiter, als ich gedacht hatte. Ein scharfer Regenwind peitschte mir entgegen und wusch mich nüchtern. Als ich die Schuppen und Katen am Hafen sehen konnte, hörte ich über mir auf einem Felsen Kinder schreien: ›Da ist er! Da ist er!‹ und ein schrilles Gelächter. Ich rannte noch schneller. Bei den Häusern standen Leute, Männer und Frauen. Sie wandten sich alle nach mir um. Sie schrien nicht, aber auf ihren Gesichtern standen deutlich Spott und Schadenfreude. Als ich zehn Schritte weiter war und die Bucht überblicken konnte, begriff ich, warum: Weit draußen, schon in der Dünung der offenen See, segelte die Kraweel mit dem Hamburger Wimpel am Top – das Schiff nach Grönland. Sie hieß ›Der Große Bär‹ und ihr Schiffer Gerd Mestermaker, erfuhr ich später.
Ob ich geschrien habe, weiß ich nicht. Aber ich blieb keinen Augenblick stehen, sondern rannte den felsigen Strand entlang und kletterte über die Klippen, die ein Stück weit in die Bucht hinausführten. Im Laufen riß ich mir mein rotes Wollhemd vom Leibe, schwenkte es wie wahnsinnig, und nun schrie ich wirklich, schrie und schrie, obgleich ist doch wußte, daß kein Ohr auf dem Schiff mich mehr hören und kaum ein Auge noch sehen konnte. Nun gewann es draußen die offene See. Ich sah, wie die weiten, weißköpfigen Brecher es hoben und senkten und wie es stolz und langsam hinter dem Vorgebirge verschwand – westwärts.
Was ich dachte und fühlte, kann ich heute kaum sagen. Es schien mir nur gerecht, daß ich beim Abstieg über die Felsen auf den nassen Klippen ausrutschte, stürzte und das Bein brach. Die Leute, die mir vom Ufer aus stumm zugesehen hatten, mußten kommen und mich an Land tragen. Der Schmerz in meinem Bein ließ mich allen Stolz vergessen. Ich tobte und beschimpfte alle, daß sie mich nicht mit Gewalt aufgerüttelt und an Bord geschleppt hätten. Dann wäre ich wohl wach geblieben! Sie blickten verlegen zur Seite und sagten schließlich: ›Einige von uns

wollten das schon tun. Aber wir waren nicht sicher, ob wir dir und dem fremden Schiffer damit einen Dienst leisten würden. Keiner von uns weiß doch, was wirklich an deinen Geschichten dran ist.‹ – ›Wir dachten‹, sagten sie mutiger, ›du hättest vielleicht guten Grund gehabt, lieber weiterzuschlafen. Schließlich heißt du doch weit und breit – der Lügenbaard!‹

Da hatte ich es! Aber konnte ich es den ehrlichen Männern von Island übelnehmen, daß sie mir mißtraut hatten? Zum Glück für meinen Verstand lenkten mich meine rasenden Schmerzen von fruchtloser Reue ab. Es war ein sehr bösartiger Bruch. Die Knochen stachen durch die Haut. Ich aber wollte lieber an Bord bei meinen Kameraden bleiben als auf einem dieser Islandhöfe, auf denen es so roch wie daheim. So trugen sie mich an Bord. Auf der Heimfahrt kam der Brand in die Wunde, und der Schiffer mußte mit Messer und Säge und glühendem Eisen mir das Bein abschneiden.

Danach heilte die Wunde langsam. Wider jedes Erwarten wurde ich gesund. Was aber sollte ich anfangen? Zur See fahren konnte ich nicht mehr, und sonst hatte ich nichts gelernt. Da beschloß ich endlich, mich auf den Weg zum König und seinem gelehrten Erzbischof zu machen und denen meine Geschichte zu verkaufen. Mich dünkte, dort würde sie endlich in die rechten Hände kommen. Aber es ist ein weiter Weg gewesen bis hierher, und ich hatte niemals Geld zum Reisen und fand nur selten einen Fuhrmann oder Schiffer bereit, mich für Gotteslohn – oder für ein Stück von meiner wundersamen Geschichte – ein paar Meilen mitzunehmen. Auch gab es so viele Schenken und volkreiche Häfen am Wege, wo ein guter Geschichtenerzähler gern freigehalten wird. So kam ich nur langsam vorwärts, und ich bin noch nicht lange in dieser guten Stadt meines guten Königs angekommen, noch nicht sehr lange – höchstens seit einem guten Jahr.«

»Und in dieser ganzen Zeit«, fragte der Fremde voller Mißtrauen, »hast du nicht einmal versucht, deine Geschichte dort anzubringen, wo sie angehört worden wäre? Vom König will ich nicht reden, aber hast du je versucht, die Gewährsleute des Erzbischofs von Drontheim zu sprechen, die in allen Häfen des Königsreichs nach Geschichten wie der deinen suchen und keine ungeprüft lassen?«

Baard lachte heiser. »Seht mich nur an, Herr! Wer hört einen solchen Kerl wie mich im Ernst an? Als Lügenbaard bin ich wer, aber nichts, wenn ich ernst genommen werden will. Ist es Euch nicht ebenso mit mir ergangen, Herr?«

»Jedenfalls ist es dir gelungen«, sagte der Kaufherr, »das letzte Schiff zu versäumen, das nach Grönland fuhr – dasselbe, von dem dies kleine Meermädchen an Schiffer Jörgensen verhandelt worden ist.«

Birgit schrie leise auf und tastete nach der Hand ihres Bruders: »O Baard! So nahe waren wir uns damals!«

»Das letzte Schiff?« fragte in diesem Augenblick Jon der Grönländer. »Das stimmt nicht. Wenigstens eins hat später noch die grönländische Küste angelaufen: die englische Hulk, auf der ich als Steuermann fuhr.«

»Woher wißt Ihr das?« fragte der Fremde.

Jon suchte in seiner Tasche und brachte einen schmalen, handlangen Gegenstand hervor. »Kennst du das vielleicht?« fragte er. Baard griff danach.

»Oles Messer!« flüsterte er und betrachtete es gierig, drehte und wendete es, nahe am Licht, als könnte er sich nicht satt sehen. Birgit streckte die Hand danach aus und suchte mit tastenden Fingern die Verzierungen am beinernen Griff.

»Gebt her!« befahl der Fremde, aber er mußte es wiederholen, ehe die beiden ihren Schatz aus zögernden Fingern freigaben. Neugierig beugten sich der Kaufherr und der Fremde über das dürftige Ding auf der flachen Hand des Fremden. »Nicht ohne Kunstfertigkeit gemacht!« bemerkte der Kaufherr wohlwollend. »Aber doch stark abgenutzt.« Das mochte er wohl sagen; denn von der Messerklinge war kaum etwas zu sehen. Kurz und stumpf, fast wie eine Tierkralle, saß sie an dem kräftigen, schön geschnitzten Heft aus Walbein.

»Abgenutzt?« rief Baard. »Ihr werdet in ganz Grönland kaum längere Messerklingen finden als diese; denn Eisen ist bei uns kostbarer als Gold.«
»Ich weiß es«, sagte überraschend der Fremde, »denn solche Messer habe ich schon gesehen. Eins oder zwei davon habe ich in meiner Sammlung.« Die anderen horchten auf. Deutlich stand in den Augen von Jon und Baard die Frage, wer der Mann sei, der solche Dinge sammle? Aber über ihre Lippen wagten sie sich nicht. Den Geschwistern war eine andere Frage noch brennender:
»Wo hast du das her? Jon Grönländer, wo hast du dies Messer gefunden?«
Der alte Seemann erwiderte: »Auf einer Insel in einem Fjord fanden wir Hütten und Schafställe aus Steinen, auch ein paar Schafe weideten dort. Nahe bei den Hütten aber fanden wir einen Toten liegen, mit dem Gesicht zur Erde, in Kleidern aus Fries, einem Kittel mit Kapuze, alles wohlgenäht, wenn auch abgetragen. Neben ihm lag dies Messer.«
Birgit weinte leise. Der Fremde aber fragte: »Und sonst? War dieser tote Mann alles, was ihr fandet? Waren in der Nähe nicht Höfe zu finden oder die Spuren von Menschen?«
Jon der Grönländer zuckte die Achseln. »Der englische Schiffer wollte nicht weiter in den Fjord hinein, weil es überall von den Fellbooten der schlitzäugigen Trolle wimmelte, die ihr Skrälinger nennt. Wir gingen an Bord zurück, ohne den Toten zu bestatten, und segelten eilends ab. Nur die Schafe nahmen wir mit; denn es fehlte uns sehr an frischer Nahrung auf dieser Reise, weil die Skrälinger uns nirgends an Land kommen ließen. Ich aber steckte dies Messer ein; denn es dünkte mich, ein solcher Fund müsse Glück bringen. Hab bis heute nicht viel davon gemerkt! Und doch bin ich froh, das Ding aufbewahrt zu haben.« Er wies auf das Messer, das zwischen ihnen auf der dunkel spiegelnden Eichenplatte des Tisches lag, und sprach: »Da liegt's, Ihr Herren! Ist Euch das nicht genug? Was für ein Zeugnis braucht Ihr noch, um endlich zu glauben?«

Ein Traum bleibt ein Traum

Niemand sprach. Ein schweres, lastendes Schweigen erfüllte den Raum, in dem während dieser Nacht so unerhört Seltsames berichtet worden war. Nun spürten die fünf Menschen fröstelnd ihre Ermüdung. Längst war das letzte Holzscheit im Kamin zerfallen; denn niemand hatte daran gedacht nachzulegen. Verstreute Glutbrocken glommen noch, aber sie wärmten nicht mehr. Tief in die Leuchter heruntergebrannt, schwelten die Kerzen. Dennoch wurde es nicht dunkel im Raume. Von den hohen Fenstern sickerte ein dünnes graues Licht, das allmählich stärker wurde, herein. Die Nacht war um.

Sie warteten auf das Wort des Fremden: die beiden Grönlandkinder, die ihr zerbrochenes Leben und das Schicksal ihres Landes in seine Hände gelegt hatten, der alte Schiffer, dem das letzte und vielleicht lohnendste Abenteuer winkte, und in beherrschter Ungeduld auch der Kaufherr. Für ihn stand nicht so viel auf dem Spiel wie für die anderen, aber doch gerade genug.

Der Fremde saß in tiefes Nachdenken versunken, das Gesicht in der Hand verborgen. Was ging in ihm vor? Enttäuschung? Zweifel? Neue Pläne, da die alten der Wirklichkeit nicht standhielten? Oder war er nur müde – der ganzen Angelegenheit müde geworden? Wer das gewußt hätte! Für einen Augenblick schien der Zweifel zu siegen. Er ließ die Hand plötzlich fallen, blickte scharf auf Baard und fragte: »Wo, sagtest du, liegt die Ostsiedlung? An welcher Küste Grönlands, meine ich!«

Baard, dumpf verwundert über die Frage, murmelte: »An der Westküste natürlich, Herr! Drei Segeltage nordwestwärts von Hvarf mündet der Eiriksfjord.«

Der Fremde zuckte die Achseln, aber seine hochfahrende Ant-

wort war ohne rechte Kraft: »Das widerspricht allem, was gelehrte Männer darüber festgelegt haben, auch der Karte, die uns die Herren Zeno von jenen Meeren aufgezeichnet haben.«
»Ja, Karten sind meistens anders als die Gegenden selbst, wenn man hinkommt«, gab Jon der Grönländer eigene Erfahrung zum besten.
»Und du, mein Freund«, erinnerte der Fremde sich seiner, »sagtest du nicht, du kenntest die Westküste? Nun antworte mir noch einmal auf Ehre und Gewissen: Hast du jemals irgendwelche Spuren von der Ostsiedlung gefunden? Bedenke: von mehr als hundert Höfen, elf Kirchen und mindestens drei schiffbaren Häfen! Man sollte meinen, dergleichen könnte nicht ganz verborgen bleiben. Denke noch einmal gut nach!«
Jon kratzte sich hinter den Ohren und blickte von dem Fremden zu Baard und wieder zurück.
Da sollte er wohl festgelegt werden! Aber konnte er diesen Jungen Lügen strafen? »Was ich westlich von Hvarf fand, Herr«, begann er vorsichtig, »das sagte ich Euch schon, nicht wahr?«
»Was war das?« fragte Baard begierig.
»Nun, eine Kirche ohne Dach mit einem Kirchhof darum.«
»Das müßte Herjulfsnes gewesen sein«, rief Baard. »Hast du nicht auch Höfe dort gesehen, Menschen und Vieh?«
Jon schüttelte den Kopf: »Höfe ja, doch ohne Dach und Türen und nichts Lebendes weit und breit.«
»Wenn es an der Westküste lag«, sagte der Fremde, »so muß es, nach Ansicht aller Gelehrten, ein Teil der alten, längst verlassenen Westsiedlung sein. Die Ostsiedlung, das sagt schon ihr Name, muß natürlich an der Ostküste Grönlands liegen.«
Da aber vergaß Baard zum ersten Male jede Spur von Ehrerbietung. Er fuhr hoch. »Was für ein Unsinn! Die Westsiedlung liegt doch ganz im Norden, zwölf Segeltage nordwärts vom Eiriksfjord. Soviel solltet Ihr aus der Geschichte meiner Schwe-

ster jedenfalls behalten haben! Vom Eiriksfjord aber bis Hvarf verläuft die Küste fast ostwärts. Ostkurs muß man segeln, wenn man vom offenen Meere hereinkommt. Darum nannten die Alten die Wohnstätten dort die Ostsiedlung. Das weiß in Grönland jedes Kind.«

Seltsamerweise verbat der Fremde sich nicht den ausfallenden Ton. »Fast die gleiche Beschreibung«, sagte er nachdenklich, »der Fahrt von der Ostsiedlung zur Westsiedlung gibt uns der Priester Ivar Baardsson in seinem Bericht vor zweihundert Jahren.« Er schwieg eine Weile. Dann sprach er: »Dies alles ist sehr seltsam und voller Widersprüche. Vielleicht kann man wirklich von hier aus nicht genug davon wissen, wie jene Länder und Meere in Wirklichkeit beschaffen sind, und hätte man noch so viele alte Schriften und Karten. Da bleibt nur eines: sich selbst überzeugen. Jon der Grönländer, der du die Grönlandküste so gut zu kennen vorgibst, würdest du dir zutrauen, mit einem solchen Lotsen an Bord, wie diesem Lügenbaard, die verschollene Ostsiedlung aufzufinden?«

Der alte Seemann schnaufte tief: »Herr, was mich angeht, so glaube ich dem Jungen. Ja, gegen meinen eigenen Augenschein muß ich ihm glauben. Ich habe an der westlichen Grönlandküste nichts von alledem gesehen, was er uns beschrieben hat: keine Höfe, keine Kirchen, von den Häfen ganz zu schweigen, nichts als Trümmer und – diesen toten Mann auf der Insel. Aber der allein, meine ich, ist doch eine Art von Beweis. Sehr wohl kann sich alles so verhalten, wie diese beiden hier aussagen. Ich für mein Teil – ja, ich glaube ihnen!«

»Hört ihr es?« fragte der Fremde. »Nun bleibt mir nur noch zu fragen, ob du, Baard Einarsson aus Grönland, dir solche Lotsendienste zutraust? Denn was dir blühen würde, wenn du zuviel versprochen hast, das brauche ich dir wohl nicht zu sagen?«

»Herr, bei Nebel und finsterer Nacht«, rief Baard, atemlos vor Erregung, »würde ich den Eiriksfjord wiederfinden, haben wir nur erst Hvarf in Sicht!«

»Und – den Kurs nach Winland?« fragte der Fremde halblaut, wie beiläufig.
»Glaubt Ihr, den hätte ich jemals vergessen?« erwiderte Baard.
In diesem Augenblick erhob sich eine Stimme, die man während der ganzen Nacht nur selten gehört hatten, behäbig, gemessen, ohne Eifer oder Gehässigkeit, die Stimme der nüchternen Vernunft – des Kaufherrn: »Euer Gnaden sind also, wenn ich recht verstehe, entschlossen, Schiffe, Männer und gutes Geld – mein Geld, wie ich mir zu bemerken erlaube! – an dies äußerst ungewisse Projekt, gegründet auf ein altes Seefahrermärchen, zu wagen?«
»Ihr meint, es lohnt am Ende nicht?« fragte der Fremde.
»Wie kann ich es für ein lohnendes Unternehmen halten«, erwiderte der Kaufherr, »nach allem, was wir in dieser Nacht gehört haben? Selbst wenn diese beiden hier die Wahrheit gesagt haben – und auch ich bin geneigt, das zu glauben –, so gibt es zwar diese Ostsiedlung, nach der Ihr sucht, aber sie ist so armselig, daß sie Euch schwerlich Erträge bringen wird. Sie wird Euch vielmehr Geld kosten, auf Jahre hinaus, mehr, als man im voraus berechnen kann. Auch scheint es mir zweifelhaft, ob dort noch Menschen am Leben sind, nach so vielen Jahren des Elends, wie wir hörten. Wenn ich Euch raten darf, laßt Eure Hand ganz von diesem Unternehmen!«
»Ihr vergeßt nur«, sagte der Fremde ohne Erregung, »daß dies Land einmal eine reiche Kronkolonie der norwegischen Könige gewesen ist. Was sollte sich daran geändert haben, wenn man den Menschen dort nur ein wenig Hilfe zukommen läßt, mögen ihrer viele oder wenige noch am Leben sein. Und Ihr vergeßt das Wichtigste: Dies Land ist die Pforte nach Winland. Vom Eiriksfjord allein läßt sich mit Sicherheit der alte Seeweg wiederauffinden. Vergebliche Versuche von fremden Häfen aus haben das genügend bewiesen.«
»Winland! Wenn das nur überhaupt zu finden ist!« sagte der Kaufherr achselzuckend.

»Ach, das meint Ihr mit dem Seefahrermärchen!« erwiderte der Fremde. »Ich dachte, Ihr hättet begriffen, daß es kaum eine wichtigere Wirklichkeit für uns Seefahrer des Nordens gibt als dieses Märchen. Was sonst suchen seit fünfzig Jahren englische und sogar portugiesische Schiffe mit solcher Heimlichkeit in nördlichen Meeren?
Der Weg nach Winland, das ist die Nordwestpassage, der Weg nach Indien, nach Cathay und Zipangu durch das Nordmeer, jenseits der neuen Inseln, die Spanien besitzt. Ob Winland schon zu jenen Ländern gehört oder nur eine Insel ist auf dem Wege dorthin, das wird sich zeigen. Auf jeden Fall aber gehört es nicht dem Spanier und nicht dem Portugiesen, sondern dem, der es zuerst wiederfindet: dem, der Grönland besitzt! Mich dünkt das ein lohnendes Ziel zu sein. Euch will ich nicht überreden, Euer Geld daran zu wagen. Es könnte nur sein, daß Ihr eines Tages bereut, es nicht getan zu haben.«
Wieder brannte in den hellen Augen das kalte Feuer einer fernen Leidenschaft, und wieder spürte der Kaufherr gegen seinen Willen, daß dieser Mann ihn zu gehorchen zwang, gerade wie am Abend zuvor, da alles, was er so bestimmt zu wissen und zu wollen geglaubt hatte, in das Gegenteil verkehrt worden war. Als er daran dachte, raffte er seine letzten Kräfte zusammen und wehrte sich; denn jetzt ging es nicht mehr um ein Für und Wider im Spiel der Worte, sondern um harte Wirklichkeit, um sein Geld. Mit einem ärgerlichen Lachen zerriß er gewaltsam den Bann, dem er zu verfallen drohte. Um diese Tageszeit, auf nüchternen Magen und nach einer so durchschwatzten Nacht, rief er, sei es unmöglich, derart schwerwiegende Entschlüsse zu fassen. Er bitte sie alle zu einer kräftigen Morgensuppe. Danach werde er mit Seiner Gnaden in vertraulicher Zwiesprache auf dem Kontor die entscheidenden Fragen beraten.
Schon streckte er die Hand nach der Silberglocke aus. Da ließ ein verworrener Lärm im Haus ihn aufhorchen. Die Glocke hatte sich noch nicht gerührt, als die Tür aufflog und, vorbei an dem Diener, der ihn aufhalten wollte, ein Seemann im ledernen

Rock, den nassen Hut vom Kopf reißend, hereinstürzte, mit raschem Umherblicken den Fremden erspähte und, sich kaum verneigend, ihm einen Brief reichte. »Botschaft von Euren Freunden aus Tröndelagen, Euer Gnaden!« Er war außer Atem und taumelte fast. Der Kaufmann winkte dem Diener, daß er sich des Boten annähme.

»Bewirtet ihn gut!« befahl der Fremde. »Er hat es verdient.« Dies sprach er schon vom Fenster her, an das er getreten war, während er hastig den Brief aufriß und zu lesen begann.

Die vier anderen sahen ihm zu. Jon fragte flüsternd: »Wer ist er denn? Nun, nachdem er uns alle schon in Dienst und Pflicht genommen hat, sollten wir es doch wohl erfahren!« Der Kaufherr hieß ihn mit einer ungeduldigen Bewegung schweigen, dann flüsterte er zurück: »Er will unerkannt sein. Aber er ist mächtig...«

Er verstummte und beobachtete seinen Gast von der Seite. War es nur das graue Mondlicht, das ihn so bleich erscheinen ließ? Der Kaufherr bemerkte, daß er nicht mehr las und daß der Brief in seiner Hand zitterte. Der Kaufherr trat einen Schritt auf das Fenster zu.

Da wandte der Fremde sich um, sehr bleich, aber gerade aufgerichtet und so hochmütig wie nur je. »Es ist gut, ihr Leute! Für diesmal geht!« nickte er Jon und den Geschwistern zu. »Auf später...«, er brach ab und wandte sich nun an seinen Gastgeber, halblaut, in ganz anderem Ton: »Ich muß sogleich abreisen, heute noch. Mein Diener Hans soll mir leichtes Gepäck rüsten und zwei von meinen Pferden. Nur er begleitet mich. Leiht mir das Geld, die anderen zu entlohnen, und schießt mir einen Betrag für die Reise vor! Ihr könnt Euch an meinem übrigen Gepäck bezahlt machen. Sonst weiß ich nicht, wie und wann ich Euch das Darlehen zurückzahlen kann, noch wann ich Euch wiedersehen werde!«

»Was bedeutet das alles, Euer Gnaden?« fragte der Kaufherr.

Ein Lachen verzerrte den stolzen Mund. »Ist das so schwer zu erraten? Die Ungnade! Meine Güter in Tröndelagen und im Bischofspalast sind schon eingezogen. Meine Feinde haben es geschafft. Es geht um meinen Hals.«

»Ihr wollt zum König?« fragte der Kaufherr.

»Zum König? Nein! Wenn ich auf Gerechtigkeit hoffen dürfte, ich hätte den Mut. Aber ich habe den Tag von Stockholm nicht vergessen. Nein, ich gehe zu dem, der allein über mich zu richten hat. Noch gilt sein Spruch auch in diesem Lande, denke ich.«

»Ihr meint den Papst zu Rom? Doch Rom ist weit, und ob die Rechtsbräuche dort weniger willkürlich sind?« gab der Kaufherr zu bedenken.

»Das mag sein«, erwiderte der Fremde. »Vielleicht bin ich auch dort verloren. Hier aber bin ich es gewiß. Es ist mein einziger Ausweg.«

»So gebt Ihr alle Eure Pläne auf?« fragte der Kaufherr.

»Sie würden mich nicht retten«, sagte der Fremde. »Im Gegenteil, sie sind eine Ursache seines Argwohns. Ich wurde ihm zu groß, das ist es, und nicht, was meine Feinde über mich zusammmengetragen haben!«

Da sagte der Kaufherr: »Ich wüßte noch einen Ausweg!« und fuhr, als der Fremde ihn ungeduldig fragend ansah, in seiner bedächtigen Weise fort: »Meine Kraweel ›Najade‹ liegt fahrbereit im Hafen. Sie soll heute nach Cadiz absegeln. Schiffer und Mannschaft sind mir treu ergeben. Sie würden jeden Kurs segeln, den ich wünsche.«

»Was meint Ihr?« fragte der Fremde in höchster Verwunderung.

»Daß Ihr Ernst macht mit dem, was heute nacht hier geredet worden ist!« versetzte der Kaufherr streng. »Brecht auf nach Grönland und nehmt es in Besitz!«

»Ihr ratet mir das?« staunte der Fremde.

»Ja, ich rate das!« erwiderte der Kaufherr mit schwerem Nachdruck. »Ihr wißt, wie sehr ich Zweifel hegte und wie wenig ich mir von Eurem Plan versprach. Nun aber dünkt es mich von allem, was Ihr noch wählen könnt, das kleinste Übel. Dies Grönland mag so arm sein, wie es will; als Herr darüber könntet Ihr Euren Feinden Trotz bieten. Ich wüßte, was ich wählte.«

Mehr sagte der Kaufherr nicht. Es mochte ihm nicht schicklich erscheinen, einem solchen Herrn Ratschläge zu erteilen. Aber seine kleinen, blitzenden Augen redeten deutlicher als seine Zunge. Die Geschwister hatten einander an den Händen gepackt. War die Stunde so schnell gekommen? Jon aber konnte sich nicht enthalten zu sagen: »Ich bin zu allem bereit, Herr, wie ich hier stehe!«

Der Fremde hörte ihn nicht. Er stand, starrte ins Leere und biß sich auf die Lippen. Dann warf er mit raschem Entschluß den Kopf zurück. »Nein, so nicht!« sagte er fest. »Das hieße fliehen und alles hier aufgeben, Stand, Besitz und Namen. So leicht mach ich es denen nicht! Nein!« wiederholte er heftig, einen stummen Einspruch ablehnend. »Ein Abenteurer bin ich nicht!« Hastig, als habe er mit solchen Gedanken schon allzuviel Zeit versäumt, wandte er sich ab und eilte aus dem Zimmer. Der Kaufherr folgte ihm stumm.

Die drei Zurückgebliebenen standen wie erstarrt. Jon der Grönlander pfiff durch die Zähne. »Aus und vorbei! So geht es meistens, wenn man sich mit einem von diesen großen Herren einläßt. Irgendwo, meilenweit weg, haut einer mit der Faust auf den Tisch, und das ganze Kartenhaus fällt zusammen.«

»So mußte es ja kommen!« fluchte Baard. »Es wäre zu schön gewesen. Grönland soll nun einmal ein vergessenes Land bleiben.« Birgit weinte leise. Sie hatte nicht alles begriffen, aber sie fühlte, daß der Fremde bei seinem überstürzten Aufbruch ihre letzten Hoffnungen mit fortgenommen hatte. »Weine nicht, Schwesterchen!« tröstete Baard sie. »Das eine Gute kann uns niemand mehr nehmen, daß wir einander wiedergefunden haben. Nun muß ich auch nicht mehr fort von dir. Weiß Gott, dir zuliebe könnte ich manches tun, sogar das Arbeiten lernen. Zum Teufel, es muß in dieser großen Stadt Kopenhagen doch irgend etwas zu finden sein, womit selbst Lügenbaard sich ein ehrliches Brot verdienen kann! Was meinst du dazu, Schiffer?« Er redete munter darauf los, den eigenen Trübsinn zu vertreiben; denn das leise, verzagte Weinen neben sich anzuhören, das war mehr, als er vertrug.

Noch einmal ging die Tür auf. Aber nur der Diener kam herein und ein paar Mägde, die Besen und Eimer trugen und sogleich anfingen, die Stühle zusammenzurücken und die Asche aus dem Kamin zu kehren. Der Diener warf indessen hochmütig ein paar Geldstücke vor den dreien auf die Tischplatte und sagte: »Da! Das schickt euch mein Herr. Nun aber packt euch und laßt euch hier nicht wieder blicken, solange nicht nach euch geschickt wird!«

Die drei versuchten gar nicht, sich gegen diese Verabschiedung zu sträuben. Eine Nacht lang waren sie Leute von Bedeutung gewesen, um die man sich bemühte, weil sie Dinge wußten, die niemand sonst wußte. Das war vorbei. Man gab ihnen ein Trinkgeld und wies sie vor die Tür. Jon der Grönländer teilte das Geld unter sie. Dann gingen sie durch die Tür, die der Diener offengelassen hatte, und durch den langen, gepflasterten Flur, an dessen Ende das Tageslicht zum Haustor hereinfiel, hinaus in die enge, schmutzige Gasse.

»Kommt mit!« sagte Jon. »Bei Trine Pedersen am Hafen bekommen wir um diese Tageszeit schon eine gute warme Suppe. Das ist es, was wir brauchen.« Er ging voran in seinem breiten, wiegenden Gang, nicht gerade schnell; denn warum hätte er sich beeilen sollen, ein abgemusterter, alter Schiffer ohne Aussicht auf eine Heuer! Dennoch hatten die zwei, die ihm folgten, Mühe genug mitzukommen, der Stelzfuß an seiner Krücke und das blinde Mädchen, das sich ängstlich am Rockärmel des Bruders festhielt und mit den Holzschuhen an den zierlichen Füßen über Steine und durch Pfützen hinterdrein stolperte.

Sie kamen an den Hafen, wo es nach Teer und faulem Wasser roch, wo die Möwen schrien und die Schiffe in der Winterruhe mit ihrem Takelwerk knarrten, wenn die schwarze Flut sie wiegte und an das Bollwerk klatschte. Sie hörten Äxte und Sägen der Zimmerleute, das Hämmern der Schmiede und manchmal einen verlorenen Ruf. Aber sie sahen keinen Menschen und wurden von keinem gesehen. Der Nebel hielt seinen farblosen Zaubermantel über alles Leben gebreitet. Als sie so dastanden und in das Grau über dem Sund hinausstarrten, hätten sie glauben können, ganz allein auf der Welt zu sein.

»Bleibt doch nicht immer stehen!« fuhr Jon sie ungeduldig an; denn ihn zog es zu seinem Morgentrunk. Birgit aber hob den Finger und sagte: »Horcht!« Über ihnen im Nebel begann es zu summen und zu klingen. Die Morgenglocken läuteten von allen Türmen der Stadt Kopenhagen, ein gewaltiges Rufen und Jubeln aus dem Grau, die tägliche Freude des blinden Mädchens, das Schönste, was es je zu hören bekam. »Hört nur!« sagte es wieder, und gerührt sahen die beiden Männer den Ausdruck der Verklärtheit auf dem verhärmten Gesicht. Dann aber verschwand die Freude daraus, und die blinden Augen füllten sich mit Tränen. »Was ist denn nun?« fragte der Bruder. Birgit erwiderte leise: »Die Glocke von Brattahlid werden wir beide nie wieder hören. Kein Mensch auf Erden wird sie jemals wieder hören.«

»Na, na!« tröstete Jon der Grönländer, dem das unbehaglich war. »Nur nicht gleich den Mut verlieren! Vielleicht wird doch noch alles gut!« Er sagte das, ohne sich viel dabei zu denken, nur so, wie man ein weinendes Kind für einen Augenblick zu trösten versucht, indem man ihm den Mond verspricht. Was sollte denn auch schon gut werden an ihrem großen Kummer! Birgit aber nahm seinen Trost ganz ernst. »Glaubst du das wirklich, Schiffer?« fragte sie hoffnungsvoll. »Glaubst du, sie werden dennoch eines Tages ein Schiff aussenden, die Ostsiedlung wiederzufinden?«

»Kann schon sein!« brummte Jon. »Eines Tages wird es sicher geschehen.«

»Ach, eines Tages! Aber wann?«

»Wie kann ich das wissen! Vielleicht schon bald, nach einem oder zwei Jahren, vielleicht in zehn oder hundert Jahren.«

»Ach!« Birgit verzagte wieder. »Dann wird es niemals sein; denn wer soll ihnen den Weg zeigen, wenn wir nicht mehr leben?«

»Sie werden ihn mit großer Mühe suchen müssen«, sagte Jon, der Seefahrer. »Aber sie werden keine Arbeit und kein Opfer scheuen und es immer wieder versuchen; denn dies Land, das die Menschen verraten und aufgegeben haben, das sie vergaßen, weil sie es vergessen wollten – das wird ihnen ebensowenig Ruhe lassen wie ein vergrabener Schatz in einem Brunnen. Sie werden danach suchen und immer wieder suchen müssen, bis sie es gefunden haben, und eines Tages werden sie es auch finden, das ist sicher.«

»Wenn das aber erst nach hundert Jahren ist«, murrte Baard, »dann nützt uns das nichts mehr und den Leuten in der Ostsiedlung auch nicht; denn dann wird selbst von ihren Kindern und Enkeln keiner mehr am Leben sein.«

»Wer weiß das?« entgegnete der alte Seefahrer. »Nur das eine weiß ich ganz gewiß: Gefunden wird die grönländische Ostsiedlung eines Tages einmal, ebenso wie der Weg nach Winland und alle die anderen Wege und Länder auf dieser Erde, die heute noch niemand kennt; denn soviel habe ich auf meinen langen Reisen gelernt: Noch viel unersättlicher als die Gier nach Gold und die Lust zu herrschen ist der Menschen Hunger, die Erde zu durchforschen und auch ihr letztes Geheimnis kennenzulernen. Darum ist nichts so sicher wie dies, daß eure Ostsiedlung eines Tages wiedergefunden werden wird. Nur Geduld müßt ihr haben! Inzwischen aber«, sagte Jon und lachte, »lohnt es sich schon, Baard, wenn du dir einen Broterwerb suchst; denn darauf kannst du nicht warten. Vielleicht weiß ich Rat für dich. Mein Freund Peter Mönkemann, der Schiffsbauer, kann sicher einen Mann gebrauchen, der von Knoten und Takelwerk etwas versteht. Da müßtest du freilich arbeiten!«

»Ich will es versuchen, Schiffer!« sagte Lügenbaard so bescheiden wie noch nie in seinem Leben. Dann waren sie vor Trine Pedersens Ausschank angekommen, aus dem es schon einladend bis auf die Gasse hinaus duftete. »Hinein mit euch!« rief Jon der Grönländer und schob die beiden vor sich her über die Schwelle. Birgit aber träumte noch, murmelte ungläubig: »Hundert Jahre?« und schüttelte den Kopf.

Es dauerte viel, viel länger, fast vier Jahrhunderte.
Längst ist die letzte Spur des invaliden Seemanns Baard und seiner blinden Schwester verweht, die so viele Jahre lang in den Hafengassen Kopenhagens bekannte Gestalten waren, arme, fleißige Leutchen, denen man kaum ihre merkwürdige Lebensgeschichte ansah. Und ebenso wie ihre Armengräber auf dem Kirchhof von St. Petri ist auch der stolze Kaufherr in seiner Familiengruft längst zerfallen und vergessen. Der vornehme Fremde aber, der seinen Namen nicht hatte preisgeben wollen, ist im fernen Südland gestorben und verschollen. Nur wenige wissen heute noch von Erik Walkendorf, der durch die Gunst des Königs Erzbischof von Drontheim geworden war und sein Amt dazu nützte, die Hand nach den verschollenen Grönlandsiedlungen auszustrecken. Sein jäher Sturz in die Ungnade machte seine Pläne, die vielleicht die letzten Überlebenden der Ostsiedlung gerettet haben würden, zunichte.
Vierhundert Jahre – und ein Sommertag bricht an über nördlichem Meer. Aus den grünen, weißköpfigen Wellen steigt wild zerrissen ein Vorgebirge, von weißen Zacken gekrönt: Kap Farvel, das die alten Nordmänner einst Hvarf nannten. Westlich davon beginnt der bewohnte Teil der grönländischen Westküste. In wenigen Stunden wird der weiße Dampfer in einem sauberen, modernen kleinen Hafen anlegen, in einer Stadt, die sich weithin ausbreitet über grüne Hänge, mit freundlichen Holzhäusern, mit Kirche, Krankenhaus und Schule. So sieht es an vielen Plätzen der Westküste aus, überall da, wo das karge Land den Menschen nur eine Möglichkeit bietet.

Seit Jahrhunderten wird auf mannigfaltigste Art an der Erschließung Grönlands gearbeitet. Missionshäuser, Fischereihäfen, Wetterstationen, Dörfer und kleine Städte entstanden, zuletzt auch Industrieanlagen und Flugplätze. Es gilt nicht nur, Nutzen aus dem Lande zu ziehen, sondern auch die einheimische Bevölkerung – jene schlitzäugigen Trolle, einst »Skrälinger«, heute mit dem Indianerwort »Eskimo« benannt – vor Not zu sichern, sie seßhaft und zu Christen zu machen. Denn längst ernähren See und Land mit Fischfang und Jagd allein auch sie nicht mehr. So hat man sie, außer dem Vaterunser, auch gelehrt, an geschützten Plätzen etwas Gemüse zu ziehen, Schafe zu halten und das Gras der wenigen Wiesen als Winterfutter einzubringen. Sie lernten aber auch, am Werk der weißen Männer in ihrem Lande mitzuarbeiten, in der Industrie, in den Krankenhäusern und Schulen. Ihr Land hat Zukunft. Seine Entwicklung ist wichtig geworden für die Welt und beschäftigt die Männer der Wirtschaft wie der Wissenschaft.
Von den einstigen Herren des Landes aber spricht niemand mehr. Schon die ersten Männer aus Europa, die vor dreihundert Jahren wieder an dieser Küste zu landen wagten, fanden keine Spur mehr von ihnen. Keine Spur – und doch lagen diese Spuren in der ganzen Zeit vor aller Augen offen da, nur wußte niemand sie zu lesen. Da waren die Ruinen ihrer Kirchen, an allen Fjorden verstreut, Mauern von gewaltigen Maßen, aber stumm, ohne lesbare Botschaft von ihren Erbauern. Da und dort hätte man unter Trümmerhaufen und Gestrüpp wohl die Reste menschlicher Siedlungen vermuten können. Die Sagen der Eskimos sind voll von düsteren, oft blutigen Erinnerungen an die Bewohner der »großen Steinhäuser«. Aber die wenigen Europäer, die immer wieder für einige Jahre durch ihre Ämter oder Geschäfte in das einsame Land verschlagen wurden, hatten lange Zeit wenig Sinn dafür, solchen Spuren nachzugehen. Hans Egede (1686–1758) hätte es wohl vermocht, er, der aus Liebe zu den verschollenen Nordleuten zum ersten Apostel der Eskimos wurde.

Bis er 1736 nach Kopenhagen zurückkehrte, suchte er nach der Ostsiedlung. Aber er suchte am falschen Ort, wie so viele vor und nach ihm: an der unzugänglichen, vom Eisstrom versperrten Ostküste Grönlands – und sah nicht oder deutete nicht richtig, was ihm täglich zum Greifen nahe vor Augen lag, die Trümmer der Kirchen und Höfe an der ganzen Südwestküste entlang, die er doch Jahr für Jahr unermüdlich bereiste. Sein Irrtum war, daß er nach lebenden Menschen suchte, nicht nach Ruinen.

Dann aber, als fast alles erforscht war, als die todesstarre Wüste des Inlandeises überquert, als Markland und Winland wiederentdeckt, die Nordwestpassage durchfahren und sogar das lockendste aller Ziele, der Nordpol, erreicht worden war – da endlich fand man auch die alten norwegischen Wohnsitze, die Ostsiedlung und die Westsiedlung, auf Grönland.

Der Spaten des Forschers brauchte nicht tief zu suchen unter dem mageren Rasen und dem Weidengestrüpp der Ufer und Täler. Überall zwischen Kap Farvel und Sukkertoppen liegen ihre Höfe verstreut mit Halle, Gesindehaus, Ställen und Scheunen, mit Vorwerk, Viehhürden und Bootshäusern – nicht armselige Katen, sondern stattliche Anwesen eines stolzen Bauernvolkes. Man grub sie aus samt den Resten des Hausrats bis zu den Holzrosten der Badestuben, den Schiffchen, mit denen die Kinder gespielt hatten, und bis zum Mist der Tiere zwischen den Steinfliesen der Ställe. Rings um die Kirchenruinen aber, auf den mauerumhegten Friedhöfen, in ihren Gräbern, mit Stein und Kreuz und frommer Inschrift gesegnet, fand man die Bewohner selbst, wie sie vor mehr als vierhundert Jahren dort bestattet worden waren, solange noch jemand übrig war, der es tun konnte. Kleider und Skelette waren merkwürdig gut erhalten, so, als ob die Gräber bald danach eingefroren wären und jahrhundertelang in Dauerfrostboden gelegen hätten.

Von allem aber, was sie in der Erde fanden, lasen die Forscher die Geschichte der letzten Nordleute auf Grönland ab, genauer als aus den alten Urkunden. Es ist die Geschichte eines verges-

senen Volkes in verschollenem Lande, eines tapferen Ausharrens auf dem äußersten Vorposten des Abendlandes, eines verlorenen Kampfes gegen Hunger, Elend, Einsamkeit und Finsternis – und auch die Geschichte eines bitteren Versäumnisses. Auf diesen Blättern wurde versucht, etwas davon nachzuerzählen.

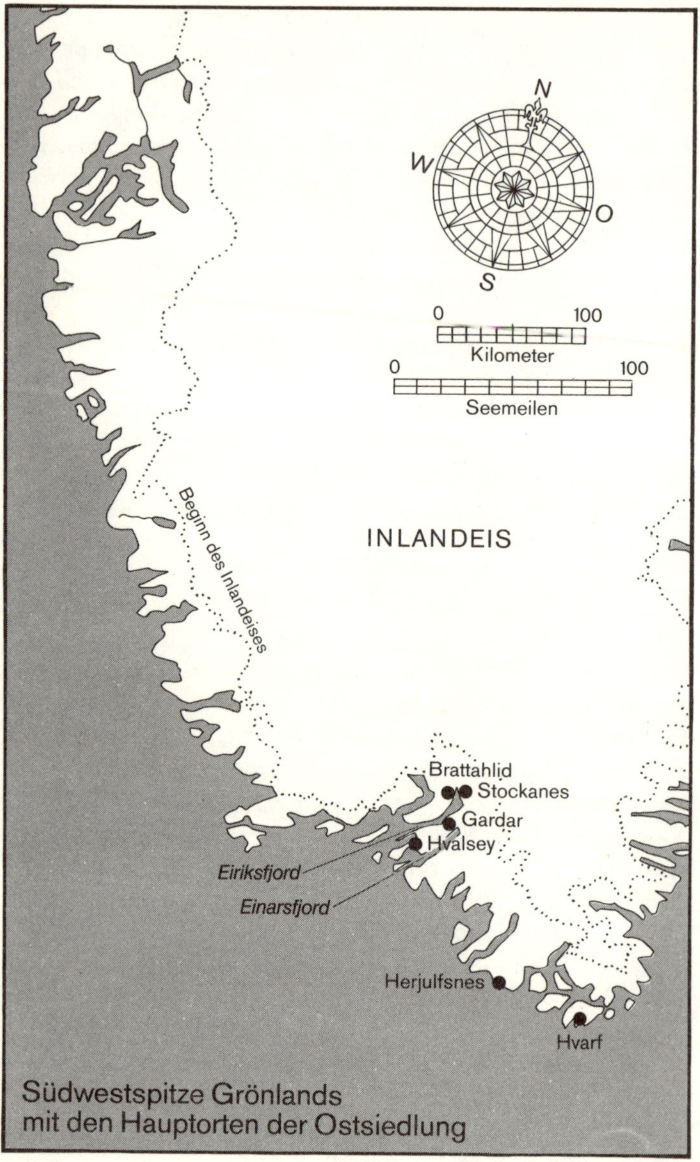

Südwestspitze Grönlands
mit den Hauptorten der Ostsiedlung

Nachwort

Kinder brauchen Bücher, und zwar die allerbesten und vor allem die richtigen Bücher. Wie soll man sie finden?

Seit rund 30 Jahren wird der Deutsche Jugendliteraturpreis verliehen, 1956 von der Bundesregierung gestiftet und seitdem der einzige literarische Staatspreis.

Er hat mit dazu beigetragen, daß die Kinderliteratur in der Bundesrepublik so vielfältig, weltoffen und gut geworden ist, wie wir sie heute kennen.

An jede Altersstufe wird gedacht, jedes Kind kann die Bücher finden, die ihm Spaß machen und sein Weltverständnis wekken. Alle Eltern finden Bücher, die ihren Literaturvorstellungen und Erziehungsgrundsätzen entsprechen. Jedes Jahr im Herbst wird der Deutsche Jugendliteraturpreis verliehen, und zwar in den Kategorien Bilderbuch, Kinderbuch, Jugendbuch und Sachbuch.

»Oetinger AUSLESE« möchte die wichtigsten und interessantesten Titel zusammenfassen und bietet in Zusammenarbeit mit anderen Kinderbuchverlagen auf diese Weise eine Bibliothek aus preisgekrönten und ausgesuchten Büchern, einen Querschnitt durch die Kinder- und Jugendbuchliteratur.

1962 war ein wichtiges Jahr für den Deutschen Jugendliteraturpreis, weil die *Sternkinder* von Clara Asscher-Pinkhoff mit dem Jugendbuchpreis ausgezeichnet wurden. Das war eine klare Stellungnahme für Bücher, die nicht nur in einer erfundenen heiteren Kinderwelt spielen, sondern in der Wirklichkeit, in der Nazi-Zeit, im Konzentrationslager: Die Sterne der Kinder sind Judensterne. 1962 war auch ein besonderes Jahr, es wurden nämlich nur Frauen ausgezeichnet: Ursula Wölfel erhielt den Kinderbuchpreis für *Feuerschuh und Windsandale,* das ebenso wie die *Sternkinder* bis zum heutigen Tage immer

wieder aufgelegt worden ist. Den Sonderpreis erhielt schließlich Ingeborg Engelhardt für *Ein Schiff nach Grönland.*
Der Deutsche Jugendliteraturpreis war zu dieser Zeit noch nicht so fest und übersichtlich in die vier Gruppen Bilder-, Kinder-, Jugend- und Sachbuch eingeteilt. Damals experimentierte man noch, und der Preis wurde prinzipiell nur in zwei Kategorien verliehen: Kinderbuch und Jugendbuch. Das reichte natürlich niemals aus, und deshalb konnten Prämien und Sonderauszeichnungen vergeben werden, und alle zwei oder drei Jahre wurde ein Sonderpreis gestiftet. 1962 war er für »Geschichte im Kinder- und Jugendbuch« ausgeschrieben worden.
So kam Ingeborg Engelhardt und ihr historischer Roman *Ein Schiff nach Grönland* zum zweitenmal zu verdienter Ehre. Auch das war ungewöhnlich. Das Buch war bereits 1961 von der Jury des Deutschen Jugendliteraturpreises »lobend erwähnt« worden. Der Sonderpreis wurde dem Buch zu Recht verliehen, denn die Autorin war ihrer Zeit weit voraus. Sie benutzte diese Geschichte von den Nachkommen der Wikinger auf Grönland nicht dazu, um das altbekannte Heldenlied von den Männern zu singen, die vor langer Zeit in ihren Nußschalen den Seeweg nach Nordamerika fanden, sondern sie erzählt die Geschichte der Vergessenen und Gestrandeten, der Fremden in einem Land voll Eis und Schnee und, wie sie meinten, Gespenstern und Trollen. Es gibt nur wenige deutsche Autoren, die die Kunst beherrschen, Geschichte so lebendig zu machen. Ingeborg Engelhardt gehört auf jeden Fall dazu.

Dr. Sybil Gräfin Schönfeldt

Oetinger AUSLESE

Scott O'Dell, 1903 in Los Angeles geboren, Autor zahlreicher Romane und preisgekrönter Jugendbücher, erzählt in seinem historischen Abenteuerroman **Vor dem Richter des Königs,** der ebenfalls in der Reihe Oetinger AUSLESE erschienen ist, von dem jungen spanischen Kartographen Esteban de Sandoval, der sich mit einer Conquistadoren-Gruppe auf einer Expedition quer durch Kalifornien befindet, die für ihn zum großen, entscheidenden Abenteuer wird.

„Der Autor ist tief vertraut mit der Topographie, den historischen Verhältnissen und den Sitten der Indianer des sechzehnten Jahrhunderts. Ein Anhauch von Authentizität und großem, erregendem Abenteuer umschwebt seine Geschichte."
Neue Zürcher Zeitung

Verlag Friedrich Oetinger · Hamburg

Oetinger AUSLESE

Frederik Hetmann (d. i. Hans-Christian Kirsch), Jahrgang 1934, freier Schriftsteller, Autor von Romanen und Jugendbüchern, erzählt in seinem Buch **Amerika Saga** von Cowboys, Tramps und Desperados, das ebenfalls in der Reihe Oetinger AUSLESE erschienen ist, wie die Vereinigten Staaten von Amerika entstanden, wie sie ein Land wurden, in dem, stärker vielleicht als anderswo, die Menschen ihren Traum vom irdischen Glück zu verwirklichen trachteten.

„Frederik Hetmann hat mit viel Interesse und Liebe amerikanische Volksbücher, Sagen, Legenden, Märchen, Balladen und Lieder gesammelt und in vier Kapiteln zu einem faszinierenden Buch gegliedert."
Aus der Begründung der Jury zum Deutschen Jugendliteraturpreis

Verlag Friedrich Oetinger · Hamburg